【 바람직한 인간 형성을 위한 일련의 계획적이고 의도적인 과정 】

영상드라마와 서사 교육 방법

【 바람직한 인간 형성을 위한 일련의 계획적이고 의도적인 과정 】

영상드라마와 서사 교육 방법

신종곤

교육이란 '바람직한 인간 형성을 위한 일련의 계획적이고 의도적인 과정' 이라고 정의할 수 있다.

'교육' 에 대한 정의는 크게 세 가지의 유형으로 나누어 볼 수 있다. 교육을 이렇게 정의할 때 '바람직한 인간 형성' 이란 교육이 학습자의 변화와 성장을 염두에 둔다는 것을 의미한다.

KSI 한국학술정보[주]

미리말

매체의 변화가 문학의 감수성을 변모시킨다는 우려가 여전하다. 또 학교가 창의적인 교육의 공간이 되지 못하고 있다는 비판도 사라지지 않고 있다. 꽤 오래 전부터 익숙하게 들어온 우려이고 비판들이다. 말 그대로 '안락에 예속'된 상태에서 우려와 비판들은 관성적인 상태로 매몰되고 있다.

문학은 '가치'를 묻는 예술이라고 생각한다. 현재 우리가 신뢰하는 가치가 위태롭지는 않은지 또 그 신뢰가 단지 신화에 불과한 것은 아닌지를 묻기 때문이다. 교실에서도 학생들의 질문은 앎에 대한 호기심의 발로이다. 묻는 행위가 없다면 문학도 교육도 불가능할 것이다. 묻는 행위가 문학과 교육을 진지하게 만나게 해 줄지도 모른다는 기대감. 어쩌면 그 기대감이 필자로 하여금 지금까지도 문학교육의 방법을 고민하게 만드는 것인지도 모르겠다.

이 책은 비판적 사고를 통해 이야기 문화를 교육적으로 확장하는 방법에 대한 고찰이다. 세상에는 무수하게 많은 이야기들이 있다. 그런데 교육은 모든 이야기를 가르치는 것이 아니라 교육적으로 의미가 있는 이야기를 가르치는 행위이다. 이를 위해서는 무엇을, 왜, 어떻게 가르칠 것인가에 대한 고민이 선행되어야 한다. 교육과정(教育

課程)이 필요한 까닭이다.

이야기의 양식은 끊임없이 변모해 왔다. 특히 영화를 비롯한 영상드라마는 더 이상 새로운 이야기의 양식이라고 볼 수 없을 정도로 일상에서 향유되고 있다. 영상드라마가 이야기 교실에서 논의의 대상이 되는 것도 자연스러운 일이 되었다. 논의를 교육적인 차원으로 활성화하기 위한 방안이 요구되는 시점이 된 것이다.

『영상드라마와 서사 교육 방법』은 영상드라마를 교육하기 위한 교육과정(教育課程)의 준거로 '비판적 사고'를 제시하고자 한다. '비판적'이란 판단중지를 통해 대상에서 새로운 의미를 찾고자 하는 태도이다. 그리고 '사고', 즉 생각하기란 무언가에 대해 앎의 폭과 깊이를 더 갖고자 하는 행위이다. 그런 점에서 비판적 사고는 세계를 바라보는 새로운 시각을 열어주는 '태도'이자 행위이다. 교육이 보다 가치 있는 삶을 위한 실천적 행위라고 할 때, 비판적 사고는 가치 있는 행위를 응시하는 시선이라고 할 것이다.

함께 실은 '가치탐구로서의 서사교육'은 소설과 교육에 대해 고민한 결과이다. 그 고민은 영상드라마 교육으로 연구의 외연을 확장시킬 수 있는 바탕이 되어 주었다.

고민보다 넓어진 외연의 폭과 감당하지 못하는 깊이를 절감하면서 새로운 계기를 위해 한 번의 매듭을 지어본다.

문학이 삶과 무관하지 않다는 것을 늘 일깨워주시는 송하춘 선생님 그리고 식견이 부족한 논문을 끝까지 지도해 주신 이남호 선생님과 은사님들께 감사를 드린다. 연구자의 길을 묵묵히 지켜 보아준 양가 부모님과 가족들의 사랑을 잊을 수 없다.

2007년 가을

신종곤

차 례

Ⅲ. 가치탐구로서의 소설 교육 ☞ 167

I

영상드라마 교육을 위한 교육 과정 검토

1. 서사교육의 범주

문학교육이 문학과 교육의 산술적 결합이 아닌 까닭은 문학교육이 교육이라는 의미에 입각하여 문학의 의미와 범주를 원근법적으로 재생산하는 행위이기 때문이다. 문학교육은 문학이 생산・향유・재생산하는 '문학현상'을 총체적으로 교육하는 것이 아니라, 교육적으로 의미가 있는 문학 현상을 새롭게 범주화하여 교육하는 실천적 의미를 지닌다. 이는 교육은 '모든 것을 가르치는 것이 아니라 어떤 것을 가르치는 것이며, 모든 방식으로가 아니라 어떤 방식으로 가르치는 것'[1]이라는 인식을 바탕으로 한다. 이러한 인식은 '문학교육현상'에 대한 논의를 촉발시킨다. 즉, 교육의 관점에서 문학을 대상화하여 재개념화하는 기획의 필요성이 대두된다는 것이다. 이는 문학을 고정되어 있는 대상으로 간주하는 것이 아니라 가변적이고 새로운 의미를 생성할 수 있는 대상으로 파악한다는 것을 의미한다.

'문학교육현상'에 주목하고자 하는 연구의 지향은 문학교육이 이루어져 온 연원을 살펴볼 때 그리 오래된 것이 아니다. 정전(canon)이 담지하고 있는 지식의 전수 혹은 정전 속에 담겨 있는 삶의 진리를 내면화함으로써 '교육받은 사람'의 덕목을 갖출 수 있다는 전통적인 교육관은 여전히 문학교실[2]에서 교육의 중추적 입장을 대변

1) James Crosswhite, The Rhetoric of Reason, 오형엽 옮김, 『이성의 수사학』, 고려대학교출판부, 2001, 46쪽.

2) 문학교실은 반드시 '학교'에만 존재하는 공간이라고 할 수 없다. 다만, 이 논문에서는 '교육의 현장'을 국가적 교육과정이 문헌적으로 제시되고 있는 중등과정 특히 고등학교에 한정하여 논의를 진행하려고 하는 바, 이 때의 문학교실은 학교 교육에 한정하여 사용한 용어임을 밝혀둔다.

하고 있다. 이는 지식 탐구를 궁극적인 과제로 삼고 있는 제 7차 교육과정의 목표만을 살펴보더라도 쉽게 확인될 수 있는 것이다.[3] 이러한 현실은 텍스트 이해를 위한 지식의 전수에 의미를 둔 교수의 행위로 이어지게 마련이다. 더구나 평가가 교육의 전반의 문제를 장악하고 있는 현실은 교육의 의미를 왜곡시키는 데에 구조적 힘을 발휘하고 있다. 대학 입시를 위한 방편으로서의 소비적 교육행태는 일곱 차례의 교과과정의 개편 과정에서 반영된 교육적 의미를 생산하려는 다양한 노력을 무기력하게 만들고 있다는 것이다.

한 연구자의 다음과 같은 토로는 문학교육이 당면한 현실과 지향해야 할 방향성 사이의 현실적 고충을 말해준다.

> 우리가 '문학교육'이라고 할 때 이를 띄어 쓰는 경우도 있고 붙여 쓰는 경우도 있습니다. 문학교육론이 본격적으로 진행되기 이전에는 대체로 전자의 예가 많았지만 근래에 들어 후자의 예가 많은 것으로 알고 있습니다. 한낱 사소한 표기 문제라고 치부할 수도 있는 것이긴 하지만 여기에는 문학교육론의 성과가 온축(蘊蓄)되어 있다는 점도 간과해서는 안 될 것입니다. 다시 말해 '문학 교육'이라고 할 때에는 단순히 '문학(작품)을 가르치는 행위'라고 읽힐 가능성이 많습니다. 교사가 수업 시간에 작품이 수록된 텍스트(교과서)를 들고 인물이 어떻고 갈등이 어떻고 시점이 어떻다라고 주저리주저리 이야기하는 것이지요. 물론 학생들은 열심히 받아 적고요. 때에 따라서 교사는 '밑줄 쫘악!'이라는 말도 곁들여야 함은 물론이고요. 이럴 때 학생들은 아연 긴장할 수밖에 없습니다. 학생들에게 공포의 대상인 시험에서 반드시 나오니깐 말이지요. 근데 그러고

3) 제 7차 교육과정의 목표 항목은 '지식의 이해', '원리의 적용능력 함양', '태도 함양'의 내용으로 이루어져 있다. 이는 인지적 교수 학습 모형의 전형적인 예로서, '사고능력'에 대한 제시가 부족하거나 배제되어 있는 모형이라고 할 수 있다. 이에 대한 논의는 <이상태, 7차 교육과정과 국어교육 현장, 국어교육연구 제31집, 국어교육학회, 1999, 2－8쪽 참조.>

> 나서는 끝입니다. 시험이 끝나면 학생들은 아무도 그 소설(텍스트: 인용자)에 대해서 이야기하지 않습니다. (중략) 문학에 내재된 삶의 여러 양상이 학습 자료로서가 아니라 학습자의 생활 속에 체화(體化)되어야 한다는 것입니다.[4)]

다소 긴 인용문에는 현장 문학교실의 다양한 질곡이 그대로 나타나 있다. 가장 큰 문제점으로 두드러지는 것이 평가를 위한 암기 위주의 지식 수업[5)]의 폐해이다. 이는 스쿨링(schooling)[6)]이 삶의 권력으로 작용하는 데에 가장 커다란 원인이 있다고 할 것이다. 교육이 '학습자의 생활 속에 체화'되지 못하고 다양한 자본[7)]을 획득하기 위한 수단으로 치부되는 현실은 학습자들로 하여금 미래의 시간을 담보로 현실의 삶을 희생하도록 강요한다. 이러한 구조적인 원인은 문학교육의 현장이 문학 본래의 존재 의미인 삶의 다양한 형상들을 탐구하기 위한 교육의 장이 되지 못하게 하고 단지 문학의 지식 구조

---

4) 김중신, '소설 교육과 타자의 지평'에 대한 토론문, 『문학교육과 사회성 발달』, 한국문학교육학회 제 33회 학술대회 발표문, 2004, 35−36쪽.

5) 여기서 수업은 training의 의미를 지니는 수업의 형태로, 가르치기(teaching)만이 존재하는 교수방식이 된다는 점에서 진정한 의미의 교육(education)이 될 수 없다. 즉, 교수자와 학습자의 상호 소통에 기반한 교육행위라기보다는 교수자의 일방적인 주입식 교수형태만이 존재한다는 것이다.<I. A. Snook, Indoctrination and Education, 윤팔중 역, 『교화와 교육』, 배영사, 1977, 183−190쪽 참조.>

6) 스쿨링(schooling)이란 교육이 정치·경제·사회·문화 전반의 헤게모니를 장악하고 있는 현상을 가리킨다. Foucault, Althusser, Bourdieu, Apple 등은 학교를 지배계층의 헤게모니를 재생산하는 '장치'로 파악하고 있다.

7) Bourdieu는 사회학적으로 유의미한 개인의 사고, 취향, 행동 등의 특성으로서의 아비투스(habitus)를 상정하고, 아비투스를 형성하는 근거로서 경제적 자본 이외의 자본의 유형으로 문화자본 혹은 상징자본을 부각시킨다. 그리고, 문화자본을 생산·분배·교환·분배하는 장치 중 하나로서 학교가 중요한 역할을 하고 있다고 파악한다. <Pierre Bourdieu, Les Règles de L'art, 하태환 역, 『예술의 규칙』, 동문선, 1999, 191−197 참조.>

를 표면적으로 습득하기 위한 교수·학습의 장으로 내몰고 있는 것이다.

인용문에서도 제시되듯이 문학교육의 목적은 문학에 나타난 '다양한 삶의 의미를 생활 속에 체현한다'는 데에 있다. 이 말은 문학교육의 목적이 단순히 문학적 지식을 체득하거나 텍스트를 해석하는 데에 그치는 것이 아니라 문학교실에서 생성한 문학의 의미를 학습자 스스로 삶의 의미로 전이시켜 나간다는 것을 의미한다. 즉, 문학교육의 목적이 지식의 습득에 머무는 것이 아니라, 문학적 지식을 통해 삶의 문제에 능동적으로 참여하는 데에까지 확장되어야 한다는 것이다.

그런데 교육과정에서의 '다양한 삶의 의미를 생활 속에 체현한다'는 진술은 인간의 삶이 '자유로워야 한다' 혹은 '평등해야 한다'와 같은 진술처럼 당위적인 선언처럼 오인되기도 한다. 하지만, 이러한 진술은 기술적이거나 선험적 성격을 가진 진술이라기보다는 실천적 진술에 가깝다. 이는 삶의 바탕이 되는 생활 세계의 의미 역시 역사적인 의미에서 끊임없는 변화를 지속하기 때문이다. 생활 세계는 그 생활을 영위하는 존재들의 삶의 방식 혹은 삶의 지향에 의해 변화를 수반하게 마련인 것이다.

따라서 문학교육이라는 행위는 교실에서 실천되는 의미를 학습자가 구체적인 생활의 의미로 이행할 수 있는 원리를 제공할 수 있어야 한다. 이를 위해서는 문학교육의 대상이 되는 문학의 의미를 교육적 관점에서 재개념화하는 절차가 요구된다. 이러한 절차에 대해 이념적, 방법적 원리를 제공하는 일, 즉 교육과정(教育課程)이 설정되어야 한다는 것이다. 교육과정을 설정하는 일은 학습자들이 스스로 세계와 맺고 있는 관계의 총체, 즉 세계[8]의 의미를 능동적으로

8) 이 때의 세계는 세계를 인식하려고 하는 주체와 관계를 맺고 있는 총체

탐구하고 인식할 수 있는 '문학을 통한'[9] 교육으로의 지평의 전환을 확립하는 기획이라고 할 수 있기 때문이다.

2. 서사교육의 목적

교과란 교육적 유의미성을 획득함으로써 선택된 삶의 내용형식이다. 무수히 존재하는 삶의 내용형식들 중에서 선택과 배제의 논리가 작용하는 까닭은 근본적으로는 인간 존재의 유한성에서 비롯된 것이겠지만, 교육의 유의미성을 관습적으로 규정해 온 역사적 맥락에서도 찾아볼 수 있겠다. 현재 학교 교육에서 선정된 교과는 서구 근대 교육이 전통 학문으로 받아들인 고대의 자유(liberal) 7학과 즉, 3학(trivium)인 문법·수사학·변증법과 4학(quadrivium)인 산술·기하학·천문학·음악의 범주를 크게 벗어나지 않기 때문이다.[10]

적 환경을 의미한다. 따라서, 세계의 의미는 간주간적 의미를 지닌다.

9) '문학을 통한' 교육은 문학교육이 문화교육으로서의 지평의 확장을 위한 입론이라고 할 수 있다. 이는 아래와 같이 교육을 삶의 문제와 직접적으로 연계하고자 하는 기획의 일환이라고 할 수 있다. "삶의 교육이 바로 문화교육 (중략) 궁극적으로 교육은 개체로 하여금 어떤 특정의 문화에 기술적으로 이념적으로 참여하게 하는 것을 돕는 과정이라는 것을 주목하자는 것" <박인기, 문화적 문식성의 국어교육적 재개념화, 국어교육학연구 15호, 국어교육학회, 2002, 38쪽.>

10) 현행 제7차 교육과정은 국민 공통 기본 교과 <국어, 도덕, 사회(국사), 수학, 과학, 기술·가정, 체육, 음악, 외국어(영어)>의 10개 교과를 선정하고 있다. 이는 미 군정기의 교과 선정<공민, 국어, 지리·역사, 수학,

그런데, 정보와 지식의 풍요로 대변되는 현대 사회는 다양한 삶의 내용과 형식을 다기한 형태로 끊임없이 배태하고 있다. 더구나, 고전(canon)을 전범으로 삼아 그 내용을 답습하고 전수받는 과정에서 '진리'를 깨달을 수 있다는 사유체계는 확정된 진리나 가치를 부정하고 다양한 가치의 공유를 강조하는 현대의 삶에서는 이미 그 존재기반을 잃고 있는 실정이다. 따라서 하나의 교과 교육이 이루어지기 위해서는 교과의 의미를 '지금 여기'에 근거하여 교과의 교육적 의미를 새롭게 규명하고 갱신해 나가는 작업이 끊임없이 이루어져야 한다.

교과의 교육적 의미를 밝히는 작업은 교육과정(敎育課程)을 수립하는 일이다. 교육과정이란 '왜', '무엇을', '어떻게' 가르쳐야 하는가를 규명하는 일이기 때문이다. 이를 구조적 차원에서 분할을 한다면, '왜'는 교과의 목적에, '무엇을'은 교과의 내용에, '어떻게'는 교육방법에 대응시킬 수 있다. 이 중 특히, '왜'에 해당하는 교과의 성격은 교과의 내용과 교과의 방법의 지향성을 밝히는 이념적 성격을 지닌다. 즉, 그 교과가 담지하고 있는 지식(지향적 인식을 포함한)의 특성을 규정함으로써 궁극적으로 해당 교과 교육의 의미를 밝히는 일이 된다는 것이다. 이는 다양한 교과과정에 대한 견해[11]를 반성적으로 수렴하거나 비판적으로 재규정하여 교과의 이념적 배경을 확립하는 작업과 직접적인 관련을 맺는다.

학습자들이 '다양한 삶의 의미를 생활 속에 체현한다'는 서사교육의 목적은 교실과 학습자의 생활을 고립된 것으로 간주하는 것이 아니라, 교실에서 이루어지는 '교실담론'과 학습자의 생활의 관련성을 적극적으로 열어둔다는 것을 의미한다. 이는 학습자가 교실에서 생

물리 · 화학, 가사, 재봉, 영어, 체육, 음악, 습자, 도화, 수예, 실업>과 큰 차이를 보이지 않는다.

11) 각주 22 참조.

성한 교실담론을 미숙하거나 '잠재된' 것으로 파악하는 것이 아니라 학습자가 체현한 현재성을 생활 속으로 지평을 확장해 나갈 수 있는 경험의 양상으로 파악하는 것이다. 즉, 문학교실의 시간이 현재성을 중심으로 전개되어야 한다는 것과 교실의 시간이 철저하게 학습자 생활 중심으로 펼쳐져야 한다는 것을 뜻한다.

교육과정의 변천이 학습자 중심의 교육으로 수렴되는 양상[12]은 교실에서 생성한 담론을 학습자가 삶의 문제로 이행할 수 있도록 해야 한다는 인식에 근거하고 있다. 현행 국어과 교과과정에도 이러한 인식이 반영된다. '세계화·정보화 시대를 주도할 신교육체제 수립을 위한 교육개혁 방안'[13]에 기초한 제 7차 교육과정[14]은 국어과를 '국민 공통 기본 교육 과정'[15]으로 편성한다.[16]

---

12) 국어과 교육과정의 변천은 "교과중심(1차) → 경험중심(2차) → 학문중심(3차) → 인간중심(4차) → 활동중심(5차) → 학문·활동중심(6차) → 학습자 중심(7차)"의 변천과정(김형철, 제 7차 국어과 교육과정의 비판적 이해, 교육이론과 실천, 10권 제2호, 2000, 204쪽.)을 거치고 있으며, 점차 기능 혹은 지식 중심의 관점에서 '학습자의 사고'를 중시하고자 하는 지향성을 보여준다.

13) 대통령자문 교육개혁위원회, 『세계화·정보화 시대를 주도하는 新교육체제 수립을 위한 교육개혁 방안-제 2차 대통령 보고서-』, 대통령 자문 교육개혁위원회, 1995.

14) 기존의 교육과정과 비교하여 제 7차 교육과정의 특징을 살펴보면 다음과 같다.
① 국민 공통 기본 교육 과정의 편성
② 수준별 교육 과정 도입
③ 학생의 진로를 고려한 심화선택 과목 도입
④ 교육 과정 편성과 운용의 주체 확대

15) 제 7차 교육과정의 편제에 제시되어 있는 '국민 공통 기본 교과'는 국어, 도덕, 사회, 수학, 과학, 기술·가정, 체육, 음악, 미술, 외국어(영어)의 10개 교과로서 1-10학년 과정 동안 교육하며, 각 교과에 따라 학년별로 심화·보충형 수준별 교육과정을 운용하게 되어 있다. <교육부, 『초·중등학교 교육과정 <별책 1>』, 대한교과서주식회사, 1997, 12쪽. (이하 『교육과정』, 쪽수만 표기.) 교육인적자원부, 『고등학교 교육과정

> **初·중등의 학교 교육은 보통 교육이기 때문에 국민으로서 필요한 공통적이고 일반적인 기준이 국가 수준에서 설정되어야 한다는 것이다.**
>
> 오늘날의 학교 교육은 거대한 공익 사업이 되었고, 대부분의 국가가 교육 과정 개선 사업을 교육 과정의 최우선 과제로 삼고 있다.
>
> 특히, 국민으로서의 기본적인 자질과 생활 태도를 기르는 것을 목적으로 하는 초·중등의 학교 교육이 자유 방임적이고 무궤도적으로 운용되지 않도록 하기 위해서도 교육적인 측면에서 일정한 표준을 설정해야 하는 국가의 책임이 요구된다. 따라서, 현재 대부분의 국가가 국가 수준 혹은 주 정부 수준에서 국민의 위임을 받아 교육 내용에 관한 기준 설정권을 가지고 있다.[17](강조: 인용자)

'국민으로서의 기본적인 자질과 생활 태도를 기른다'는 '국민 공통 기본 교육 과정'의 의도는 학습자들이 생성하는 교실담론이 학습자들의 생활과 직접적으로 관련을 맺는다는 것을 인식하고 있다는 점과 이를 '건전하게' 유도할 책임을 갖는다는 표명한다. 특히 '국민으로서 필요한 공통적이고 일반적인 기준'을 국가 수준에서 설정한다는 것은 학습자들의 생활에 능동적으로 작용하는 '정신습속'을 형성하는 데 국가가 적극적으로 개입하겠다는 의지의 표현이다. 정신습

해설-총론-』, 대한교과서주식회사, 2001, 118쪽. (이하 『교육과정 해설-총론-』, 쪽수만 표기.)> 참조.

16) 현행 교과과정을 중심으로 살피는 이유는 기간의 교과과정이 기존의 교과과정에 대한 반성적 관점에서 개선을 시도하고 있다는 점, 그리고 이러한 시도가 여전히 문제를 드러내고 있다는 점에서 서사교육현상을 살필 수 있는 매개가 될 수 있다는 판단에 근거한다. 특히, 국어과 교과과정에 대한 검토가 사적인 맥락에서 '기능 중심·지식 중심·사고 중심'의 과정으로 변천하였다는 일반적인 견해와는 달리 이 논문에서는 제 7차 교과과정 역시 기능 혹은 지식 중심의 교과과정의 틀을 벗어나지 못하고 있다는 점을 고찰함으로써 서사교육의 지향성을 밝히고자 한다는 점에서 현행 교과과정을 검토의 대상으로 삼고자 한다.

17) 교육 인적 자원부, 『교육과정 해설-총론-』, 10쪽.

속이란 한 사회의 구성원들의 합의를 통해 형성되는 헤게모니라고 할 수 있다. 헤게모니는 특정한 생활 양식과 사고가 지배하는 하나의 질서 속에 존재한다. 그리고 이 질서 속에서 현실에 대한 단일한 개념이 전체 사회에 영향력을 발휘하게 된다. 헤게모니는 모든 제도적 · 사적 표현체들 속에서 그 정신을 반영하는 취향과 도덕과 관습과 종교 및 정치의 원칙들로 확산되며, 사회 관계 특히 지적 · 도덕적 의미를 가지는 사회 관계 속으로 확산된다.[18)]

이러한 헤게모니는 추상화되고 명료한 의식을 갖춘 체계로서의 이데올로기를 넘어서는 개념으로 파악할 수 있다. 즉, 이데올로기가 통제 형태의 조작 혹은 교화를 지향하는 데에 반하여 헤게모니는 '삶 전체에 있어서의 실제와 기대의 총체로서, 사회의 구성원들이 지닌 역량에 대한 인식과 그 배분, 그리고 그 사회에 속한 구성원들의 세계에 대한 구성적 지각을 포괄하는 것'[19)]이기 때문이다. 이데올로기와 변별되는 헤게모니의 성격은 사회적 구성원들이 지배적 이데올로기를 받아들이는 태도와 아울러 저항하는 능동적 성격을 지닌다는 데에 있다. 따라서 헤게모니는 경험되는 과정에서 상호작용적인 성격을 지니며, 사회 구성원들의 현실 감각의 윤리적 · 이념적 토대가 된다.

'국민 공통 기본 교육 과정' 수립에는 국가 구성원들의 지적 · 도덕적 정신습속의 생성을 국가 차원에서 주도하고자 하는 의도가 개입되어 있다. 한 사회 구성원의 공적 윤리에 대한 방향성을 제시하겠다는 의도를 내포한다는 것이다. 따라서 현행 교과 과정의 내용과 그 의미를 파악하는 일은 학교의 교실에서 이루어지는 담론의 방향성을 살피는 일과 관련을 맺는다.

---

18) Joseph Femia, 그람씨 사상에 있어서 헤게모니와 의식, 『국가 계급 헤게모니』, 임영일 편저, 풀빛, 1985, 151－2쪽 참조.
19) Raymond Williams, Marxism and Literature, 이일환 역, 『이념과 문학』, 문학과지성사, 1982, 138쪽.

그런데, 국민 공통 기본 교육 과정'이 '국민의 기본적인 자질과 생활 태도를 기르는' 것을 목적으로 삼고 있음에도 불구하고 '국민 기본 교육 과정'이 제시하는 구체적인 교과의 내용은 학습자들의 생활세계와의 삶의 문제를 구체적으로 관련시키는 데에까지 이르지 못하고 있다는 문제를 드러낸다. 이는 국민 공통 기본 교육 과정이 교과의 특성과 지향성에 대한 교육적 의미를 해명하지 못한 채 형식적인 내용의 범주 속에서 교육의 의미를 찾고 있기 때문이다. 교과의 내용을 교육의 목적과 동일시하고 있다는 것이다.

현행 제 7차 교육과정에서는 '서사'를 '문학'이라는 포괄적인 범주에 포함시키면서 내용 범주에 대한 명확한 인식의 부재를 드러낸다. 즉, '서사'의 내용 범주에 대한 교육적 의도가 구체적으로 제시하지 못하고 있다는 것이다. 이처럼 서사의 교육적 의미를 규명하지 못한 채 '문학'을 국어교육의 '내용'의 한 범주로 설정[20]하고, 심지어는 '서사'를 국어교육을 위한 '활용 자료'로 간주하는 것은 '서사' 나아가 '문학'의 교육적 의미를 굴절시키는 결과를 불러일으킨다.

> 국어과 교수·학습을 위한 자료에는 문학 작품이 많이 활용된다. 이에 대해서는 여러 가지 이론이 있을 수 있고, **바람직한 국어 교육을 설계하기 위해서도 반드시 그 방향성이 정립되어야 하나, 제 7차 교육 과정에서는 국어과 교육 과정에서 '문학' 영역을 별도로 설정**하여 교육 내용을 제시하는 주된 목적이 **문학적 국어 사용 능력** 향상

---

20) 제 7차제 7차 교육과정은 '듣기', '말하기', '읽기', '쓰기', '국어지식', '문학'을 내용체계로 범주화하고 있다. 특히, 문학의 영역으로는 '시(동시), 소설(동화, 이야기), 희곡(극본), 수필'로 텍스트를 유형화하고 있다. 그런데, 텍스트의 유형에 따라 의미의 지향이 나누어진다고 할 수 없으며, 또한 같은 텍스트의 유형에 속한다고 하더라도 같은 교육적 의미를 갖는다고 할 수 없다. 이에 대해서는 '서사 교육의 내용'의 절에서 자세히 다루기로 하겠다.

> 에 있다고 보고, 국어과의 성격을 규정하였다. 이를 위해 제 7차 교육 과정은 문학 영역의 교육 내용에서 '**문학의 창작**'에 관한 내용을 보완하여 문학 작품 향유의 질을 높이는 교육 활동을 강조하였다.[21] (강조: 인용자)

제7차 교육 과정의 입안 주체가 인정하고 있듯이, 국어과의 영역에서 '문학'의 의미는 국어교과의 목표와 유기적으로 결합되지 못한다. '듣기', '말하기', '읽기', '쓰기', '국어 지식'[22] 등과 함께 계열화된 '문학'의 내용 범주는 구체적인 원리에 입각한 것이라기보다는 '방향성 정립'이 이루어지지 않은 상태에서 '별도로' 설정하고 있는 셈이다.

그런데, '문학' 영역에서 다루고 있는 '서사'는 다른 문학 담론 유형과 형상화 원리와 이념적 지향성을 달리한다. 루카치에 의하면 여타의 문학 형식과 구별되는 '서사'의 지향성은 '현재 존재하고 있는 그대로의 현실과 불가분의 관계를 맺고 있다는 점'[23]에서 있다. 이

---

21) 교육 인적 자원부, 19쪽. (이하 교육 인적 자원부, 『교육과정－국어－해설』, 쪽수만 표기.)

22) '국어지식' 활동은 '언어 현상에서 규칙을 찾아 내는 탐구 학습 활동 중심'의 활동을 의미한다. <교육부, 『교육 과정』, 29쪽.> 이러한 진술에는 '국어지식'의 범주에 '문학지식'이 포함되지 않았다는 것을 암시한다. 즉, 모국어 사용을 위한 문법 체계에 대한 학습을 강조하고 있는 것이다.

23) Lukács는 서사의 형식적 원리를 삶을 바라보는 경험적 자아의 태도에서 찾는다. 한편, 서정은 '자기 자신의 언어를 찾아서는 이를 통해 형상화된 사건의 상대적인 의미로부터 절대적인 것으로 나아가고자' 하는 태도, 드라마(극)의 주체는 '서사와 달리 지적으로 조작된 인간으로서의 자아이며, 드라마적 주인공이 두르고 있는 삶의 감각적 현상을 나타내는 상징적 표식은 단지 존재하는 초월성을 드러내기 위한' 태도라고 간주함으로써 '서사'의 형상화 원리와 구분한다.<Georg Lukács, Die Theorie des Romans, 반성완 역, 『소설의 이론』, 심설당, 1985, 56－69쪽 참조.>

때 삶이란 초월성을 배제한 그대로 부여된 세계를 의미하며, 그 주체는 철저하게 경험적 자아이다. 즉, '서정'과 '극'이 지향하는 절대성 혹은 초월성을 배제함으로써 '생활 세계에 대한 반성적 인식을 지향하는 형식'[24]이 곧 서사인 것이다. 서사교육이 궁극적으로 텍스트의 표면적인 지식을 전수하는 것이 아니라 텍스트가 지향하는 삶에 대한 인식을 교육하는 것이라면, 지향성의 차원을 달리하는 '서사'의 의미는 교육과정에서 명확하게 제시되어야 한다.

범주에 대한 명확한 인식이 결여된 상태에서 '서사'를 비롯한 '문학'은 '말하기', '듣기', '읽기', '쓰기', '국어지식' 등과의 연계성이 부정되며, '고립된 교과 내용' 혹은 '자료로서의 활용'이라는 혼재된 인식의 대상이 되고 만다. 따라서, 이러한 인식이 전제될 경우 '서사'교육의 의미는 국어교육의 '성격'과 '목표'에서 추상적이거나 선언적으로 나타날 수밖에 없다.

> **<성 격>**
>
> 국어과는 한국인의 삶이 배어 있는 국어를 창조적으로 사용하는 능력과 태도를 길러, 정보화 사회에서 정확하고 효과적으로 국어 생활을 영위하고, 미래 지향적인 민족 의식과 건전한 국민정서를 함양하며, 국어 발전과 국어 문화 창달에 이바지하려는 뜻을 세우게 하기 위한 교과이다. (중략)
>
> '문학' 영역의 학습은 문학 작품을 스스로 찾아 읽고 토론하는 학습 활동을 중시하여 작품에 나타난 **인간의 삶을 총체적으로 이해하고 문학적 상상력이 향상되도록** 한다.
>
> 국어과 학습은 학습 능력과 성취 수준을 고려하여, 정확하고, 해석적이며, **비판적이고, 창의적인 수준으로 국어를 사용하는 경험이 확대되도록 하는 학습 활동**에 중점을 둔다.(강조: 인용자)[25]

---

24) Georg Lukács, 앞의 책, 108－109쪽 참조.

<목 표>

언어 활동과 언어와 문학의 본질을 총체적으로 이해하고, 언어 활동의 맥락과 목적과 대상과 내용을 종합적으로 고려하면서 국어를 정확하고 효과적으로 사용하며, 국어 문화를 바르게 이해하고, 국어의 발전과 민족의 언어 문화 창달에 이바지할 수 있는 능력과 태도를 기른다.

가. 언어 활동과 언어와 문학에 대한 기본적인 지식을 익혀, 이를 다양한 국어 사용 상황에서 활용하는 능력을 기른다.

나. 정확하고 효과적인 국어 사용의 원리와 작용 양상을 익혀, **다양한 유형의 국어 자료를 비판적으로 이해하고 사상과 정서를 창의적으로 표현하는 능력을 기른다.**

다. 국어 세계에 흥미를 가지고 **언어 현상을 계속적으로 탐구하여, 국어의 발전과 국어 문화 창조에 이바지하려는 태도**를 기른다.(강조: 인용자)[26]

이상은 현행 국어과 교육과정에 나타난 '문학'과 관련된 '성격'[27]과 '목표'에 해당한다. '성격'이란 '국어' 고유의 교육적 의미를 밝히는 항목이다. 즉, 다양한 삶의 형식 중에서 '국어'가 교과로서의 의미가 무엇인지를 구체적으로 제시하여야 한다는 것이다. 이는 '국어'의 타 교과와의 변별적 차이를 밝힘으로써 해명할 수 있는 것이다.

한편, '목표'란 국어과의 성격을 토대로 '국어'의 내용 범주를 한정하는 역할을 한다. '성격'이 국어과의 이념적 지향을 밝힌다면, '목표'는 이에 근거하여 보다 구체적인 내용의 방향성을 제시하는 역할

25) 교육부, 『교육 과정』, 28－29쪽.

26) 앞의 책, 29쪽.

27) 국어과 교육과정에서 '성격' 항목이 제시된 것은 제 6차 교육과정기부터이다. 6차 교육과정에 '성격'이라는 항목이 제시된 까닭을 "교사들의 교육과정 활용도를 높이기 위해서"라고 밝히고 있다. 교육부, 『제 6차 국어과 교육과정』, 대한교과서주식회사, 1992, 24쪽.

을 하는 것이다. 따라서, 교과의 '성격'과 '목표'28)는 교과의 교육적 보편성과 다른 교과와 구분되는 특수성을 규정하는 항목이라고 할 수 있다.

교육과정 상의 '성격'에서는 '문학'을 하나의 범주로 분류하여 '인간의 삶을 총체적으로 이해하고, 문학적 상상력이 향상되도록' 하기 위한 교과로 파악한다. 그런데, 이러한 교육적 지향이 구체적인 내용을 가지기 위해서는 '문학적 상상력'의 의미가 구체화되어야 한다. '인간의 삶을 총체적으로 이해하는 것'은 교과의 변별적 내포가 될 수 없기 때문이다.29)

---

28) 목적항은 '목적(aims)', '목표(goals)', '지침(objective)'로 위계화된다. '목적'은 교육에 대하여 어떤 그룹이 갖고 있는 가치관을 밝히는 일반적인 선언이라고 할 수 있다. 이는 그 그룹이 갖고 있는 이념적 방향성을 제시한다. '목표'는 목적과 지침의 중간에 위치하는 어떤 의도를 선언하는 것을 가리킨다. 특히, 어떤 과목이나 프로그램에 따르는 목적을 기술한 것이다. 목표는 예상되는 결과에 더욱 중점을 두고, 아울러 교육과정의 설계자에게 교육과정의 내용을 선택하는 기초를 제공한다. '지침'은 교육을 받은 후에 학습자가 어떤 능력을 갖게 될 수 있는가를 구체적으로 밝히는 것이다.<Elliot W. Eisner, 앞의 책, 170－171쪽 참조.>

29) '문학'의 교육적 지향이 '인간의 삶을 총체적으로 이해'하는 데에 있다는 의미는 타 교과와의 궁극적인 변별적 차이를 규정하지 못한다. 그 예로 제 7차 교육 과정에 나타난 타 교과의 '성격'을 살펴보면 다음과 같다.

<사 회>

사회과는 **사회 현상을 올바르게 인식하고, 사회 지식 습득과 사회 생활에 필요한 기능을 익히며, 민주 사회 구성원에게 요청되는 가치와 태도를 지님으로써 민주 시민으로서의 자질을 육성**하는 교과이다.

<수 학>

수학과는 수학의 기본적인 개념, 원리, 법칙을 이해하고, 사물의 현상을 수학적으로 관찰하여 해석하는 능력을 기르며, **실생활의 여러 가지 문제를 논리적으로 사고하고 합리적으로 해결하는 능력과 태도**를 기르는 교과이다.

<음 악>

음악과 교육은 학생의 음악적 잠재력과 창의성을 계발하고, 음악을 통하여 자신의 감정과 생각을 표현하도록 하며, 삶의 질을 높이고 전인

하지만, '성격'과 '목표' 항목에서 '문학적 상상력'에 대한 설명을 찾아 볼 수 없다. 다만, '다양한 유형의 국어 자료를 비판적으로 이해하고 사상과 정서를 창의적으로 표현하는 능력을 기르는 것'이라는 전반적 국어교육의 '목표'에서 관련성을 찾을 수 있을 뿐이다.

한편 '비판적 사고' 또한 교과의 변별적 성격이 고려되어야 할 사항이다. 비판적 사고는 항상 '어떤 대상에 대한' 비판적 사고이다. 이 말은 비판적 사고는 항상 교과의 교육 내용과 밀접하게 관련되어 있다는 것을 의미한다.[30] 따라서 서사교육과 관계망을 형성하는 서사교육의 고유한 비판적 사고의 의미를 해명하고, 이를 통해 '서사' 궁극적 목표를 설정하는 절차가 필요하다.

그러나 현행 교육과정의 '성격'과 '목표'는 매우 추상적이어서[31] 타

적인 인간이 되도록 하는 데 그 목적이 있다. 또, **역사적, 사회적, 문화적 맥락 속에서 음악을 이해**하고 애호하며 즐기는 태도를 가지게 한다. <슬기로운 생활>

'슬기로운 생활'은 주위의 현상에 대하여 관심을 가지고 **자신과 사회 및 자연과의 관계를 생각해 보게 함**으로써, 여러 가지 상황 속에서 궁리하는 가운데 슬기롭게 살아갈 수 있는 생활의 기초를 마련해 주는 통합 교과이다.

30) McPeck은 비판적 사고의 성격을 설명하는 가운데 비판적 사고가 각 교과의 고유한 지식과 관련이 있음을 다음과 같이 지적하고 있다. '어떤 사람이 반성적 회의를 가지고 어떤 영역(수학·정치 혹은 등산 등의 영역)에 참여하는 성향과 기능을 가지고 있다면 그는 그 영역에 있어서는 비판적 사고를 지닌 사람이라고 할 수 있다. 하지만, 그러한 비판적 사고가 반드시 다른 영역에서도 그대로 적용되는 것은 아니다.' <John E. McPeck, 『Critical Thinking and Education』, St Martin's Press, 1981, pp.7－14.>

31) 정혜승은 현행 국어과 교육과정의 '성격'이 지나치게 추상적이기 때문에 '교사들로 하여금 국어과의 성격을 파악하는 데 어려움을 주며, 특히 막연하고 추상적인 내용은 자칫 국어과의 교육적 의미를 포장하는 상투적 미사여구나 선언적 진술로 받아들여지기 쉽다.'고 비판한다.<정혜승, 제 7차 국어과 교육과정의 비판적 검토, 교육과학연구 제 32집 1호, 이화여자대학교 교육과학연구소, 2001. 43－44쪽 참조.>

교과와의 변별은 물론 문학의 교육적 의미를 밝히는 데에 제 기능을 다하지 못하고 있다. ‘인간의 삶을 총체적으로 이해하는 것’과 ‘문학적 상상력’이 의미하는 바가 무엇인지 그리고, ‘비판적이고 창의적인 수준의 국어를 사용하는 경험’의 의미가 무엇인지가 분명해지지 않는 한 왜 ‘서사교육’을 해야 하는지 그 당위성을 해명할 수 없다는 것이다.

3. 서사교육의 내용

학습자가 삶에 대해 능동적으로 인식하기 위한 ‘서사’교육이 이루어지기 위해서는 교육의 ‘내용’이 교육의 ‘성격’에 의해 새롭게 구성되는 절차가 필요하다.

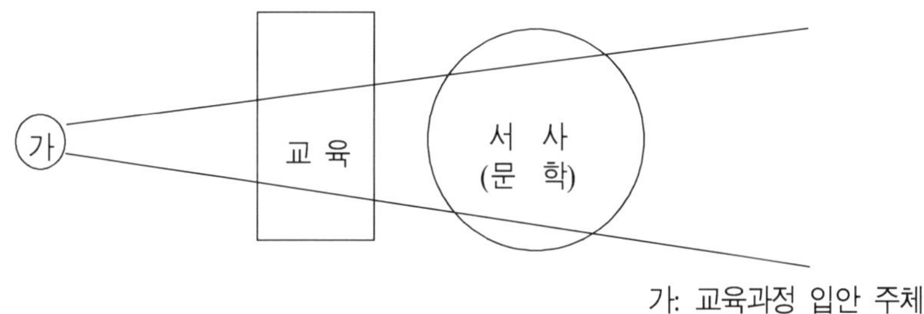

〈서사교육의 목적과 교육 내용의 관계〉

위 도표는 교육과정 입안 주체의 입장에 따라 교육에 대한 다양한 관점, 그리고 그에 따른 문학교육의 내용이 달라질 수 있음을 드러내기 위한 것이다. 특히, 교육과정 입안 주체가 어떠한 이념적 성격을 지니느냐에 따라, 교육을 정의하는 관점이 달라지며 교육의 내용을 구성하는 방식이 달라진다는 것을 보여준다. 이는 교육과정을 세우기 위해서는 교육의 목적이 분명하게 밝혀져야 한다는 것을 의미하며, 이러한 교육의 목적에 의해 교육의 내용이 재구성되어야 한다는 것을 시사한다.

'내용'이란 교육과정에서 '무엇을'에 해당하는 항목이다. 이는 교육적 지향과 '목표'에 따라 재구성된 교과의 내용을 의미한다.

서사교육 나아가 문학교육의 성격을 명확하게 제시하지 못하고 있는 제 7차 교육과정에 의하면, '문학'의 내용은 다음과 같이 제시된다.

〈'문학'의 교과 내용〉32)

<table>
<tr><td rowspan="2">문 학</td><td>• 문학의 본질
-문학의 특성
-문학의 갈래
-한국 문학의 특질
-한국 문학의 사적 전개</td><td>• 문학의 수용과 창작
-작품의 미적 구조
-작품의 창조적 재구성
-작품에 반영된 사회 · 문화적 양상
-문학의 창작</td><td>• 문학에 대한 태도
-동기
-흥미
-습관
-가치</td></tr>
<tr><td colspan="3">• 작품의 수용과 창작의 실제
-시(동시) -소설(동화, 이야기)
-희곡(극본) -수필</td></tr>
</table>

위의 표에 제시된 내용은 문학의 본질, 텍스트의 수용 과정에서의 해석과 태도 그리고 '창작'으로 구성되어 있다. 이 중 '창작'은 '내면화' 과정을 중시하는 제 7차 교육과정에서의 강조된 내용33)이다.

---

32) 교육부, 『교육과정』, 31쪽.
33) '문학 작품에 대한 능동적 반응을 강조한 것으로 문학적 표현 활동을

그런데, 교과과정의 내용과 '학년별 내용'[34]의 구성은 '문학현상'을 총망라하고 있다고 해도 과언이 아니다. 즉, '문학 작품을 중심으로 작품의 생산, 작품 자체의 구조, 작품의 수용, 작품의 반영 등 작품과 관련된 일련의 작용'을 아우르는 총체적 문학현상을 나열하고 있다는 것이다. 이는 문학교육이 '문학을 위한' 교육을 지향하고 있음을 보여준다. 앞서 '성격'에서 제시하고 있는 '인간의 삶을 총체적으로 이해하고 문학적 상상력이 향상'되도록 하기 위한 '내용'은 '문학'의 전반적 내용을 학습함으로써 다다를 수 있다는 인식으로 굴절되는 것이다.

문학의 전반적인 내용이 곧 '문학교육'의 내용이 될 수 있다는 인식은 '문학'의 교육이 학습자의 삶을 고차원적으로 이끌 수 있다는 전통적 교육관의 이념이 주도적 힘을 발휘하고 있다는 증거가 된다. '지식의 구조'로 지칭되는 '전통'의 내용으로 '문학'을 대상화하여 정전 속에 켜켜이 쌓여 있는 삶의 지혜를 전수하는 것[35]이 삶을 보다 고양하는 방식이라고 파악하는 것이다.

의도'에 의해 제 7차 교육 과정에 명문화하여 제시하고 있다.<교육 인적 자원부, 『고등학교 교육과정 해설-국어-』, 대한교과서주식회사, 2001, 28쪽.(이하 『교육과정 해설-국어-』, 쪽수만 표기.)>

34) 『교육과정』은 '내용' 항목에 대하여 '내용 체계'와 '학년별 내용'으로 위계화하여 서술하고 있다. 특히 '학년별 내용'은 '수준별 학습 활동'을 위하여 구체적 문제의 예를 제시하고 있다. <교육 인적 자원부, 『교육과정』, 30-111쪽 참조.>

35) 전통주의적 교육관에서 궁극적으로 강조하는 것은 "삶의 내면의 고양"이라고 할 수 있다. 문제는 이러한 지향이 이루어지는 방법적 인식에 있어, '정전'을 절대화함으로써 지식을 고정되고 확정된 것으로 파악한다는 것이다. 이러한 인식은 '교육받은 자'와 '교육받지 못한 자'의 경계를 설정하고 그 근거로 '정전'에 대한 교육 여부를 상정한다. 교육에 대한 이러한 관점은 중세의 지배계층의 교육 내용의 수혜층을 넓히는 것, 즉 고정된 지식의 향유층을 넓히는 데에서 교육의 의미를 찾는다는 성격을 갖는다.

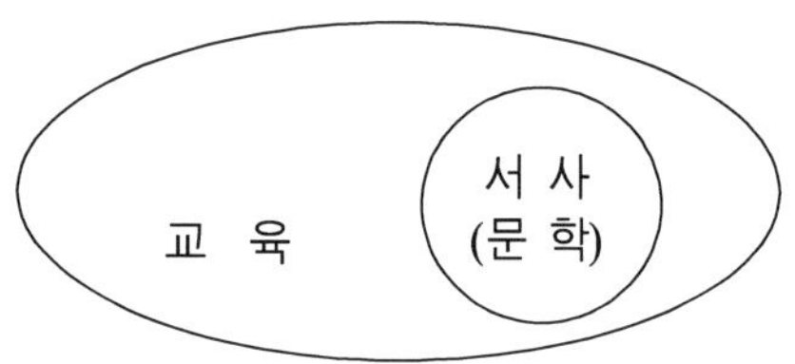

〈전통적 교육관의 서사교육 내용 범주〉

도표에서 보여 주듯이 전통주의적 교육관의 특징적 성격은 교육 내용에 해당하는 '서사'를 고정된 대상으로 파악한다는 점에 있다. 특히, '서사'를 정전이라고 지칭하는 텍스트로 확정함에 따라, '정전'에서 배제된 서사텍스트들을 '서사'의 영역에서 배제하는 결과를 야기한다. 하지만, '서사'는 고정된 인간의 정신을 답습하는 것이 아니라, 세계와의 끊임없는 대화의 반영적 산물이다. 더구나 절대적 진리체계가 무너진 세계 속에서의 인식을 담고 있는 근대 이후의 '서사'의 지향은 고정된 인식을 비틀어 삶에 대한 새로운 지평을 확대하려는 기획을 보여준다. 따라서 서사교육에 있어 전통주의적 교육관은 '서사'가 지향하는 삶과의 관련성을 적극적으로 부양할 수 없다.

이러한 문제가 구체적으로 드러나는 것이 바로 '학년별 내용'이다. 제 7차 교육과정은 '국민 공통 기본 교육 과정'의 개념에 따라 1－10학년 동안의 과정을 계열화하여 미분화된 개념에서 분화된 개념으로의 학습 내용을 조직하려는 의도를 보여준다. 그런데 '국민 기본 교육과정'의 최고 학년에 해당하는 9·10학년 문학의 교육 내용은 교과의 지식의 차원으로 환원된다.

〈9 · 10학년 학습 내용〉

학 년	내 용
9학년	• 한국문학의 개념과 특질을 안다. • 한국 문학의 역사적 전개 과정을 이해한다. • 작품에 쓰인 여러 가지 표현 방식을 이해한다. • 작품에 드러난 작가의 개성을 파악한다. • 작품에 드러난 사회 · 문화적 상황과 작품 창작 동기를 관련지어 이해한다. • 한국 문학의 대표적인 작품을 찾아 읽고, 자신의 생각과 느낌을 글로 쓴다. • 작품 세계를 창조적으로 수용하려는 태도를 지닌다.
10학년	• 문학의 기능을 안다. • 작품의 구성 요소와 그 기능을 이해한다. • 문학의 갈래에 따른 작품의 미적 가치를 파악한다. • 작가, 작품, 독자의 관계를 알고, 이를 작품 수용에 능동적으로 활용한다. • 작품에 드러난 사회 · 문화적 상황을 파악하고, 이를 작품 수용에 능동적으로 활용한다. • 자신의 생각이나 느낌을 문학적으로 표현한다. • 한국문학의 전통을 창조적으로 계승, 발전시키려는 태도를 지닌다.

이러한 위계적 절차를 통해 궁극적으로 도달하게 되는 지점은 '학습자의 삶에 대한 능동적 인식'과는 거리가 멀다. 최종학년에 이르는 9학년의 학습내용은 정전에 대한 인식을 강조하거나, 정전 위주의 문학사 교육으로 귀결되고, 10학년에서는 서사 혹은 문학의 전반적인 내용을 총괄하는 내용으로 이루어져 있다. 이러한 배열은 저학년 단계에서는 다양한 문학적 수용을 강조하다가 최종 단계에 이르러서는 오히려 문학을 '규범화된 양식'으로 파악하게 하는 현상을 야기한다.[36] 이러한 교육 내용은 결국 제 7차 교육과정에 나타난

36) 제 7차 교육과정의 '문학'의 내용에 나타나는 위계적 문제에 대하여서는 <정재찬, 제 7차 교육 과정 국어과 문학 영역의 비판적 상세화, 청주교육대학교 교육대학원 논문집 창간호, 청주교육대학교 대학원, 1999.>를 참조.

'서사'를 비롯한 문학교육의 지향이 전통주의적인 교육관에서 벗어나지 못하고 있음을 입증하고 있는 것이다.

이는 결국 교실에서 배운 지식과 일상의 삶, 즉 생활 세계와의 괴리를 극복할 수 없는 결과를 야기한다. 교과과정의 목표가 실천적으로 구현되는 '내용'이 지식 체계의 전수에 국한될 때, 교실에서 답습되는 담론은 더 이상 학습자가 능동적으로 생성한 담론이 될 수 없다. 궁극적으로 교화의 성공과 실패만이 관건이 될 가능성이 농후하기 때문이다. 교화란 '명제나 관점에 대한 믿음을 보증해 주는 근거에 대한 이해, 그리고 그와 같은 근거에 대한 자발적인 동의 등이 없이, 학습자들이 명제나 관점을 믿게 되는 것'[37]을 의미한다. 교화는 교과내용을 학습자가 얼마나 충실하게 이해하였느냐에 따라 성공과 실패 여부를 결정하고, 이러한 결정을 교육의 성취 여부를 판단하는 기준으로 삼게 된다. 교육을 바라보는 이러한 시각은 교육 내용에 대한 비판적 관점을 제한한다는 점에서 학습자의 능동적인 참여를 배제시킬 수 있는 결과를 야기한다. 즉, 학습자의 사고를 제한할 수 있다는 것이다.

'내용'을 이러한 방식으로 구성한 '국민 기본 교육 과정'은 학습자와 생활 세계를 연계하려는 의도를 표명하고 있음에도 불구하고, 구체적인 교과 내용의 실천적 의미를 제시하는 부분에 이르러 학습자의 비판적 인식에 대해 부정적인 시각을 제시한다.

> 문학적 상상력은 문학의 질서 속에서 세계를 재구성하는 능력이다. 이는 기본적으로 인식의 능력과 비판의 능력을 포괄하는 세계 창조의 능력이다. (중략) 언어적 형상화로서 문학 작품은 하나의 미적 구조에 해당하는 예술 작품이다. 미적 범주에 대한 총체적 인식

37) Robert E. Young, A critical Theory of Education, 이정화·이지헌 옮김, 『하버마스, 비판이론, 교육』, 교육과학사, 2003, 150쪽.

> 이 문학 능력의 기본요소라 할 수 있다. 그렇다고 **사유적인 측면에만 집착하면 문학이 철학이나 윤리학과 다를 것이 없다. 이는 문학을 이념의 수단으로 삼는다거나 사회 개혁의 무기로 간주하는 관점에 편향될 우려가 있다.** (강조: 인용자)[38]

인용문은 문학의 기능에 대한 교육과정의 해설 부분이다. 여기서 문학이 '문학의 질서 속에서 세계를 재구성하는 능력'을 기르는 것이라고 전제하는 것은 '학습자의 삶과의 연계'를 강조하는 교육목표와 일치한다. 이에 대한 부연으로서 '인식의 능력과 비판의 능력을 포괄하는 세계 창조의 능력'은 학습자가 관계를 맺고 있는 삶에 대한 주체적 인식을 강조하는 것이다.

그런데, 이러한 인식을 강조하면서 한편으로 사유적 측면에 대해 미온적 입장을 표명함으로써 문학과 생활 세계와의 관련성을 오히려 제한하는 태도를 보여준다. 더구나 철학과 윤리의 문제로 삶을 사유하고자 하는 문학적 지향성에 대해 무매개적으로 '이념의 수단' 혹은 '사회 개혁의 무기'이라고 비판하고 있다. 이러한 태도는 문학적 상상력과 생활 세계의 관련성 즉, 삶의 사태가 지니는 가치 지향적 성격을 부인하는 결과[39]를 낳을 수밖에 없다.

그러나 문학적 상상력은 결코 생활 세계가 배태하고 있는 이념적 지향성에 대하여 '객관적'일 수 없다. 문학적 상상력은 비전과 모델을 구축하려는 지향성을 지니는 '구성적 능력'이기 때문이다. 이에

---

38) 교육 인적 자원부,『교육과정 해설－국어－』, 61쪽.

39) Young에 의하면, 이는 근대 계몽주의의 합리적 오만이 확인되는 과정에서 정치·경제적으로 신보수주의와 구좌파들의 기획에 의거하여 조장되는 교육과정의 문제라고 할 수 있다. 즉, "교육과정은 한층 더 기술지향적인 것이 되고, 경제적 연관성이 강조되며, 인문 교과와 사회고 교육과정을 탈정치화 시키려고 하고, 전통적 가치를 회복시키려 한다."는 것이다. <Robert E. young, 앞의 책, 29쪽.>

대해 우한용은 문학적 상상력을 다음과 같이 분류하고 문학교육적 의미를 '비전의 생성'에서 찾는다.

> ① 인식적 상상력(imagination of awareness; ordering power): 세계에 대한 형식화 기능으로서, 문학을 통한 세계 開示의 능력
> ② 조응적 상상력(world viewing; critical consciousness): 현실에 대한 인식·비판 기능으로서 문학을 통한 세계와의 상호 조정작용
> ③ 초월적 상상력(imagination of world making; vision of the world): 가능한 모델 창조의 기능으로, 세계에 대한 비전으로 세계를 재구성하는 능력[40)]

여기서 인식적 상상력이란 문학에 한정된 능력이라기보다는 언어를 매개로 하는 문학의 존재방식에서 기인하는 사유의 태도라고 할 수 있다. 즉, 언어를 통한 사물의 인지적 측면을 가능하게 하는 능력을 의미한다. 한편, 조응적 상상력과 초월적 상상력은 '가치의 추구'와 관련된 상상상력으로서 문학교육현상을 구성할 수 있는 주요한 동인이 될 수 있다. 문학적 상상력은 '삶의 이상적 상태로 상정되는 삶의 비전을 마련하는 (문학적) 상상력'이기 때문이다. 즉, 지향성을 추구하는 것에서 문학적 상상력의 교육적 의미를 찾을 수 있다는 것이다. 문학적 상상력을 '가치를 추구하는 지향적 태도'에서 의미를 찾을 때, 서사교육에서의 내용이 '지식'의 차원을 넘어설 수 있다.

이 때, 현실에 대한 인식과 비판 그리고 '언어를 통해 의미를 공유하고 의견을 조정하며 이념의 실천'[41)]을 통한 현실을 넘어서고자 하는 문학적 상상력의 지향성은 서사교육이 생활 세계와의 관련성을

---

40) 우한용, 『문학교육과 문화론』, 서울대학교출판부, 1997, 48-49쪽.
41) 우한용, 앞의 책, 47-58쪽 참조.

구체적으로 매개하는 능력이 될 수 있다.

지향성을 가진다는 것은 수직적 전망을 획득한다는 것을 의미한다. 수직적 전망이란 '진보와 퇴보라고 하는 하나의 전이된 도덕적인 의미'42)를 인식하게 한다. 이 때, 수직적 전망은 생활 세계 내의 가치 판단의 문제와 관련을 맺는다. 수직적 전망을 세운다는 것은 현실의 모순을 인식한다는 것을 전제하기 때문이다. 따라서 문학적 상상력이 지향하는 것은 텍스트가 담지하는 의미 혹은 문학적 지식 내용에 국한되는 것이라 할 수 없다. 즉, 서사교육의 내용 범주는 학습자의 존재적 토대가 되는 생활 세계의 제 문제로 전이될 수 있는 '서사현상'이 되어야 한다는 것이다.

4. 서사교육의 방법

교과의 교육의 목표와 내용은 일련의 교육공학적 절차에 의해 실천적 형태를 구현한다. 우선 교과체계와 관련된 '국어'교과는 제 7차 교육과정에서 크게 '국민 공통 기본 교과'와 '선택 과목'의 형식으로

42) Bollnow는 실존주의적 입장에 의거하여 인간을 '근거와 고향을 상실한 존재'로 파악하고, 인간 존재가 일상 생활의 '무사고성(Gadankenlosigkeit)'을 극복하고자 할 때 진정한 주체의 의미를 획득한다고 주장한다. 이 때, '수직적 전망'은 '무사고성'을 극복하는 계기가 된다는 점을 강조한다. Otto Friedrich Bollnow, Pädagogik in anthropologischer Sickt, 오인탁·정혜영 옮김, 『교육의 인간학』, 문음사, 1999, 135－144 참조.

분류된다. 이 때, '국민 공통 기본 교과'는 모든 학습자가 공통으로 이수해야 할 과정으로, '선택 과목'은 다시 '일반 선택'과 '심화 선택'으로 나뉘어 반드시 이수하지 않아도 될 교과로 규정된다. 국어와 관련된 '일반 선택' 과목인 '국어생활'은 교양 증진 및 실생활과 연관된 교육 내용을 포함하는 과목으로, '심화 선택' 과목은 '화법', '독서', '작문', '문법', '문학'으로 학생의 진로, 적성과 소질을 계발하는 데 도움을 주기 위한 과목으로 규정된다.[43] 특히, '심화 선택' 과목의 경우, '원론적으로 보면 국어국문학과나 국어교육학과 또는 문예창작학과 등 국어나 문학 관련 학과에 진학할 학생들이 선택하여 이수하는 것'[44]으로 간주하고 있다.[45] 이러한 교육공학적 절차를 살펴볼 때, 전체 학습자들이 공통으로 이수하게 되는 '국어' 교과에서 '문학'의 의미는 오히려 '국민 공통 기본 교과'의 의미를 충실히 구현할 수 있는 목적과 내용에 의해 구체적 설계가 이루어져야 한다는 것을 시사한다.

'국민 공통 기본 교과'로서의 고등학교 국어 교과는 '국민 공통 기본교육 과정'의 최고 학년을 대상으로 삼는다. 이는 이 시기, 즉 최고 10학년 단계는 '국민 공통 기본 교과'의 교육공학적 완결성을

---

43) 교육부, 『교육 과정』, 13쪽.

44) 교육인적자원부, 『교육과정 해설-국어』, 11쪽.

45) '문학'교육의 이러한 교육공학적 '심화'양상은 학습자의 미래를 지식의 측면에서 재단한다는 비난을 면할 수 없을 것이다. 또한, 이러한 공학적 설계가 제 6차 교육과정에서 제기한 '과정별 필수과목'의 반복에 지나지 않다는 것은 또 다른 문제를 야기한다. 즉, 심화의 원리가 무엇인지가 구체적으로 제시되지 않는다는 것이다. 단순히 '선택 과목이기는 하나 과목을 많은 학생이 선택한다면 국어 교과의 위상 제고에 긍정적으로 기여할 것이다.', '문제는 선택 과목의 내용을 어떻게 구성하느냐일 것이다.'<교육인적자원부, 앞의 책, 10쪽.>와 같은 정책입안자의 진술은 공학적 설계 과정에서 문학교육의 심화 과정에 대한 목적도 내용을 포함하는 원리도 고려하지 않았음을 자인하고 있다는 점에서 문제를 드러낸다.

취하는 단계라는 것을 의미한다. 이는 '인간의 삶을 총체적으로 이해하는 것'과 '문학적 상상력'을 통한 '비판적이고 창의적인 사고'라는 문학교육의 목표 지향성을 교육과정의 설계 측면에서 집중화하고 활성화하는 단계임을 의미한다는 것이다. 이러한 점에 의거하여 교육과정에서는 다음과 같은 방법적 원리를 제시한다.

> ① 학습자 수준에 적합한 과제를 제시하여 이를 창의적으로 해결하도록 함으로써 자기 주도적 학습력을 신장시킨다.
> ② 문학 지도에서는 개별 작품을 학습자의 삶과 관련지어 봄으로써 심미적 상상력과 건전한 심성을 계발하고 바람직한 인생관과 세계관 형성을 돕는 학습 활동을 강조한다. 특히, 문학의 창작 지도에서는 개작, 모작, 생활 서정의 표현 등 작품의 심층적 감상을 돕는 학습 활동을 강조한다.
> ③ 강의, 토의, 토론, 현장 학습, 협동 학습 등 학습 내용과 학습 목표에 적합한 수업 모형을 적용하여 교수·학습을 전개하되, 특히 다음 사항에 유의한다.
> • 교사와 학습자, 학습자와 학습자 간의 적극적인 상호 작용을 강조하여 학습의 효율성을 도모한다.
> • 학습자의 창의적인 국어 사용 활동을 권장하고, 학습자의 다양한 반응을 적극 수용한다.
> • 개방적이고 자유로운 교수·학습 분위기를 조성한다.
> • 다른 사람의 의견을 성실하게 듣고 자신의 의견을 명확하게 표현하는 학습 활동을 강조한다.
> • 학습 과정에 능동적으로 참여하여 비판적이고 창의적으로 사고할 수 있는 기회를 충분히 제공한다.
> • 의견과 근거를 분명하게 제시하는 학습 활동을 강조한다.
> • 학습 과정을 스스로 점검하여 부족한 점을 개선한다.[46)]

---

46) 교육부, 『교육과정』, 112－114쪽.

이상의 방법적 원리는 크게 두 가지로 항목화 할 수 있다. 첫째는 목표에 부합하는 교과 특성의 원리로서, 학습자의 수준에 맞는 과제 제시와 문제해결, 이 과정에서 요구되는 학습자의 '창의적이고 자기 주도적' 태도를 강조하는 것이다. 특히 문학 영역에서 학습자의 삶과의 관련성을 부각시킴으로써 '바람직한 인생관과 세계관 형성'에 기여할 수 있는 교수·학습의 지향성을 밝히고 있다.[47]

한편, 교수·학습의 지향성을 구체적으로 실천하기 위한 방법적 원리로서 토의, 토론, 협동 학습 등을 통한 학습자 중심의 능동적이고 개방적 교수·학습의 중요성을 제시하고 있다. 이러한 방법적 원리의 특징은 '능동적 참여, 교실에서 우러나는 목소리의 다양성, 비판적이고 창의적으로 사고할 수 있는 태도' 등을 강조하는 것이다. 특히, 토론과 논증의 강조는 비판적 사고를 고취시키기 위한 방법적 원리로 제시된다.[48]

47) 창작지도가 강조되는 것 또한 현행 교과과정의 한 특징이라고 할 수 있다. 특히, 창작을 '내면화'의 구체적인 양상으로 간주하고, 이를 구체적으로 적용하고자 하는 기획이라고 할 수 있다. 서사교육에서 이러한 기획은 '서사능력'을 '서사를 수용하는 능력과 서사를 생산하는 능력'이라고 규정하는 데에서 비롯한다고 판단된다. 그런데, 이러한 창작, 즉 서사의 생산이 내면화의 한 양상으로 간주될 수 있겠지만, 이를 다른 내면화의 방식과 구분되는 '심층적 감상'으로 규정하는 것 또한 문제를 야기할 가능성이 있다. 즉, '서사'의 수용과 생산의 방식이 교실에서의 '서사능력'과 어떠한 관련성을 가지는가에 대한 검토가 필요하다는 것이다. 서사능력을 '서사를 이해하고, 해석하고, 평가하는 능력'을 전제로 한다면, 그 결과를 내면화하는 방식이 반드시 '서사'를 생산하는 것으로 귀결되는 것은 아니기 때문이다. 더구나, '생활서정, 개작, 모방'이 서사를 '이해하고 해석하고 평가하는' 것과 구체적으로 어떻게 관련되는지에 대한 심도 있는 검토가 필요하리라고 본다.

48) 비판적 사고를 위한 교육에서 가장 강조하는 것이 '토론과 논증에 의한' 교수·학습 방법이다. 물론 이러한 방식의 적용 시기에는 다소 이론이 제기되기도 하지만, 중등학교 이상의 경우는 이러한 방식이 주요한 교실수업의 방식이 되어야 한다는 데에는 대부분의 연구자들이 동의를 하고 있다. <김공하, 비판적 사고의 교과적 접근, 교육사상연구

그런데, 이러한 지향성과 방법적 원리의 구체적 내용을 『교육과정』에서는 설명하거나 제시하지 않는다. 따라서 실제적 모형을 살펴볼 필요가 있다. 이러한 지향성과 방법적 원리가 구체적으로 실천되는 모형이 바로 '국어교과서'이다. 즉, 교수·학습의 지향성과 방법적 원리에 대한 설계가 구체적으로 구현되고 매개되는 모형이라 할 수 있다. 이 모형의 구체적인 교수·학습의 양상을 좇아서 '교육과정'의 지향성과 방법적 원리를 살펴보도록 하자.

10학년에 해당하는 고등학교 '국어'의 편제는 '대단원의 설정'→'대단원의 개관'→'준비학습'→'소단원'→'학습활동'→'소단원'→'학습활동'→'단원의 마무리'→'보충학습'→'심화학습'의 절차에 따라 설계되어 있다. '대단원의 설정'과 '대단원의 개관'은 대단원의 구체적 학습 목표와 교수·학습의 방향성을 제시하는 역할을 한다. 이어지는 '준비학습'은 '전(前) 학년 학습 내용'과의 연계성을 고려한 단계로서 단원의 학습 목표와 내용을 환기하는 단계라고 할 수 있다.

소단원은 대단원의 설정에 따라 제시된 텍스트와 '학습활동'으로 구성된다. 대부분의 소단원은 크게 두 개의 소단원 텍스트를 바탕으로 짜여져 있다. 즉, 대단원의 학습목표에 따라 다중텍스트성을 형성하고 있는 셈이다. 다중텍스트란 텍스트 간의 관계를 형성함으로써 텍스트의 의미 구성을 활성화시키는 텍스트를 의미한다. 따라서, 다중텍스트성은 풍부한 텍스트 환경을 조성한다는 교육적 의미를 지닌다.

한편, 이러한 소단원의 학습활동은 '단원의 마무리', '보충학습', '심화학습'으로 종합된다. '보충학습' 단계는 '단원의 기본 학습 목표를 재학습하는 데에 초점'[49]이 놓어지며, '심화학습'은 '본시 학습을

제 8집, 한국교육사상연구회, 1999, 283-290 참조.>

49) 서울대학교 국어교육 연구소, 『고등학교 교사용지도서-국어(상)』, 두산, 2002, 81쪽.(이하 『교사용지도서-국어(상)』, 쪽수만 표기.)

바탕으로 좀더 차원 높은 이해'[50]를 위한 단계이다.[51] 따라서, 선형적인 절차에 따르면, '소단원 학습'과 '심화학습'이 단계적 절차를 이룬다고 할 수 있다.

그러나 현행 교과서 모형의 절차에서도 교수·학습의 목적과 원리가 제대로 해명되지 않는다. 우선, 소단원들이 형성하고 있는 다중텍스트성의 성격과 심화 모형의 방법적 원리가 되는 교수·학습 원리의 실천성의 문제가 대두된다. 우선, 다중텍스트성의 성격의 모호성은 대단원의 설정 목표가 모호하다는 점에서 기인한다. 교과서의 한 단원을 구체적인 실례로 삼아보자.

가령, '국어'의 첫단원인 '읽기의 즐거움'의 학습 목표는 '① 적절한 배경 지식과 방법을 활용하면서 읽는 태도를 지닌다. ② 문학 작품이 주는 즐거움과 보람을 안다.'로 설정된다. 그리고 ②의 항목과는 관련하여 '문학의 기능'에 대한 이해를 목적으로 삼는다.

> 문학은 인간의 존재와 본질을 다루므로 인간의 상상력을 고양시키고, 삶의 총체성을 체험하게 하여 과학적 합리주의가 가지는 한계를 극복하게 한다. 문학 교육을 통하여 학습자는 삶의 모습을 발견하게 되며, 개인과 사회, 인간과 자연, 인간과 삶의 문제로 발전하여 공동체의 통합을 이루기 때문이다. 문학을 통하여 공동체의 삶의 방식과 가치관에 동참하는 것은 공동체의 삶을 이해하고 실현하는 수준을 넘어서서 개개인의 의식에 연대감이나 동질감 등으로 나타나 중대한 영향을 준다.[52]

---

50) 서울대학교 국어교육 연구소, 『교사용지도서－국어(상)』, 86쪽.

51) '보충학습'과 '심화학습'은 '국민공통기본교육내용'을 충실히 달성했는가 하지 못하였는가의 평가에 따라 진행되는 일련의 교수·학습절차이다. 따라서 이는 연속된 선형적 교수절차를 이루지 못한다.

52) 교육인적자원부, 『교육과정 해설』, 61쪽.

이러한 목표를 실천하기 위해 소단원에 제시되는 텍스트는 '최재천의 「황소개구리와 우리말」, 박완서의 「그 여자네 집」'이다. 그런데, 앞서 제시된 이 단원의 두 목표는 소단원을 포괄하는 목표로 작용하기보다는 소단원별 학습 목표로 개별화되는 양상을 보인다. 즉, '적절한 배경 지식과 방법을 활용하면서 읽는 태도를 지닌다.'는 목표는 「황소개구리와 우리말」에, '문학 작품이 주는 즐거움과 보람을 안다.'는 목표는 「그 여자네 집」에 한정되어 적용되고 있다는 것이다.[53)]

현행 국어교과서는 대단원 중심으로 하나의 교수맥락을 유지하고 있다. 그리고 대단원의 교수맥락은 소단원에 제시된 텍스트의 의미를 중심으로 구현된다. 그런데, 위와 같은 소단원의 학습 내용은 대단원의 학습 목표가 소단원의 학습 내용을 포괄하지 못하고 있음을 나타낸다. 즉, 텍스트 간의 의미를 관련시키지 못하고 있는 것이다. 다중텍스트성이란 사태를 바라보는 다양한 태도를 교육적 의미로 수용하고자 하는 교수방법적 원리이다. 이러한 다중텍스트성은 대단원의 학습 목표가 설정한 관점에서 관련된 텍스트의 선정원리가 된다. 그러나 이러한 교육과정의 원리는 실제에 있어서 텍스트들의 관련성을 구현하지 못한 채 나열되고 있는 것이다.

또 다른 문제는 그 절차를 진행하는 방법적 원리의 실천성의 문제이다. '국어'교과서의 학습활동은 '혼자하기'와 '함께하기'의 단계로

53) 7차 교육과정에 나타나는 다중텍스트성의 또 다른 문제 양상은 텍스트의 관련성에 교육적 의도가 희박하다는 데에서 찾을 수 있다. 가령, 단원 '언어와 세계'에서는 '동국신속삼강행실도'와 '삼대'를 제시텍스트로, '당대의 가치관과 사회상'을 파악하는 것을 학습 목표로 삼는다. 즉, 텍스트의 의미가 현대의 삶의 모습과 원근법적 관계를 형성하지 못한 채, 실증주의적 지식을 파악하는 데에 다중텍스트성의 의미를 구현하고 있는 것이다. '정보의 조직과 활용'이라는 단원에서는 '다매체 시대의 언어 활동', '허생전'을 제시하고 세운 학습 목표도 이러한 비판의 연장선상에 있다고 할 것이다.

나뉘어진다. 이는 ‘기본’ 학습 과제와 ‘심화’ 학습 과제와 관련된다.[54)]

10학년의 문학의 활동 내용에서 가장 문제가 되는 것이 ‘심화학습’의 경향성이다.

① 문학의 기능을 구체적인 작품을 예로 들어 설명한다.
② 작품을 이루는 구성 요소들의 기능과 이들 간의 관계에 유의하며 작품을 수용한다.
③ 문학의 갈래에 따른 작품의 미적 가치를 정리하여 표로 나타내고, 이를 바탕으로 설명하는 글을 쓴다.
④ 작가, 작품, 독자의 관계를 알고 작품을 읽는 경우와 작품을 모르고 읽는 경우의 차이점에 대하여 토론한다.
⑤ 작품에 드러난 사회·문화적 상황을 파악하고 작품을 읽는 경우와 파악하지 못하고 작품을 읽는 경우의 차이점에 대하여 토론한다.
⑥ 자신이 쓴 작품을 친구들과 바꾸어 읽고 비교한다.
⑦ 한국 문학의 전통을 계승, 발전시키려면 어떻게 해야 할지 토의한다.[55)]

이러한 항목들의 내용은 문학적 지식과 관련되거나(①, ②), 혹은 구체적 의미마저도 모호한 항목(③, ⑦)구성되어 있다. 특히, 토의와 토론을 강조하는 항목은 텍스트의 구체적인 의미와 관련된 것이 아니라, 문학적 지식의 중요성을 강조하는 내용(④, ⑤)으로 이루어져 있다.[56)]

54) 물론, 『교육과정』에서 제시한 이러한 활동과제들이 ‘예시’의 성격이 강하지만, 이러한 ‘예시’들의 경향은 교육현장에서 구체적인 실천으로 작용할 수 있다는 의미를 가진다.
55) 교육부, 앞의 책, 109－111쪽.
56) 이러한 문제는 교과의 실제에 해당하는 ‘학습활동’에 보다 더 심각한 양상으로 나타난다. 가령, 김유정의 「봄봄」의 심화학습 내용은 ‘이 글

이는 궁극적으로 서사교육의 실천성과도 연관이 된다.[57] 그런데 교수·학습 계획에 나타난 '심화학습'의 시수 설정에는 그 실천적 의미를 부여하기에는 지나치게 형식적인 교육공학적 고려가 드러난다. 이는 토의 혹은 토론의 강조가 어떠한 지향성을 지니고 있는가의 문제를 별도로 하더라도, 심화학습의 실천성이 교육공학적 기획 차원에서 부정되는 것과 다름없는 교육현실을 반영한다. 서사교육의 목적이 '삶에 대한 비판적이고 창의적인 사고'에 있다면, 심화학습의 절차적 방법은 서사텍스트가 구현하는 다양한 삶의 문제를 학습자의

의 특색을 살리는 데 누구의 낭독이 더 적절했는지 서로의 낭독을 평가해 보자.' 등으로 구성되어 있으며, 진수완의 영상텍스트 대본에 해당하는 「어느 날 심장이 말했다」의 심화 학습 내용은 '부자(父子)간에 서로 상처를 준 말들을 찾고, '나'라면 그 상황에서 어떻게 말했을지 상상하여 표현을 고쳐 보자.' 등으로 이루어져 있다. 즉, 『교육과정』이 제시한 '서사'의 지향과는 무관한 교수·학습이 진행되고 있는 것이다.

57) 제 7차 교육과정은 수준별 학습을 실시하고 있다. 이 중 '국민기본과정'과 가장 관련이 있는 사항은 기본 과제 학습과 보충학습, 그리고 심화학습의 단계별 교수학습방법이다. 이 때, 심화학습은 '상당한 독서나 토론을 통해서 해결하는 과제나 깊이 있는 조사결과를 논리적으로 연결하여 서술하는 과제 등, 학습속도가 빠른 학생들도 상당한 시간을 투자해야 해결할 수 있는 과제로 구성'되어야 한다. 그리고 '같은 본문을 가지고, 학습과제를 다르게 혹은 심도 있게 제시하는 방식으로 이루어질 수 있어야' 한다. <이용숙, 수준별 교육과정에 적합한 교과서 내용 구성, 교육학연구, 한국교육학회, 2001, 354쪽.> 그러나, 현행 국어교과서의 편제는 '기본－보충－심화'의 체계를 가지면서 각기 다른 텍스트를 제시하는 것이 일반적인 경향이다. 문제는 각 단계의 텍스트들이 맥락을 가지면서 '기본－보충－심화'의 연속성을 지니지 못한다는 현상을 보인다는 점과 텍스트의 지향성 중심의 교육적 원리를 고려하지 못함으로써 텍스트의 과도한 양적 증가만을 불러오고 있다는 것이다. 더구나, 교수학습의 시간의 설정에 있어 보충·심화학습은 요식적 절차로 진행될 가능성이 농후하다. 그 예로, 국어과 교사용지도서에 제시된 단원의 학습계획에는 대부분 대단원별 차시가 8차시로 규정되어 있으며, 이 중 보충·심화학습에 할당되어 있는 시간은 1차시에 불과하다. 이러한 교육과정의 기획은 학습자의 생산적인 담론 생성을 위축시키는 결과를 야기할 수밖에 없는 구조적인 문제를 안고 있는 것이라고 할 것이다.

현실 문제로 전이하여 지평을 확대하는 데에 기여해야 할 것이다. 그러나 『교육과정』에서 제시한 서사교육의 목표 및 내용, 방법은 구체적인 교과의 실천차원에서 그 의미를 잃어버리고 있다.

참고문헌

1차 자료

교육 인적 자원부, 『고등학교 교육과정 해설－국어－』, 대한교과서주식회사, 2001.

교육부, 『초・중등학교 교육과정 <별책 1>』, 대한교과서주식회사, 1997.

교육인적자원부, 『고등학교 교육과정 해설－총론－』, 대한교과서주식회사, 2001.

서울대학교 국어교육 연구소, 『고등학교 교사용지도서－국어(상)』, 두산, 2002.

2차 자료

김인환, 독서의 가치, 『교양국어』, 고려대학교 교양국어편찬위원회 편, 고려대학교 출판부, 2001.

김중신, '소설 교육과 타자의 지평'에 대한 토론문, 『문학교육과 사회성 발달』, 한국문학교육학회 제 33회 학술대회 발표문, 2004.

김형철, 제 7차 국어과 교육과정의 비판적 이해, 교육이론과 실천, 10권 제2호, 2000.

대통령자문 교육개혁위원회, 『세계화·정보화 시대를 주도하는 新교육체제 수립을 위한 교육개혁 방안-제 2차 대통령 보고서-』, 대통령 자문 교육개혁위원회, 1995.

우한용, 『문학교육과 문화론』, 서울대학교출판부, 1997.

이상태, 7차 교육과정과 국어교육 현장, 국어교육연구 제31집, 국어교육학회, 1999.

정재찬, 제 7차 교육 과정 국어과 문학 영역의 비판적 상세화, 청주교육대학교 교육대학원 논문집 창간호, 청주교육대학교 대학원, 1999.

정혜승, 제 7차 국어과 교육과정의 비판적 검토, 교육과학연구 제 32집 1호, 이화여자대학교 교육과학연구소, 2001.

김공하, 비판적 사고의 교과적 접근,교육사상연구 제 8집, 한국교육사상연구회, 1999.

이용숙, 수준별 교육과정에 적합한 교과서 내용 구성, 교육학연구, 한국교육학회, 2001.

Georg Lukács, Die Theorie des Romans, 반성완 역, 『소설의 이론』, 심설당, 1985.

I. A. Snook, Indoctrination and Education, 윤팔중 역, 『교화와 교육』, 배영사, 1977.

James Crosswhite, The Rhetoric of Reason, 오형엽 옮김, 『이성의 수사학』, 고려대학교출판부, 2001.

John E. McPeck, 『Critical Thinking and Education』, St Martin's Press, 1981.

Joseph Femia, 그람씨 사상에 있어서 헤게모니와 의식, 『국가 계급 헤게모니』, 임영일 편저, 풀빛, 1985.

Otto Friedrich Bollnow, Pädagogik in anthropologischer Sickt, 오인탁·정혜영 옮김, 『교육의 인간학』, 문음사, 1999.

Pierre Bourdieu, Les Règles de L'art, 하태환 역, 『예술의 규칙』, 동문선, 1999.

Raymond Williams, Marxism and Literature, 이일환 역, 『이념과 문학』,

문학과지성사, 1982.

Robert E. Young, A critical Theory of Education, 이정화·이지헌 옮김, 『하버마스, 비판이론, 교육』, 교육과학사, 2003.

Ⅱ

영상드라마를 통한 비판적 사고 교육 연구

1. 서 론

1) 문제 제기와 연구 목적

교육이란 '바람직한 인간 형성을 위한 일련의 계획적이고 의도적인 과정'이라고 정의할 수 있다.1) 교육을 이렇게 정의할 때 '바람직한 인간 형성'이란 교육이 학습자의 변화와 성장을 염두에 둔다는 것을 의미한다. 또한 '일련의 계획적이고 의도적인 과정'이란 체계화된 교육행위로 실천된다. 학교교육(schooling)은 이러한 학습자의 변

---

1) '교육'에 대한 정의는 크게 세 가지의 유형으로 나누어 볼 수 있다.
첫째 유형은 '전수(transmission)에 강조를 두는 입장이다. 이러한 입장에서 교육은 학습자가 장차 헌신할 가치가 있는 것을 전수해 주는 일로 정의된다. 따라서 학습자의 인지적 변화를 강조한다.
둘째 유형은 학습자 행동의 변화에 강조를 두는 입장이다. '계획에 의한 학습자의 변화'라는 정의가 대표적이다. 이러한 입장에 바라본 교육은 '없던 지식을 갖추게 하고, 미숙했던 사고력을 숙달케 하며, 몰랐던 기술을 몸에 붙여 주고, 이러했던 觀을 저런 觀으로 바꾸어 놓으며, 저런 정신을 이런 정신으로 변화시키는 행위'이다. 따라서 이러한 입장에서는 교육의 의도성과 계획성을 강조한다.
셋째 유형의 정의는 교육을 '인간의 성장 가능성을 최대한으로 신장시키도록 돕는 일' 혹은 '최대한의 자기 실현을 돕는 일'로 규정된다.
첫째와 둘째 유형의 정의에서는 학습자의 의도와 가치 지향 그리고 계획성이 부각된다. 이에 반해 셋째 유형에서는 교육자 혹은 교사는 조력자로 머물러 어떤 인간으로 자라는 일과 무엇을 배우는 일의 주체는 학습자 자신임을 강하게 부각시킨다. 이들의 입장에서 교육은 학습자가 선택하는 인간상과 그 인간상을 향한 충실한 성장을 돕는 일이라는 측면을 강조한다.<김종서 · 이영덕 · 정원식, 『교육학개론』, 교육과학사, 1984, 34－35쪽 참조.>

화와 성장을 추구하는 교육행위의 실천 양상이라고 할 수 있다.

학교교육의 실천 양상이 학습자들의 변화와 성장을 담당하지 못한다는 비판이 제기되고 있다. 이러한 비판은 교육 자체 문제에 대한 지적이라기보다는 주로 교육을 둘러싼 사회구조적 문제와 관련된다. 가장 대표적인 예가 입시를 위한 지식 교육, 이를 뒷받침하는 암기 위주의 교육 형태[2]에 대한 비판이라고 할 수 있다. 평가가 교육의 제반 행위를 규제하고 있다는 것이다.

교육의 의미를 사회적 자본[3]을 획득하기 위한 수단으로 치부하는 것은 학습자들로 하여금 미래의 시간을 담보로 현실의 삶을 희생하도록 강요한다. 미래의 삶을 위해 현재를 포기하라는 것은 삶 자체의 의미를 부정하는 것이다. “미래의 끝은 죽음이므로 현재보다 미래가 중요하다는 것은 결국 삶보다 죽음이 중요하다”[4]는 것과 다르지 않다. 현재란 과거가 중층적으로 축적된 시간이며 미래는 현재의 축적으로 이어지는 시간이다. 현재의 시간이 의미를 잃는다면 과거의 시간과 미래의 시간 역시 공허할 따름이다. 학습자의 삶을 질적으로 고양시키기 위한 교육을 위해 교육을 둘러싼 사회구조적인 문

2) 여기서 교육은 training의 의미를 지니는 수업의 형태로, 가르치기(teaching)만이 존재하는 교수방식이 된다는 점에서 진정한 의미의 교육(education)이 될 수 없다. 즉, 교수자와 학습자의 상호 소통에 기반한 교육행위라기보다는 교수자의 일방적인 주입식 교수형태만이 존재한다는 것이다.<I. A. Snook, Indoctrination and Education, 윤팔중 역, 『교화와 교육』, 배영사, 1977, 183－190쪽 참조.>

3) Bourdieu는 사회학적으로 유의미한 개인의 사고, 취향, 행동 등의 특성으로서의 아비투스(habitus)를 상정하고, 아비투스를 형성하는 근거로서 경제적 자본 이외의 자본의 유형으로 문화자본 혹은 상징자본을 부각시킨다. 그리고, 문화자본을 생산・분배・교환・분배하는 장치 중 하나로서 학교가 중요한 역할을 하고 있다고 파악한다. <Pierre Bourdieu, Les Règles de L’art, 하태환 역, 『예술의 규칙』, 동문선, 1999, 191－197 참조.>

4) 김인환, 독서의 가치, 『교양국어』, 고려대학교 교양국어편찬위원회 편, 고려대학교 출판부, 2001, 5쪽.

제는 분명 시급하게 극복해야 할 과제임에 틀림없다.

과제는 교육 외적인 문제를 해결하는 데에만 국한된 것이라고 할 수 없다. 특히 교과 교육을 중심으로 실천되는 학교교육에서 교과가 담고 있는 지식과 가치는 학습자의 삶을 형성하는 중요한 역할을 한다. 교과란 교육적 의도를 실천하기 위해 선택된 내용 체계이다.[5) 그런데, 정보와 지식의 풍요로 대변되는 현대 사회는 다양한 삶의 내용과 형식을 다양한 형태로 끊임없이 생산하고 있다. 더구나, 고전(canon)을 전범으로 삼아 그 내용을 답습하고 전수받는 과정에서 '진리'를 깨달을 수 있다는 사유체계는 확정된 진리나 가치를 부정하고 다양한 가치의 공유를 강조하는 현대의 삶에서는 이미 그 존재기반을 잃고 있는 실정이다. 따라서 하나의 교과 교육이 이루어지기 위해서는 교과의 의미를 '지금 여기'에 근거하여 교과의 교육적 의미를 새롭게 규명하고 갱신해 나가는 작업이 끊임없이 이루어져야 한다.

교육학 분야의 연구 성과를 교과교육에 구체적으로 적용하고 실천하고자 하는 노력은 교과의 교육적 의미를 활성화시킬 수 있다. 이를 위해 응용학문인 교과교육학에서는 교과의 내용이 학습자의 삶과 맺고 있는 연계성을 적극적으로 고려해야 한다. 교실에서 생성된 의미가 학습자의 생활에서 구체적인 의미로 이행될 수 있어야 하기 때문이다. 이 때, 교육은 "모든 것을 가르치는 것이 아니라 어떤 것을 가르치는 것이며, 모든 방식으로가 아니라 어떤 방식으로 가르치는

---

5) 곽병선은 교과의 선정이 사회적으로 결정을 내릴 수 있는 권위에 의해 결정된다고 본다. "교과는 다양한 문화 요소 중에서 선정하여 조직한다는 점에서 의사 결정의 산물로 성립한다는 점이다. 무엇을 교과로 정할 것인가는 정신적 요소에 대한 분야와 경험적 요소에 대한 분야에 대하여 논리적으로 분석하면 자연스럽게 시사되는 것이 아니라, 의사 결정자의 주관적 의지에 따라 결정을 내림으로써 어느 분야가 교과가 되기도 하고 그렇지 못할 수도 있는 것이다."<곽병선, 교과의 논리와 가치에 대한 한 성찰, 교과교육연구 제1집, 이화여대교육대학원, 1992, 3쪽.>

것"[6]이라는 주장은 학습자 중심의 교과 교육의 방향성을 강조한다. 교육의 내용과 방법은 학습자의 삶을 고려할 때 분명하게 설정될 수 있다는 것이다.

학습자의 삶을 고려한 교육에서 중시하는 것 중 하나가 '비판적 사고'이다. 비판적 사고 기르기는 학습자의 능동적인 사고를 촉진시킨다는 점에서 대부분의 교과가 교육의 목표[7]로 표방하고 있다. 문학교육에서도 비판적 사고 기르기는 창의적 표현 능력 함양과 더불어 중요한 교육의 목표로 설정된다.[8]

---

6) James Crosswhite, The Rhetoric of Reason, 오형엽 옮김, 『이성의 수사학』, 고려대학교출판부, 2001, 46쪽.

7) 교육의 목표는 크게 '목적(aims)', '목표(goals)', '지침(objective)'으로 위계화된다. '목적'은 교육에 대하여 어떤 그룹이 갖고 있는 가치관을 밝히는 일반적인 선언이라고 할 수 있다. 이는 그 그룹이 갖고 있는 이념적 방향성을 제시한다. '목표'는 목적과 지침의 중간에 위치하는 어떤 의도를 선언하는 것을 가리킨다. 특히, 어떤 과목이나 프로그램에 따르는 목적을 기술한 것이다. 목표는 예상되는 결과에 더욱 중점을 두고, 아울러 교육과정의 설계자에게 교육과정의 내용을 선택하는 기초를 제공한다. '지침'은 교육을 받은 후에 학습자가 어떤 능력을 갖게 될 수 있는가를 구체적으로 밝히는 것이다.<Elliot W. Eisner, The Educational Imagination, 이해명 역, 『교육적 상상력』, 단국대학교출판부, 1983, 170-171쪽 참조.>

8) 현행 제 7차 국어과 교육과정은 문학교육의 목표에 대해 다음과 같이 제시하고 있다.

<목 표>

언어 활동과 언어와 문학의 본질을 총체적으로 이해하고, 언어 활동의 맥락과 목적과 대상과 내용을 종합적으로 고려하면서 국어를 정확하고 효과적으로 사용하며, 국어 문화를 바르게 이해하고, 국어의 발전과 민족의 언어 문화 창달에 이바지할 수 있는 능력과 태도를 기른다.

가. 언어 활동과 언어와 문학에 대한 기본적인 지식을 익혀, 이를 다양한 국어 사용 상황에서 활용하는 능력을 기른다.

나. 정확하고 효과적인 국어 사용의 원리와 작용 양상을 익혀, 다양한 유형의 국어 자료를 비판적으로 이해하고 사상과 정서를 창의적으로 표현하는 능력을 기른다.

다. 국어 세계에 흥미를 가지고 언어 현상을 계속적으로 탐구하여, 국어의 발전과 국어 문화 창조에 이바지하려는 태도를 기른다.(강조:

그런데 비판적 사고는 다양한 지식을 가르친다고 해서 저절로 길러지는 것이라고 할 수 없다. 비판적 사고는 '어떤 대상에 대한' 사고이다. 이 말은 비판적 사고는 각 교과가 다루는 고유한 지식에 따라 다른 의미를 지닌다는 것을 의미한다.[9] 문학교육에서의 비판적 사고는 다른 교과와 변별되는 성격을 띤다는 것이다. 하지만 지금껏 문학 교육의 교육과정(教育課程)에서는 문학교육만의 비판적 사고의 의미를 명확하게 제시하지 못하고 있다.[10] 이는 교육과정에 제시되는 목표가 지나치게 추상적이거나 선언적이라는 데에서 원인을 찾을 수 있다.[11] 이러한 현상은 교육을 실천하기 위한 구체적인 방법을

인용자)

<교육부, 『초·중등학교 교육과정 별책 1』, 대한교과서주식회사, 1997, 28－29쪽.>

9) McPeck은 비판적 사고의 성격을 설명하는 가운데 비판적 사고가 각 교과의 고유한 지식과 관련이 있음을 다음과 같이 지적하고 있다. '어떤 사람이 반성적 회의를 가지고 어떤 영역(수학·정치 혹은 등산 등의 영역)에 참여하는 성향과 기능을 가지고 있다면 그는 그 영역에 있어서는 비판적 사고를 지닌 사람이라고 할 수 있다. 하지만, 그러한 비판적 사고가 반드시 다른 영역에서도 그대로 적용되는 것은 아니다.' <John E. McPeck, 『Critical Thinking and Education』, St Martin's Press, 1981, pp.7－14.>

10) 정혜승은 현행 국어과 교육과정의 '성격'이 지나치게 추상적이기 때문에 '교사들로 하여금 국어과의 성격을 파악하는 데 어려움을 주며, 특히 막연하고 추상적인 내용은 자칫 국어과의 교육적 의미를 포장하는 상투적 미사여구나 선언적 진술로 받아들여지기 쉽다.'고 비판한다.<정혜승, 제 7차 국어과 교육과정의 비판적 검토, 교육과학연구 제 32집 1호, 이화여자대학교 교육과학연구소, 2001. 43－44쪽 참조.>

11) 교육과정에서 제시하고 있는 문학교육의 의미는 지나치게 포괄적으로 제시되고 있다. 이는 다음과 같은 진술에 잘 나타난다.

"문학은 인간의 존재와 본질을 다루므로 인간의 상상력을 고양시키고, 삶의 총체성을 체험하게 하여 과학적 합리주의가 가지는 한계를 극복하게 한다. 문학교육을 통하여 학습자는 삶의 모습을 발견하게 되며, 개인과 사회, 인간과 자연, 인간과 삶의 문제로 발전하여 공동체의 통합을 이루기 때문이다. 문학을 통하여 공동체의 삶의 방식과 가치관에 동참하는 것은 공동체의 삶을 이해하고 실현하는 수준을 넘어서서 개

도외시한 채 문학을 교육한다는 행위 자체만으로 교육활동을 긍정적으로 간주할 위험성을 야기한다. 즉 문학텍스트를 감상하거나 문학지식을 습득함으로써 '비판적 사고'와 같은 교육의 목표가 자동적으로 성취된다고 간주할 수 있다는 것이다.[12)]

이 논문에서는 서사교육에서 학습자들이 비판적 사고를 기를 수 있는 구체적인 방법론을 모색하고자 한다. 이를 위해서 비판적 사고가 작용하여 생성하는 '문학현상'을 교육의 내용으로 삼고자 한다. 문학현상이란 텍스트의 생산, 텍스트의 구조, 텍스트의 수용과 반영 등 문학텍스트와 관련된 일련의 작용과정을 말한다. 기존의 서사교실[13)]에서는 주어진 문학텍스트에 대한 해석과 감상을 중심으로 교육

개인의 의식에 연대감이나 동질감 등으로 나타나 중대한 영향을 준다." <교육인적자원부, 『고등학교 교육과정 해설－국어－』, 대한교과서주식회사, 2001, 61쪽.>

12) 이러한 문제점은 현행 제 7차 교육과정의 9・10학년 학습 내용에 그대로 나타난다. 현행 교육과정에서 문학 영역의 학습 내용은 문학에 대한 전반적인 내용을 총괄하고 있다.

학 년	학습내용
9학년	• 한국문학의 개념과 특질을 안다. • 한국 문학의 역사적 전개 과정을 이해한다. • 작품에 쓰인 여러 가지 표현 방식을 이해한다. • 작품에 드러난 작가의 개성을 파악한다. • 작품에 드러난 사회・문화적 상황과 작품 창작 동기를 관련지어 이해한다. • 한국 문학의 대표적인 작품을 찾아 읽고, 자신의 생각과 느낌을 글로 쓴다. • 작품 세계를 창조적으로 수용하려는 태도를 지닌다.
10학년	• 문학의 기능을 안다. • 작품의 구성 요소와 그 기능을 이해한다. • 문학의 갈래에 따른 작품의 미적 가치를 파악한다. • 작가, 작품, 독자의 관계를 알고, 이를 작품 수용에 능동적으로 활용한다. • 작품에 드러난 사회・문화적 상황을 파악하고, 이를 작품 수용에 능동적으로 활용한다. • 자신의 생각이나 느낌을 문학적으로 표현한다. • 한국문학의 전통을 창조적으로 계승, 발전시키려는 태도를 지닌다.

이 실천되는 경향을 보여 왔다. 즉, 텍스트들 사이의 관련성보다는 단일 텍스트 중심으로 교육이 이루어져 왔다는 것이다. 그런데 단일 텍스트를 중심으로 교육이 이루어질 경우 서사가 지닌 일면적 속성만을 강조할 가능성이 제기될 수 있다. 하지만 개개의 텍스트는 문학의 총체적인 본질이나 속성을 모두 담아내는 것이라고 할 수 없다.[14] 단일 텍스트 중심의 교육에서 문학현상 중심으로 교육의 내용을 확장할 때 문학이 구현하는 총체적 의미를 보다 활성화할 수 있다는 이점이 생길 수 있다.

문학텍스트를 생성하는 과정에 비판적 사고가 적극적으로 작용하는 현상을 소설텍스트를 토대로 영상텍스트가 생성되는 경우에서 찾아 볼 수 있다. 소설텍스트를 토대로 영상텍스트를 생성하는 경우는 <작자→소설텍스트→(독자)작가→영상텍스트>와 같은 관계를 형성한다. 이러한 문학현상은 영상텍스트의 생성주체가 소설텍스트를 해석하고 감상한 과정, 그리고 이를 토대로 새로운 텍스트를 생성하게 되는 과정을 보여준다. 특히 영상텍스트가 소설텍스트의 스토리를 변형하여 새로운 의미를 생성하는 경우는 비판적 사고의 다양한 작용 양상을 보여준다. 영상텍스트의 형상화 양상이 소설텍스트에

---

13) 여기서 서사교실은 '서사'에 대한 교육이 실천적으로 이루어지는 학교의 교실을 의미한다.

14) 김대행은 개별 텍스트 중심의 교육은 문학에 대한 시각을 제한한다는 점에서 이러한 교육 방법을 "교육적 유연성"을 제한한다고 비판한다.

"문학에 대한 정의가 매우 다양하고 그 본질이나 속성이 매우 다채롭게 설명되는 것은 우리가 익히 안다. 그러나 실제로 존재하는 구체적인 작품 중 그 어느 것도 그러한 문학의 본질이나 속성을 모두 갖춘 것은 존재하지 않는다. (중략) 실상이 이러함에도 문학을 구체적인 작품으로만, 또는 문학의 역사로만 이해하려고 드는 것은 문학에 대한 시각을 제한한다."

<김대행, 思考力을 위한 文學敎育의 設計, 국어교육연구 제 5집, 서울대학교 교육종합연구원 국어교육연구소, 1998, 8-9쪽.>

대해 재현 및 모방, 해석의 과정을 통해 새로운 전망을 제시하기 때문이다. 이러한 문학현상을 통한 교육방법은 단일 텍스트를 중심으로 진행되는 교육의 제한성을 극복할 수 있는 하나의 방안이 될 수 있을 것이다. 이에 소설텍스트와 영상텍스트의 변형 양상을 잘 드러내주는 이문열의 소설텍스트인 『우리들의 영웅』과 박종원의 영상텍스트인 『우리들의 일그러진 영웅』이 형성하는 문학현상을 분석의 대상으로 삼아 비판적 사고 교육의 가능성을 살펴보고자 한다.

2) 선행 연구 검토

비판적 사고의 중요성이 강조되고 있음에도 불구하고 국어교육에서 비판적 사고의 개념과 이를 적용하고자 하는 교육 방법 등에 관한 연구는 여전히 모색의 수준에 머물러 있다고 할 수 있다. 비판적 사고와 관련된 연구는 크게 비판적 사고의 의미를 탐구하고자 하는 논의와 문학의 특성을 통한 구체적 방법론을 모색하고자 하는 논의로 구분할 수 있다.

비판적 사고의 중요성에 대해서는 사고력 신장의 측면에서 교육의 의미를 고찰하고자 하는 논의가 전개되어 왔다.[15] 이러한 논의에는

15) 성일제 외, 『사고교육의 이론과 실제』, 배영사, 1989.
허경철 외, 『사고력 신장을 위한 프로그램 개발연구(Ⅴ)』, 한국교육개발원, 1991.
박영목, 사고 교육으로서의 국어 교육, 연구월보 235호, 전라북도 교육연구원, 1992.
김광해 외, 『초등용 사고력 신장 프로그램 개발연구』, 서울대학교 교육

비판적 사고의 개념을 비롯하여 절차적 준거 모형을 수립하고자 하는 것에 목적을 둔다. 주요한 연구들을 검토해 보면 다음과 같다.

허경철 외에서는 비판적 사고를 단지 기능뿐만 아니라 학습자의 성향과 관련짓는다는 점에서 연구의 의미를 찾을 수 있다. 이들의 연구에 의하면 비판적 사고의 기능에는 ① 사실과 의견 구별하기 ② 타당하고 충분한 근거 사용 ③ 타당하고 신뢰할 수 있는 정보원 선택 ④ 한 문제의 다양한 관점으로 조망 ⑤ 편견 탐지 ⑥ 숨겨진 의미와 가정 확인 ⑦ 적합한 평가 준거 사용을 들 수 있으며, 비판적 사고의 성향에는 ① 건전한 회의성 ② 지적 정직 ③ 객관성 ④ 체계성 ⑤ 유보성을 들고 있다.

이삼형 외에서는 '비판적 사고 능력'을 '텍스트의 정당성이나 적절성 또는 가치 및 우열에 대하여 평가하는 능력'으로 정의하고 이를 판단하는 준거로 정당성, 적절성, 가치, 우열과 같은 기준을 제시한다.

김광해 외에서는 비판적 사고를 '여러 가지 준거에 의해 분석된 것을 바탕으로 대상의 정당성이나 적절성, 가치 및 우열에 대하여 평가하는 능력'으로 정의한다. 그리고 비판의 준거에 따라 텍스트 내적 비판과 외적 비판으로 구분한 후 정확성, 적절성, 타당성, 효용성으로 세분화하여 비판적 사고의 개념과 성격을 규정한다.

'비판적 사고'를 국어교육에 구체적으로 적용하고자 하는 연구는 크게 두 가지 양상으로 전개된다. 하나는 비판적 사고의 개념과 절차 모형에 의거하여 교수학습 방법에 적용하고자 하는 연구 경향[16)]

종합연구원 국어교육연구소, 1998.
김대행, 사고력을 위한 문학교육의 설계, 국어교육연구 제 5집, 서울대 국어교육연구소, 1998.
김영채, 『사고력: 이론, 개발과 수업』, 교육과학사, 1998.
이삼형 외, 『국어교육학』, 소명출판, 2001.
장미옥, 『사고와 표현』, 세종출판사, 2002.

16) 최향임, 국어교육에서의 비판적 사고 능력 신장에 관한 연구, 국어교육

이다. 최향임은 비판적 사고를 교육하는 것은 비판적 사고의 내용을 가르치는 것이 아니라 비판적으로 사고하는 방법을 교육하는 것으로 파악한다. 이를 위해 비판적 사고의 논리적 모형을 구안한 다음 이를 '광고 분석'과 '주장하는 글쓰기'에 적용함으로써 비판적 사고의 교육적 의미를 구체화하고자 한다. 김혜정은 텍스트의 이해 과정을 상세화하기 위해 비판적 사고를 텍스트 읽기의 전략에 적용한다. 이를 통해 읽기의 전략을 구체화하는 방안을 강구하고자 한다.

'비판적 사고'를 문학의 성격과 관련하여 비판적 사고 교육의 가능성을 탐색하는 연구의 경향[17]이 있다. 오판진은 가면극의 내용 특히 대사를 분석하기 위는 과정에 작용하는 비판적 사고의 문제를 다루었으며, 조하연은 문학텍스트에 나타나는 '낯설게 하기'의 원리를 통해 새로운 관점을 생성하는 데에 작용하는 창의적 사고의 문제를 고찰하고 있다.

한편, 이 논문에서 분석의 대상으로 삼고 있는 소설텍스트의 영상텍스트로의 변용·생성 양상에 대한 연구 역시 그 성과가 충분하다고 할 수 없는 실정이다. 영상텍스트 수용에 관한 문학교육적 연구는 영상텍스트의 문학교육적 가치를 논하는 데에서 출발한다. 영상텍스트의 수용 가능성에 대한 긍정과 부정적 태도를 보여주는 논의들이 여기에 해당한다.

연구 46, 서울대학교사범대학국어교육연구회, 1992.
김혜정, 텍스트 이해의 과정과 전략에 관한 연구, 서울대학교 박사학위 논문, 2002.

17) 오판진, 비판적 사고 교육을 위한 토론극 모형 연구, 국어교육 제 111집, 한국국어교육연구학회, 2003.
오판진, 비판적 사고 교육의 내용 연구, 국어교육학연구 제 16집, 국어교육학회, 2003.
조하연, 문학의 속성을 활용한 창의적 사고의 교육 방안 연구, 국어교육학연구 제 16집, 국어교육학회, 2003.

영상텍스트의 문학교육적 가치가 본격적으로 제기된 것은 구인환 외[18]에서 비롯된다고 할 수 있다. 여기에서는 '학생들의 체험부족에 의한 작품 이해의 어려움 극복'을 위한 방안으로 영상매체의 적극적 활용을 제안하면서 한편으로는 영상매체가 학생들의 상상력을 제한한다는 점, 영상매체의 강렬한 재미가 독서의 흥미를 반감시킬 수 있다는 점, 매체 활용의 교수방법이 일시적 효과에 그칠 수 있다는 점을 들어 신중한 검토가 전제되어야 한다는 점을 강조한다. 이러한 문제제기는 영상텍스트의 문학교육적 수용에 있어 적극적으로 수용하자는 입장과 신중한 고려가 필요하다는 입장의 논의를 촉발한다.

염창권[19]은 문학텍스트를 교과서에 한정할 것이 아니라 텍스트 범주의 확대 차원에서 영상텍스트의 문학교육적 수용을 제안한다.

박인기[20]는 영상매체의 활용을 위해 교육 TV 프로그램의 제작의 설계 방안을 제시함으로써 보다 적극적인 영상텍스트 수용 가능성을 제안한다. 영상매체를 문학교육의 장에 적극적으로 수용하기 위한 방법으로 교육TV 프로그램을 기획하여 문학텍스트의 종합적 감상 차원에서 활용하자는 것이다.

이에 대해 영상텍스트 수용의 문제를 신중하게 고려할 필요가 있다는 입장[21]이 대두되기도 한다. 특히 우한용[22]은 소설텍스트가 영상텍스트로 변용되어 소설교실에 적용될 경우, 문학 수용의 폭을 넓힌다는 점, 장르 이해를 심화시킬 수 있다는 점에서 긍정적인 측면

18) 구인환 외, 『문학교육론』, 삼지원, 1988.

19) 염창권, 열린 세계의 문학교육, 국어교육 제90호, 한국국어교육연구회, 1995.

20) 박인기, 문학 텍스트의 종합적 감상을 위한 교육TV 프로그램 設計 方略, 국어교육 제 65호, 한국국어교육연구회, 1989.

21) 우한용, 소설의 영상 변용과 문학적 문화, 『소설교육론』, 평민사, 1993.
김중신, 문학작품의 선정과 배열에 관한 고찰, 국어교육연구 창간호, 1994.
신헌재・이재승 편저, 『학습자 중심의 국어교육』, 서광학술자료사, 1994.

22) 우한용, 앞의 책, 363쪽.

이 있다는 점을 인정하면서도 아울러 문학텍스트를 단순화시켜 수용하는 태도를 만들어 준다는 점, 즉 '작품 해석의 가능성을 영상매체가 한정'시킨다는 점을 들어 그 역기능도 제기한다. 그리고 매체 변이 혹은 확장이 소설교실에 적용되기 위해서는 '매체의 변이 수용자의 수용 구조' 등 교육과정에 따른 원리를 밝히는 것이 먼저 규명되어야 한다고 주장한다.

그런데, 이러한 문제제기에 대한 심도 있는 논의가 이루어지지 못한 상황에서 제 7차 교육과정이 학습자의 환경에서 차지하는 매체언어의 중요성을 강조하게 됨으로써, 영상텍스트의 교육적 의미에 관한 연구의 방향이 소설교육을 위한 수용 혹은 활용에 관한 관점으로 축소되는 경향을 낳게 된다. 영상텍스트의 수용 및 활용에 대한 최근의 논의는 크게 세 방향에서 이루어진다. 그 첫째는 영상텍스트를 서사교육의 내용범주에 포함시켜야 한다는 견해, 둘째 효율적으로 소설교육을 위한 보조텍스트로서 영상텍스트를 적극적으로 활용하자는 견해, 셋째는 두 번째 견해의 교육적 정당성을 확보하기 위한 검증 작업을 위한 연구로 구분할 수 있다.

첫 번째 견해의 대표적인 경우[23]가 최인자의 연구인데, 여기에서는 영상 언어와 문자 언의 차이 분석을 통해, 영상텍스트를 서사교육의 내용범주에 포함시킴으로써 문화적 문해력과 비판적 독해의 교

23) 최인자, 문학교육과 대중영상매체, 『선청어문』제23집, 서울대학교 국어교육학과, 1995.
박인기 외, 『국어교육과 미디어 텍스트』, 삼지원, 2000.
박기범, 영화의 문학교육적 수용 연구, 한국교원대학교 석사학위논문, 2001.
이희정, 문학 교육에서의 상호 텍스트성 연구, 아주대학교 교육대학원 석사학위논문, 2001.
장진석, 영상매체를 통한 문학교육 방법 연구, 공주대학교 교육대학원 석사학위논문, 2001.
김경욱, 영화와 문학교육, 국어교육학연구 제 17호, 국어교육학회, 2003.

육을 가능하게 할 수 있다는 점을 강조한다. 그런데 이러한 논의는 내용범주의 확장이라는 문학교육적 의의는 인정되지만, 텍스트들이 형성하는 비판적 담론생산성과 학습자의 비판적 사고와의 관계가 해명되지 않는다는 한계를 지닌다. 즉, 영상텍스트의 수용을 통해 학습자 중심의 매체 환경에 대해 적극적으로 교섭할 수 있다는 점에 의의를 둠으로써, 영상텍스트의 교육적 의미를 구체화하는 데에는 한계를 보인다는 것이다.

두 번째 영상텍스트를 소설교육을 위한 자료로 활용하고자 하는 견해[24])의 는 서사교육에서 영상텍스트의 의미를 파악하려는 대다수의 관점을 대변한다. 그런데, 이러한 논의들은 영상텍스트를 소설텍스트 해석을 위한 보조 자료로 규정함으로써, 영상텍스트의 문학교육적 의미를 규명하지 올바르게 해명하자 못한다는 한계를 가진다.

---

24) 강승남, 소설의 가치 탐구 수업 방법 연구, 서울대 대학원 석사학위 논문, 1991.
김봉군, 문학교육과 윤리의 문제, 문학교육학, 문학교육학회, 1997.
고은옥, 매체변용을 통한 소설교육 연구, 연세대 교육대학원 석사학위 논문, 1999.
김휘승, 다중매체 시대의 문학교육 방업론 연구, 동국대학교 교육대학원 석사학위논문, 1999.
김성호, 영상매체를 이용한 소설지도방법 연구, 아주대 교육대학원 석사학위 논문, 2000.
박경호, 영상매체시대의 소설교육의 방향 연구, 아주대 교육대학원 석사학위논문, 2000.
구소령, 다매체 환경에서의 소설 교육 연구, 충남대 교육대학원 석사학위논문, 2001.
조은희, 문학교육의 매체활용 방법 연구, 공주대학교 석사학위논문, 2002.
정주영, 가치내면화 중심의 문학교육 방법 연구, 국민대 교육대학원 석사학위논문, 2002.
양수종, 영상매체를 활용한 소설 교수 학습 방법 연구, 한국교원대학교 교육대학원 석사학위논문, 2002.
황정옥, 영상매체를 활용한 소설지도 연구, 영남대학교 교육대학원, 석사학위논문, 2003.

더구나 문자매체에 대해 학습자들이 독서 기피 현상을 보이는 것에 대한 대안으로서 영상텍스트를 활용해야 한다는 논의의 전제는 학습자 중심 교육의 의미를 왜곡할 우려가 있다는 점에서 반성적 검토가 요구된다. 학습자 중심 교육이란 학습자의 능동적 태도의 측면에서 탐구해야 할 사안이지, 결코 학습자들의 기호나 경향을 추수하는 것은 아니기 때문이다.

세 번째의 경향[25]은 주로 소설교육을 위한 영상텍스트의 활용도를 평가하고자 하는 연구로서 서사교실의 현장에서 학습자들의 성취도를 실증적으로 검증하고자 하는 논의들이다. 이러한 논의는 소설텍스트의 해석의 어려움을 영상텍스트를 통해 극복할 수 있다는 견해를 공통적으로 생산해 내고 있다. 그런데 이러한 논의 역시 두 번째 경향과 마찬가지의 한계를 지닌다.

이상의 검토에 나타나듯 '비판적 사고'를 교육의 원리로 삼고자 하는 논의는 여전히 탐색기에 머물고 있다. 또한 영상텍스트를 교실에서 활용하고자 하는 논의 역시 소설텍스트의 이해를 돕기 위한 활용 차원에 머무는 경향이 두드러진다. 이 논문에서는 소설텍스트가 영상텍스트로 생성되는 과정에 나타나는 비판적 사고에 주목하고자 한다. 이 과정은 비판적 사고가 문학텍스트를 생성하는 데에 담당하는 역할을 구체적으로 제시하기 때문이다. 이러한 역할에 대해 구체적으로 밝히는 일은 문학교육이 추구하는 목표에 닿는 하나의 방법이 될 수 있을 것이다. 문학이 추구하는 인식론적 태도를 교육함으로써, 문학이 일구어내는 문화를 학습자들이 구체적으로 체험할 수 있는 방안이 될 것으로 판단하기 때문이다.

---

25) 유성부, 영상매체를 통한 소설 감상 교육의 효과 분석 연구, 서원대학교 교육대학원 석사학위논문, 2002.
봉원준, 문학 관련 방송 프로그램 활용이 고등학생의 문학 감상 능력에 미치는 영향 연구, 공주대학교 교육정보대학원 석사학위논문, 2002.

3) 연구 방법

문학교육에서 학습자들이 비판적 사고를 기를 수 있도록 하는 것은 중요한 목표로 설정된다. 그런데 비판적 사고를 교육하기 위해서는 '왜', '어떻게' '무엇으로' 교육할 것인가에 대한 구체적인 방법론이 수립되어야 한다.

이를 위해서 Ⅱ장에서는 비판적 사고의 개념과 교육적 의미를 검토하기로 한다. 이는 '무엇을', '왜' 교육해야 하는가를 해명하기 위한 절차이다. 비판적 사고의 개념은 크게 '논리적 모형'과 '가치 문제를 포함한 모형'으로 구분하여 살펴볼 수 있다. Ennis의 모형은 '논리적 모형'의 대표적인 예라고 할 수 있다. 이 모형에서는 비판적 사고의 개념을 '진술의 논리성을 정확하게 평가하는 능력'으로 간주한다. 진술의 숨겨진 과정을 확인하거나 논거의 타당성을 판단하고, 결론에 대해 논리적 참/거짓을 판단하는 사고로 제한하여 바라보는 것이다. 따라서 이러한 모형에서는 가치 문제가 개입할 여지가 없다는 한계를 드러낸다.

한편 McPeck의 모형에서는 가치 문제를 포함하고자 하는 시도를 보여준다. 그리고 비판적 사고의 개념을 '반성적 회의를 가지고 어떤 활동에 참여하는 성향과 기능'으로 정의한다. 이 때 '반성적 회의'는 전통, 즉 인류의 문화유산을 학습함으로서 생성되는 것이라고 간주한다. 그런데 비판적 사고는 기존의 지식에 대한 새로운 관점 혹은 의미를 생성하는 태도와 성향을 포함하는 개념이다. 이러한 태도와 성향을 적극적으로 포함하기 위해서 반성적 사고에 작용하는 '운동성'과 '부정성'의 의미를 살펴야 할 것이다. '운동성'과 '부정성'은 주체와 세계의 대화를 지속시키는 역할을 한다. 세계의 의미를 주체와 세계가 관계 맺는 방식을 강조함으로써 다양한 의미의 가능성을 열어두는 역할을 하기 때문이다. 따라서 '운동성'과 '부정성'을 강조하는 비판적 사고의 개념을 살펴보고, 비판적 사고의 교육적 의미를 밝혀보고자 한다.

Ⅲ장에서는 비판적 사고가 '어떻게' 작용하는지를 살펴보고자 한다. 이를 위해 우선 인식론적 관점에 작용하는 비판적 사고의 양상을 먼저 분석할 것이다. Schubert는 교육과정(教育課程, curriculum)을 세 가지 인식론적 측면[26]으로 구분한다. 경험・분석적, 해석학적, 비판적 패러다임이 그것이다. 비판적 사고는 이 세 가지 인식론적인

26) 교육과 학습자의 삶과의 관계를 어떻게 바라보느냐에 따라 교육과정은 다양한 형태로 나타난다. 교육과정의 개념이 사회・철학적 배경에 따라 매우 다양한 형태로 제기되는 까닭이다. Schubert는 교육과정의 개념을 '무엇을'과 관련하여 8가지 유형으로, '어떻게', 즉 인식론적 관점에서 3 가지 유형으로 분류하고 있다.

<table>
<tr><th>내용 측면의 교육과정</th><th>인식론적 측면의 교육과정</th></tr>
<tr><td>(1) 내용 또는 교과목으로서의 교육과정</td><td rowspan="2">(1) 항존적(perennial) / 경험・분석적(empirical / analytic) 패러다임</td></tr>
<tr><td>(2) 계획된 활동인 프로그램으로서의 교육과정</td></tr>
<tr><td>(3) 의도된 학습 결과로서의 교육과정</td><td rowspan="3">(2) 실제적(practical) / 해석적(interpretive) 패러다임</td></tr>
<tr><td>(4) 문화적 재생산으로서의 교육과정</td></tr>
<tr><td>(5) 경험으로서의 교육과정</td></tr>
<tr><td>(6) 개별적인 과업과 개념으로서의 교육과정</td><td rowspan="3">(3) 비판적(critical) / 인간해방적(emancipatory) 패러다임</td></tr>
<tr><td>(7) 사회재건을 위한 안건으로서의 교육과정</td></tr>
<tr><td>(8) 경주로로서의 교육과정</td></tr>
</table>

<William H. Schubert, Curriculum, 연세대학교 교육학과 교육과정연구회 역, 『교육과정이론』, 1992, 양서원, 36－45쪽, 188－189쪽 참조.>

유형에서 각기 다른 양상으로 작용한다. 경험·분석적 인식 유형에서는 재현 혹은 모방을 강조한다. 해석학적 유형에서는 학습자의 경험과 텍스트와의 관계를 중시한다. 이 때 학습자는 지식을 생성하는 '저자'의 위상으로 부각된다. 비판적 사고의 주체가 된다는 것이다. 학습자의 해석 자체를 중시하기 때문이다. 한편 비판적 인식 유형은 해석학적 인식을 바탕으로 현실의 문제를 관련시킨다. '현재의 세계(world as it is)'와 '되어야 할 세계(world as it courld be)'의 차이를 인식하고 이 차이를 극복하고자 하는 태도를 강조한다. 즉, 텍스트의 문제를 현실의 문제로 전이시키고자 하는 실천을 중시하는 것이다. 전이 혹은 이행은 환유의 속성이다. 또한 환유는 '넘어서고자 하는 욕망'이다. 요컨대 텍스트의 문제를 현실의 삶으로 전이시키고자 하는 비판적 인식의 유형에서는 왜곡된 생활 세계의 삶을 개선하거나 극복하기 위한 실천을 강조한다.

삶의 형상을 다루는 문학 특히 서사텍스트는 세계에 대한 비판적 사고를 강조한다. 그리고 재현과 해석 그리고 환유는 문학텍스트를 생성하는 동기가 된다. 이러한 비판적 사고의 여러 양상은 교실에서 텍스트를 감상할 때 유기적으로 작용하는 방법적 원리가 되기도 한다. 이에 2절에서는 서사교육과 비판적 사고의 관련성을 살펴보도록 하겠다.

Ⅳ장에서는 비판적 사고를 '무엇으로' 교육할 것인가에 대해 살펴보기로 한다. 기존의 서사교육은 개별텍스트를 중심으로 이루어져 왔다. 주어진 학습 과제를 중심으로 텍스트를 해석하고 이에 대한 학습자들의 감상을 비평적 에세이 혹은 '생활 서사'와 같은 2차 텍스트를 생성하는 것을 목표로 삼아 왔다고 할 수 있다.

그런데 이와 같은 학습 활동은 서사텍스트가 생성되는 과정에서 비판적 사고가 어떻게 작용하는지에 대한 원리를 구체적으로 제시하지는 못한다. 즉, 문학텍스트가 생성되는 가운데 문학 고유의 인식 태도가 어떠한 역할을 하는지를 보여주기보다는 주어진 문제에 대한 해결 과정을 중시해 왔다는 것이다. 그런데 비판적 사고는 문학텍스트를 생성하는 특유의 인식 태도로 작용한다. 문학적 문화를 형성하는 원리가 된다는 것이다.

이 논문에서는 비판적 사고가 문학적 문화를 형성하는 현상을 연구의 대상으로 삼고자 한다. 특히 텍스트가 생성되는 과정을 살펴보고자 한다. 소설텍스트가 영상텍스트[27]로 변용·생성되는 경우는 이러한 과정을 살펴볼 수 있는 하나의 문학현상이 될 수 있다. 그 가운데 영상텍스트가 소설텍스트와 다른 스토리를 생성하는 경우[28]는 영상텍스트를 소설텍스트와 구별하게 하는 상호텍스트성을 형성한다. 그리고 이 과정에는 재현과 해석 그리고 전망의 전환이 총체적으로 구현된다. 즉, 비판적 사고가 텍스트 생성에 구체적으로 작용한다는 것이다. 따라서 이러한 문학현상은 비판적 사고가 문학적 문화를 어떻게 형성하는지를 제시한다고 할 수 있을 것이다. 또한 소설텍스트의 이해를 돕기 위한 활용 차원에서 벗어나 영상텍스트의 교육적 의미를 활성화할 수 있는 하나의 방안이 될 수 있으리라고 본다. 이를 위해 이문열의 『우리들의 일그러진 영웅』과 박종원의 『우

---

27) 영상텍스트는 영상이미지로 구현된 모든 텍스트를 의미한다. 그런데 영상텍스트에는 영상이미지만 존재하는 것이 아니다. 음성, 음향 효과 등 다양한 소리이미지가 유기적으로 결합한다. 다만 이 논문에서는 문자매체와 영상매체의 시각적 특성의 차이에 주목하여 '영상텍스트'라는 용어를 사용하고자 한다. 영상텍스트의 범주에는 다양한 갈래가 존재하겠지만 여기서는 영화로 대별되는 허구적 서사로 국한하기로 한다.

28) 이러한 현상은 소설텍스트와 비평텍스트가 맺는 관계와 다른 양상을 보여준다고 할 것이다. 비평텍스트는 논증(arguement)을 주요한 원리로 삼는다. 즉, '논리'에 의존하는 텍스트 유형이라고 할 수 있다. 이러한 비평텍스트는 서사텍스트와는 달리 시간성이 없다. <S. Chatman, The Rhetoric of Narrative in Fiction and Film, 한용환·강덕화 역, 『영화와 소설의 수사학』, 동국대학교출판부, 2001, 22~24쪽 참조.>

리들의 일그러진 영웅』이 생성하는 문학현상을 구체적인 분석의 대상으로 삼기로 하겠다.

2. 비판적 사고 교육의 필요성

1) 비판적 사고의 개념

비판적 사고는 교육의 중요한 목표로 설정되어 왔다.[29] 그럼에도 불구하고 비판적 사고에 대한 통일된 개념을 찾기는 쉽지 않다. 논자에 따라 문제를 발견하고 해결하는 사고작용으로, 어떠한 쟁점에 대한 의

---

29) 문학교육의 목표로서 '비판적 사고'의 필요성을 제기하기 시작한 것은 5차교육과정 이후부터라고 할 수 있다. 5차 교육과정부터 현행 7차 국어과 교육과정에 나타난 문학의 목표항은 다음과 같다.

	문학의 목표
5차교육과정	문학 작품을 통하여 문학에 관한 체계적인 지식을 갖추고 **창조적인 체험을 함**으로써 미적 감수성을 기르며, **인간의 삶을 총체적으로 이해**하게 한다.
6차교육과정	5차 교과과정과 동일
7차교육과정	언어활동과 언어와 문학의 본질을 총체적으로 이해. 다양한 국어 자료를 **비판적으로 이해하고 사상과 정서를 창의적으로 표현하는 능력**을 가진다.

사를 결정하는 사고작용으로, Bloom 등과 같이 교육목표분류에 속하는 능력으로 파악하는 등 다양한 견해[30]가 제시되고 있기 때문이다.

비판적 사고는 "항상 어떤 대상에 대한 비판적 사고이므로 그 분야 지식과 밀접하게 관련되어 있으며, 독립된 일반적 기능이 아니다."[31] 따라서 문학교육 특히 서사교육의 목적에 맞는 비판적 사고의 개념이 구체화되어야 한다. 이를 위해 우선 교육학에서 일반적으로 정의하는 비판적 사고의 경향들을 살펴보도록 하겠다.

비판적 사고에 대한 연구는 크게 두 가지의 경향으로 구분할 수 있다. 첫째는 비판적 사고를 논리적 사고의 형태로 간주하는 경향이다. 대표적인 예가 Ennis의 모형이다. Ennis는 비판적 사고를 '진술을 정확하게 평가하는 것'으로 규정하고 다음과 같이 비판적 사고의 특징을 제시한다.

1) 어떤 진술의 의미를 파악하는 사고작용
2) 추론 과정에서의 모호성 여부를 판단하는 사고작용
3) 진술들 간의 모순 발생 여부를 판단하는 사고작용

---

30) Allen과 Rott는 비판적 사고에 대한 정의들은 크게 세 가지 입장으로 구분한다. 평가작용·문제해결작용·복합적인 사고작용이 그것이다. 평가작용으로 보는 입장은 전제, 결론 또는 결과의 진실성과 가치를 중시한다. 문제해결작용으로 간주하는 입장은 자료에서부터 시작하여 결론을 도출하는 의사결정과정을 올바르게 행하는 과정을 중시한다. 복합적인 사고작용으로 파악하는 입장은 앞의 두 입장을 종합한 입장으로, 의문을 제기하고 가설을 입안하여 해결책을 찾는 과정을 평가하는 작용과 더불어 이 과정에서 도출되는 단서들을 통하여 상관관계와 대비관계를 수립하여 독창적인 이론을 수립하는 작용 등을 모두 포함하고자 하는 입장이다.<R. Allen & R. Rott, The Nature of Critical Thinking, English Journal, 1971, p.1136.>

31) John E. McPeck, Critical Thinking and Education, St Martin's Press, 1981, p.7.

4) 결론의 도출 과정이 필연성에 의거한 것인지를 판단하는 사고작용
5) 진술의 명확성을 판단하는 사고작용
6) 진술이 어떠한 원리에 실제로 부합하는지를 판단하는 사고작용
7) 관찰결과가 신뢰를 획득할 수 있는지를 판단하는 사고작용
8) 귀납적 결론에 대한 타당성을 판단하는 사고작용
9) 문제가 해결되었는지 그 여부를 판단하는 사고작용
10) 어떤 진술이 가정(假定)인지 아닌지를 판단하는 사고작용
11) 정의의 적절성 여부를 판단하는 사고작용
12) 인용한 진술의 수용가능성을 판단하는 사고작용[32)]

이러한 모형에서 비판적 사고는 '진술의 논리성을 정확하게 평가하는 능력(the correct assessing of statements)'으로 간주된다. 진술의 숨겨진 가정을 확인하거나 논거의 타당성을 판단하고, 결론의 '필연적' 논리에 대해 논리적 참/거짓을 판단하는 학습자의 평가 능력을 중시하는 것이다. 이 때 평가 능력은 곧 학습자가 당면한 문제를 해결하는 능력이 된다.

문제 해결 능력이란 '만족스러운 해결책을 찾아내는 능력'[33)]을 의미한다. 그런데 비판적 사고를 논리적 적절성의 문제로 한정할 경우, '문제를 해결하는' 과정에서 '가치'에 대한 판단이 끼어들 여지가 없어지게 된다. 즉 진술에 대한 논리적 판단의 범주로 비판적 사고의

32) Robert H. Ennis, A Concept of Critical Thinking, Harvard Educational Review, 1962, pp.82－83.

33) 문제해결을 위한 사고란 '① 해결되어야 할 문제의 본질을 정확하게 진술하는 단계 ② 무엇이 행하여져야 하는가 구상하는 단계 ③ 구상하는 바에 따라 요구되는 자료를 수집하는 단계 ④ 수집한 사실에 비추어 처음 구상하였던 가설과 또 가능하면 새로운 가설도 점검하는 단계 ⑤ 실제의 또는 가상의 행동을 통해서 가설을 검증하는 단계의 절차에 따라 이루어지는 사고작용'을 가리킨다.<송대영, 비판적 사고의 본질에 관한 고찰, 한국방송통신대학 논문집 제 5집, 한국방송통신대학, 1986, 636－637쪽 참조.>

개념이 한정된다는 것이다. 따라서 가치에 대한 평가를 포함할 수 있는 비판적 사고의 개념이 필요하다.

비판적 사고에 학습자의 태도와 가치의 문제를 포함하고자 하는 모형은 McPeck의 연구에서 찾을 수 있다. McPeck은 비판적 사고를 특정한 분야의 내용과 관련짓지 않고는 적용을 할 수 없는 것이라고 주장하며, 비판적 사고의 특성을 다음과 같이 제시한다.

① 비판적 사고는 항상 어떤 대상에 대한 비판적 사고이기 때문에 그 분야 지식과 밀접하게 관련되어 있으며, 독립된 일반적 기능이 아니다.
② 비판적 사고라는 술어는 동일한 의미를 지니고 있지만, 그것의 정확한 적용 기준은 분야마다 다르다.
③ 비판적 사고의 가장 두드러진 특징은 주어진 진술, 기존의 규범 또는 행동 양식에 대하여 어떤 회의를 품거나 아직 승인을 하고 있지 않다는 것이다.
④ 비판적 사고는 반성적 회의를 필요로 한다. 반성적 회의는 반대를 위한 회의가 아니라 어떤 문제의 개선이나 해결을 목표로 하는 건전한 회의이다.
⑤ 비판적 사고는 단순히 진술의 평가에 국한되는 것이 아니라 어떠한 활동에 참여하여 문제를 해결하는 사고 과정을 포함한다.
⑥ 논리적 사고가 비판적 사고의 충분조건이 될 수 없다.
⑦ 비판적 사고가 지식과 기능을 필요로 하기 때문에 어떤 분야에 있어서 비판적으로 사고하는 사람이 다른 분야에도 비판적으로 사고하는 사람이 되는 것은 아니다.
⑧ 비판적 사고는 '교수'와 '교육'처럼 '과업'과 '성취'의 관계를 이루지만, 반드시 성공하는 것은 아니다.
⑨ 비판적 사고는 진술에 대한 평가에 한정되어 있는 것이 아니라 결정, 기능, 방법, 기교 등에도 적용되는 개념이다.

⑩ 비판적 사고는 외연을 같이 하지는 않지만, '이성'의 주요한 부분을 차지한다.[34)]

McPeck은 비판적 사고를 '반성적 회의를 가지고 어떤 활동에 참여하는 성향과 기능'으로 정의한다. 비판적 사고에 학습자들의 태도와 성향까지 포함시키고 있다. 그리고 비판적 사고에 직관, 가치 등의 개념과 같은 정의적 특성을 적극적으로 고려한다.

McPeck은 비판적 사고를 '사고'와 '비판적' 성향과의 관계를 명확하게 파악하고자 한다. 사고는 언제나 대상을 필요로 하는 개념이다. 대상은 막연하거나 일반적인 것이 아니라 구체적인 사태를 의미한다. 그리고 대상이란 물리적으로 형태를 지닌 것에서부터 상징적·추상적 개념에 이르기까지 그 외연이 매우 포괄적인 성격을 가진다. '사고'가 '대상에 관한' 사고를 의미한다는 것은 사고의 주체가 사고의 대상에 어떠한 시선이나 의도를 지니고 '더 많이 생각하는 것'이다. 즉 대상에 대해 의미를 부여하고, 대상과 관계 맺는 다른 대상과 구별을 짓거나 전망에 대한 변화를 야기하는 것이 곧 사고이기 때문이다. 따라서 '사고'를 한다는 것은 사고의 주체가 대상과 관계 맺는 방식이라고 할 수 있다.

한편 '비판적'이란 '판단중지'를 통해 대상에서 새로운 의미를 찾고자 하는 태도이다. 이때 '판단중지'는 대상에 대한 선입견이나 상식에 대해 회의하거나 거부하는 것을 의미한다. McPeck은 이러한 '판단중지'가 '반성적 회의'에서 비롯된다고 본다. '반성적 회의'는 지식의 논리뿐만 세계를 인식하는 태도를 변화시킨다는 것이다. McPeck이 규정하는 '반성적 회의'의 의미는 '단순한 부정 혹은 비난이 아니라 문제 해결을 위해 보다 나은 대안을 찾는 행위'[35)]를 의미

34) John E. McPeck, 앞의 책, 13쪽.

한다. '비판을 위한 비판'이 아닌 '건전한 회의'라는 것이다.

그런데 McPeck은 '건전한 회의'의 내용을 전통의 의미를 강조하는 Peters의 '지식의 구조' 즉, 정전을 의미하는 '교과'의 내용에서 찾고 있다.

> 첫째, 교과들은 수천 년에 걸쳐서 인류를 당혹하게 하곤 했던 중요한 문제들에 대해 많은 중요한 해답을 제공해 왔다. 사실상 그것들의 대부분은 우리의 문화 유산들이다. 그리고 그것은 대개 학교들이 학생들에게 전달하려고 노력해 온 것들이다. 그러한 유형의 교육이 없이는 각 세대는 그 원동력을 재발명하지 않을 수 없을 것이다.
>
> 둘째, 그들의 일반적인 개념들과 풍부한 언어들의 사용을 통하여 교과들은 학생들이 문제들을 이해할 수 있고 합리적인 방법으로 그러한 문제들을 해결할 수 있는 매우 강력한 분석적인 능력을 제공해 주고 있다. 사실상 합리적 결정을 내리기 위해서는 이용 가능한 증거들을 기초로 하여 결정을 내리는 것이다. 그리고 사람들은 어떤 증거가 무엇에 적절한지 알고 있지 못하기 때문에 그것들을 배워야만 한다.[36)]

McPeck은 '반성적 사고'의 내용을 전통적으로 형성된 가치에서 찾고 있다. 물론 어떠한 대상에 대해 풍부한 사고를 하기 위해서 기존의 지식을 학습하는 것은 매우 중요하다. 그러나 비판적 사고의 성과가 궁극적으로 전통이 확립한 '지식의 구조'로 한정된다면, 이는 진정한 의미에서 '판단 중지' 혹은 '반성적 사고'가 확립되는 것이라

---

35) John E. McPeck, 앞의 책, 9쪽 참조.

36) John E. McPecK, Teaching Critical Thinking: Dialogue and Dialectic, Routledge, Chapman and Hall, 1990, p.40. 김공하, 비판적 사고의 교과적 접근, 교육사상연구 제 8집, 한국교육사상연구회, 1999, 285쪽에서 재인용.

고 할 수 없다. 전통적으로 형성된 가치 역시 '생성'이라는 능동적 의미 실천에 의해 켜켜이 쌓이는 것이다. 전통은 현재의 관점에서 과거 혹은 현재에 상식화되어 있는 가치에 대한 '비판적' 입장에서 의미를 재생산하는 과정에서 생성되는 것이기 때문이다.

비판적 사고는 기존의 지식에 대해서도 '판단 중지'를 해야 한다. 불완전한 앎을 인정하는 태도가 필요하다는 것이다. '현재 진행 중인 어떤 것, 현재 상태로서는 아직 완결되거나 이루어지지 않은 어떤 것'[37)]이라는 관점에서 서야 한다는 것이다. 그리고 반성적 사고는 '무엇인가 불확실한, 의심스러운, 또는 문제되는 것이 있을 때 일어나는 사고'[38)]이다. 미완의 앎과 반성적 사고는 대상과 주체의 사고가 관계를 지속적으로 유지할 때 가능하다. 이 때, 지속적으로 관계를 유지하는 반성적 사고의 성격은 '운동성'과 '부정성'에서 찾을 수 있다.

반성적 사고란 주체와 주체를 포함한 대상과의 거리를 둚으로써 생성되는 사고이다. '안'이라는 인식이 존재하기 위해서는 '밖'이라는 개념이 존재해야 한다는 사고는 '거리'의 의미를 구체화시킨다. 즉, '안'과 '밖'이라는 관계가 없는 공간은 개념이 존재하지 않는 '전체'일 뿐이다. 따라서 사물을 반성적으로 파악한다고 하는 것은 주체인 '나'가 '대상'과의 거리둠 통해 대상과의 새로운 관계를 형성하

37) John Dewey, Democracy and Education, 이홍우 역, 『민주주의와 교육』, 교육과학사, 1987, 231쪽.

38) Dewey는 '사고' 자체를 '비판적 사고'의 의미로 사용한다. 즉, '경험'이 의미 있는 것이 되려면 반드시 '사고'가 작용해야 하며, 경험은 즉자적인 의미(시행착오적 경험)에서 벗어나 사태의 원인과 결과, 활동과 결과 사이에 매개되는 관계의 의미를 파악할 수 있을 때 비로소 의미를 획득하게 된다고 본다. Dewey는 이러한 사고의 의미를 사고의 반성적(reflective) 근원성에서 찾고 있으며, 사고와 반성적 사고 혹은 비판적 사고의 의미를 동일한 범주로 간주한다.<Dewey, 앞의 책, 218-240쪽 참조.>

는 것을 말한다. 즉, 당연하게 여겨온 상식화된 세계에 대해 새로운 깨달음을 얻는 과정이라는 것이다.

이러한 반성적 사고의 과정은 주체인 '나'를 인식론적으로 '그'의 변형태가 되게 한다. '나'가 '그'가 된다는 것은 '나'가 언제나 '나' 자신에 대하여 있다는 것이다. '나' 아닌 다른 것이 아니라 바로 '나' 자신에 대한 관계가 바로 '나'이다. 따라서 주체인 '나'는 관계이며 운동이다.[39] 즉, '나'는 고정된 객체가 아니라 자기 자신과 관계 맺는 과정이며 자기 거리이고 또 자기에게 되돌아가는 '반성적 사고' 그 자체가 된다.

그런데, '나'가 '나' 자신과의 관계 속에서 머무르고 있다는 것은 '나'가 '나' 자신과 근원적 구별을 기획한다는 것을 의미한다. 즉, '나'는 '나' 아닌 '다른 이'가 된다는 것이다. '나'가 자신에 대하여 타자가 되는 셈이다. '자신에 대해 타자라는 것, 그리고 이처럼 자신이 자신이 아닐 때에만 진정한 '나'가 될 수 있다는 것, 이것이 나의 자기 부정성'[40]이다. 자신 혹은 대상에 대한 인식이 '부정'을 통해서만 가능하다는 것, 이는 '무지의 지'로서 소크라테스적 앎과 닿는다.

요컨대 비판적 사고는 반성적 태도를 바탕으로 사물과 주체, 주체와 주체가 끊임없이 '대화'하고자 하는 태도와 성향이라고 규정할 수 있을 것이다. 이는 곧 '무지의 지'로써 앎을 확장해 나가는 사유의 방식이 될 것이다.

39) 김상봉, 『자기 의식과 존재 사유』, 한길사, 1998, 329쪽.
40) 김상봉, 위의 책, 330쪽 참조.

2) 비판적 사고의 교육적 의미

비판적 사고를 앎을 확장시킬 수 있는 사고의 방식으로 규정할 때, 비판적 사고는 우선 학습자가 지식의 폭을 넓히고 깊이를 확장할 수 있다는 데에 의미를 둘 수 있다. 단순히 지식의 내용을 무비판적으로 수용한다고 해서 지식이 습득되는 것이 아니다. 기존의 지식에 대해 이해하는 과정에서 '판단 중지' 혹은 '회의적 태도'가 개입함으로써 지식의 의미는 확장된다. 사고의 주체인 학습자는 '텅빈 백지(tabla rasa)' 상태에 처해 있다고 할 수 없다. 학습자의 경험은 사회적 맥락에 영향을 받는다. 그리고 이러한 경험은 학습자가 사태를 바라보는 관점에 작용하기 마련이다. 다양한 관점은 사태를 다른 사태와의 관계 즉 다른 사태에 비추어서 이해하는 태도에서 생길 수 있다. 이는 사태의 구체적 의미가 사태가 세계와 맺고 있는 조건 또는 관계에 의해 달라질 수 있다는 것을 말한다. 조건 혹은 관계에 따라 새롭게 생성되는 의미는 곧 지식의 의미를 심화·확장에 기여하는 것이다.

'판단 중지'와 '회의적 태도'는 사태를 바라보는 관점을 달리하기 위한 수용 태도이다. 판단을 중지하고 기존의 지식에 대해 회의적 태도를 가지는 주체는 학습자 자신이다. 이 때 지식은 외부로부터 제시되는 것이 아니라 학습자의 성찰 과정을 통해 내적으로 형성된다. 따라서 비판적 사고는 지식의 수용 과정에서 학습자를 주체의 위치로 부각시킬 수 있다.

주체에 의해 능동적으로 생성된 지식은 내면화된 언어가 된다. 내면화(introjection)는 학습자가 외부의 사태에 대해 내적 언어로 재구성하고 개념화하는 능동적인 과정이기 때문이다.

> 내면화에는 외적인 시급한 필요와 구별되고 심지어 그것과 대립하기도 하는 내적인 차원-여론이나 사회적 태도로부터 독립한 개인적 의식과 개인적 무의식-이 존재한다는 함축된 뜻이 있다. 내적 자유(inner freedom)이라는 관념이 여기에서는 현실성을 가지고 있다. 즉, 그것은 인간이 자기 자신이 되고 또한 그렇게 지속될 수 있는 개인적 공간을 가리킨다.[41)]

내면화의 의미가 '개인적 공간'의 생성에 있다는 것은 현대 사회에서 개별적 존재들이 소외되어 있다는 것과 나아가 그 소외를 극복하고자 하는 의미를 지닌다. 대량 생산과 대량 분배는 개별적 존재의 의미를 기계적 존재로 물화시킨다. 이에 반해 개인적 공간의 생성은 소외 혹은 '일차원적 사고와 행동'을 강요하는 세계에 대하여 존재의 주체적 의미를 강조하는 것이다. 세계와 존재가 맺고 있는 관계에 대해 상식에 머물지 않고 새로운 의미를 생성하려는 실천이 바로 '내면화'이며, '내면화'는 바로 비판적 사고를 통한 사유의 결과에 해당한다고 할 것이다.

비판적 사고는 창의적 사고 또는 행위의 조건이다. 창의적 사고는 뚜렷한 성과를 제시한다는 점에서 비판적 사고와 구별될 수 있다.[42)] 즉, 창의적 사고는 비판적 사고를 통해 생성된 의미를 구체적으로

---

41) H. Marcuse, 앞의 책, 1986, 29-30쪽.
42) 창의적 사고의 개념은 논자에 따라 매우 다양하다. 다만, 비판적 사고가 창의적 사고의 충분조건이 된다는 것은 대부분의 논자들이 동의하고 있다고 본다. 이 논문에서는 창의적 사고에 대한 논자들의 논의를 정리하는 가운데 개념을 정의한 박종삼의 개념을 원용하고자 한다. 박종삼에 의하면 창의적 사고란 "성과면에서 보면 새로울 뿐 아니라 상황에 적절하거나 가치로운 특성을 지닌다고 하겠으며, 과정적인 면에서는 과학적 또는 사고를 통해 지금까지 관련이 없는 것으로 생각됐던 것을 결합하는 종합능력의 발현과정"이라고 할 수 있다.<박종삼, 비판적 사고와 창의성의 함양을 위한 교육과정계획의 원리탐색, 학생생활연구 제 15집, 충북대학교 학생생활연구소, 1991, 8쪽.>

표현하는 과정이라는 것이다. 교육의 목적이 문학교실에서 '다양한 서사텍스트를 능동적으로 수용하고, 그 결과를 다양한 방식으로 표현'[43]으로 구체화될 때, 그 '결과를 다양한 방식으로 표현'한다는 것은 학습자가 자신의 언어로서 의미를 규정하고 표현한다는 것을 뜻한다. 이 때 자신의 언어로서 의미를 규정하는 것이 곧 '내면화'이다. 내면화를 통해 생성된 의미는 대상 텍스트에 대한 기술적인 문자 해독의 차원에서 벗어나, 텍스트가 담고 있는 의미를 삶의 문제와 관련시킬 수 있는 계기가 될 수 있다. 텍스트의 의미를 삶의 문제로 전이시키는 '문화적 문해(cultural literacy)'로 확장될 수 있다는 것이다. '문화적 문해'란 텍스트의 해석의 과정을 문자 해독이라는 수준에서 나아가 '텍스트가 담지하고 있는 사회적이거나 문화적인 활동 혹은 비판적이거나 반성적인 생활을 위한 활동에 참여할 줄 아는 능력'[44]을 의미한다. 따라서 비판적 사고는 단순한 텍스트의 해독 차원에서 벗어나 문화 생성에 능동적으로 참여하게 하는 교육적 의미를 지닌다고 할 수 있다.

---

43) 교육인적자원부, 『교육과정 해설－국어－』, 25쪽. 이 때, '표현'은 창작 활동을 중시하는 내면화의 방향성을 강조하는 제7차교육과정의 의도를 포함하는 '표현'이다.

44) 김문환, 『문화교육론』, 서울대출판부, 1999, 31쪽 참조.

3. 서사교육과 비판적 사고 교육

1) 교육과정(教育課程)과 비판적 사고

비판적 사고는 어떤 대상에 대한 사고이다. 대상에 대해서 사고한다는 것은 대상을 지나치지 않고 새로운 시선으로 바라보는 것이며, 이는 곧 대상에 대한 기존의 사고에 깊이를 더하는 행위라고 할 수 있다. 삶에 대해 바라보는 데에는 다양한 관점에 매개된다. Schubert는 Habermas의 지식 분류 모형을 원용하여 교육과정(教育課程)을 인식론적 측면에서 세 가지 유형으로 구분한다. 경험·분석적, 해석학적, 비판적 유형이 그것이다. Habermas의 분류는 비판적 사고가 관점에 따라 어떠한 의미를 지니는지 살필 수 있는 실마리를 제공한다.

Habermas는 논리적-방법론적 규칙과 인식론적 관심의 특수 관계를 통해 지식의 유형을 세 가지 범주로 분류한다.

〈하버마스의 포괄적 지식 이론〉45)

탐구 유형	경험 · 분석적	해석학적	비판적
지향하는 관심	기술적	실제적	해방적
사회적 조직	작 업	상호작용	개인의 힘
논 리	• 통제와 확실성의 원리 강조 • 경험적으로 검증 가능한 법칙과 같은 명제를 중시 • 가치중립적 지식을 상정 • 객관화시킬 수 있는 지식 • 효율성이나 경제성을 중시 • 사회 실재를 있는 그대로 수용	• 이해와 의사 소통의 상호작용 강조 • 인간을 지식의 능동적 창출자로 간주 • 일상 생활의 토대 내면에 있는 가정과 의미를 탐색 • 실재를 사적 · 정치적 및 사회적 맥락 내에서 공유되고 주간적으로 구성되는 것으로 간주 • 언어 사용을 위한 의미에 관심	• 이데올로기 비판과 실천의 필요성을 전제 • 억압적이고 지배적인 것을 폭로 • 허위 의식에 대한 감수성 요구 • 왜곡된 개념과 부당한 가치를 문제로 부각시킴 • 탐구가 기초하고 있는 가치 체계와 정의 개념을 검토하고 설명

경험 · 분석적 모형이 생성하는 지식의 특징은 확실성에 있다. 이 모형에 입각하여 연구하는 연구자는 법칙과 같은 명제를 구하고, 그러한 명제를 검증하는 것을 연구의 목적으로 삼는다.

경험 · 분석적 지식은 '예언적 통제'에 기초한 방법론을 따른다. 즉, 예측과 조작에 기초한 행동 형태에 도달하는 것을 목적으로 삼는 것이다. 규칙, 법과 같이 규범적으로 구성된 지식은 그 지식이 적용되는 환경적 조건뿐만 아니라 학습자가 그 지식을 적용할 수 있는 조건을 확인하도록 해 준다. 이러한 예언적 기능을 가능케 하는 기술적 이론이 인간의 세계 즉 생활세계로 확대될 때, 변화 가능한 행동의 법칙과 조건에 기초한 공학이 창조된다.46)

45) William H. Schubert, 앞의 책, 201쪽.

46) 물론 이러한 지식의 예언적 형태가 행동 양식으로 확대되어, 모든 세계 속의 효과적인 행동을 위해 하나의 패러다임으로서 지위를 갖게 되면 '기술지상주의' 생겨날 수 있다. 이러한 관점에서 지식은 적용의 성패 혹은

이 모형에서는 전통을 매우 중요한 지식으로 간주한다. 전통은 경험적으로 검증되어 온 지식이기 때문이다. 따라서 전통을 전수하는 것은 주요한 교육적 실천이 된다. 이 때 교육의 방법은 전수와 모방 혹은 재현에 중점을 둔다. 전수는 기존의 지식 중에서 가치 있는 것을 의미 있는 것으로 지속시키기 위한 행위이다. 이러한 전수는 재현을 목적으로 삼는다. 재현이란 '투명하게 복원하고자 하는 욕망'에서 비롯된다. 따라서 이 모형에서는 지식의 선정 문제가 교육 방법의 주요한 과제로 부각된다. 즉, 어떠한 지식을 교육의 내용으로 삼느냐 자체가 교육의 성패를 좌우할 수 있다는 것이다.

이러한 입장이 지나치게 강조될 때 교육의 주체는 지식이 된다는 문제가 발생할 수 있다. 학습자들이 생성하는 지식의 의미와 비판적 태도의 의미를 인정하지 않는 결과를 야기하게 된다. 따라서 지식에 대한 이러한 관점은 학습자들이 맺고 있는 삶과 앎의 관계를 직접적으로 매개하지 못한다는 한계를 가질 수 있다.

한편, 해석학적 지식을 추구하는 관점에서 파악하는 인간은 그들이 속해 있는 문화 및 역사적 환경과 계속적으로 상호작용을 맺고 존재들이다. 즉, 경험분석적 학문들과는 달리 관찰을 대신한 텍스트 혹은 텍스트들이 맺고 있는 관계에 대한 해석을 통해 사실에 접근하려는 기획이다.

해석학적 관점은 지식의 고정성을 인정하지 않는다는 전제에서 출발한다. 이러한 관점은 지식의 생성이 상호주관적 성격을 지닌다는

효율성에만 주의를 기울임으로써 그 지식의 역사·윤리적 성격과 그 지식 사용의 결과에 관련된 가치의 문제가 끼어들 여지가 없어지게 된다. 또한 지식의 효율성과 기술적 숙련의 전수에만 지식의 의미가 예속된다면 경험적인 과학적 탐구를 우선시함으로써 그 지식의 사회적 맥락 즉, "역사는 사소한 주석으로 축소"<Henry A. Giroux, Theory and Resistance in Education, 최명선 옮김, 『교육이론과 저항』, 성원사, 1990, 245쪽.>될 수 있다.

점을 강조한다. 선험적 지식의 형식에 초점을 맞추기보다는 일상적 삶의 조직 이면에 있는 형태·범주·전제들이 생활 세계와 서로 맺고 있는 관계에 대해 관심을 갖는다는 것이다. 여기서는 세계를 형성하고 있는 다양한 개체들이 맺고 있는 관계 방식이 주요한 초점이 된다. 따라서 이러한 방식으로 지식을 파악하는 태도는 인간을 정보의 수동적 수용자로 간주하지 않는다는 점에서 경험·분석적 지향과 차별성을 보여준다.

해석학적 지식 모델은 언어의 사용과 사고를 통해 인간은 스스로를 발견할 수 있는 세계를 해석할 뿐만 아니라 지속적으로 의미를 생성해 낸다는 개념에 적극적 의미를 부여한다. 그러므로 인간의 행위를 이해하기 위해서는 세계와 대화적 관계를 형성하는 것을 중시한다. 즉, 어떠한 정보가 이루고 있는 맥락과 의도 그리고 이러한 정보와 맺고 있는 상호주관적 관계를 통해 해석적 입장을 강조하는 것이다.

이러한 해석학적 지식 모델은 교육이론과 실천을 위한 여러 가지 중요한 관점을 생성한다. 지식의 고정성에 대한 도전, 교사-학습자의 교실 관계의 규범적이고 정치적인 영역에 대한 주목, 지식과 사회적 행위와의 연관성 강조 그리고, 교실 지식의 잠재적 교육 의미의 영역을 규명하고자 하는 태도[47] 등이 강조되기 때문이다.

따라서 이와 같은 지식의 모형은 학습자의 경험과 해석을 중시하게 된다. '해석'이란 '텍스트의 의미를 학습자의 경험을 통해 재구성하는 것'[48]이라고 할 수 있다. 즉 학습자가 처한 사회적 맥락을 강

---

47) Giroux는 Habermas와 같은 지식의 관점을 시민성 교육 모델에 적용하여, 이러한 지식 모델들이 지향하는 교육적 지향을 기술적 합리성, 해석학적 합리성, 해방적 합리성으로 분류한다. 이 때, 해방적 합리성을 기술적 합리성의 실증주의를 거부하는 기획으로 규정하고, 해석학적 합리성의 교육적 의미를 위의 네 가지 대별적 특징을 중심으로 한 "성찰적 탐구 접근"이라고 규정한다. <Henry E. Giroux, 앞의 책, 215-217참조.>

48) '해석'이란 상상적인 것과 사실적인 것 간의 간격을 지양하는 것이다.

조하게 된다는 것이다. 학습자들은 제시된 지식 그 자체의 수용보다는 자신과의 관계를 통해서 가치의 문제를 생성하도록 조장된다. 또한 학습자들의 경험의 맥락 내에서 문제들을 규정하거나 자신들의 일상적 삶의 구조에 사회적 문제들을 관련시키는 것을 중시한다. 이는 학습자들이 의사결정에 참여하도록 하고, 의사결정의 과정 자체를 중시하게 함으로써 학습자의 능동성을 부각시키는 교육적 의미를 제시한다는 의미를 지닌다.

그러나 해석학적 지식 모형은 경험·분석적 지식의 유형이 직접적 조작을 중시한다면, 이에 반해 메시지를 주고 받는 등 해석학에 기초한 행동은 비유적 의미에서 조작적이라는 비판을 받을 수 있다. 물론 이러한 모형은 교실에서 학습자들이 텍스트 해석의 과정에 능동적으로 참여하여 다양한 해석을 생성할 수 있다는 점을 강조한다는 측면에서 의미를 미리 부여하는 경험·분석적 모형과 변별된다. 그러나 학습자의 능동성이 텍스트 해석의 과정에 국한되거나 텍스트의 다양성이 텍스트의 현재성에 한정된다는 점에서 한계를 가질 수 있다. 즉 학습자의 능동적 해석의 다양성이 존중된다는 점에서 고정적 지식의 의미를 탈피한다 할지라도 이러한 텍스트의 해석이 학습자의 실천적 전망과 괴리될 수 있다는 것이다.

> 개인의 주관적인 의도에 강조를 하는 한편, 동시에 지식의 사회적 구성의 중요성을 강조함으로써, 이 입장은 그와 같은 의미가 어떻게 유지되는지 또는 그들이 현실을 이해하기보다는 오히려 어떻게 왜곡하고 있는지에 관해 이해하지 못한다. 게다가 그러한 태도는 사회에서의 이데올로기적이고 구조적 압력이 비판적 사고와 건

다시 말해 <상상적인 것의 형태: 픽션>을 의미론적인 차원으로 옮겨 놓는 번역이다. 따라서 해석의 목적은 텍스트의 의미 구성에 있다.<차봉희, 『수용미학』, 문학과지성사, 1985, 89-90쪽 참조.>

설적인 대화의 가능성을 방해하는 것으로 학교에서 어떻게 재생산 되는지를 간과하는 경향이 있다.[49]

해석학적 지식 모형은 텍스트의 이해 방식에서 학습자를 '저자'의 위치로 부상시킨다. 하지만 텍스트의 의미화 방식이 텍스트와 개별 학습자와의 관계에 국한된 지식 모델을 넘어설 수 없다는 한계를 지닌다. 즉, 학습자들이 교실에서 생성하는 의미를 생활 세계에서 구체적으로 실천할 수 있는 전망을 제시하지 못한다는 것이다. 이는 이러한 지식 모형에서 중시하는 점이 개별 학습자가 파악한 텍스트의 의미에 국한되어 있기 때문이다. 따라서 광의의 개념으로 볼 때, 이러한 해석학적 지식 모델은 경험·분석적 지식 모형이 추구하는 '지식의 객관화'의 범주를 넘어서지 못한다는 한계를 드러낼 수 있다.[50] 학습자의 경험에 입각한 텍스트의 원근법은 회고적인 한계를 벗어나지 못한다는 것이다.

이러한 한계를 벗어나 텍스트의 의미를 통해 전망을 밝히고자 하는 모형이 바로 비판적 지식 모형이다. 비판적 지식 모형에서는 '현재의 세계(world as it is)'와 '되어야 할 세계(world as it courld be)'의 차이를 인식하고 이 차이를 극복하고자 하는 지향성을 강조한다. 현실의 모순을 파악하고 이를 극복하는 것을 중시한다는 것이다. 이때, 지향성이란 현실의 삶을 개선 혹은 극복하기 위한 전망(vision)[51]

49) Henry E, Giroux, 앞의 책, 217쪽.

50) 이러한 의미에서 현행 국어과 교과과정은 경험·분석적 지식 모형과 해석학적 모형이 혼재된 기획이라고 할 수 있다. 특히, '국민 공통 기본 교육 과정'으로서의 교육목표가 전자의 지향을 보인다면, 구체적 교과의 방법론은 해석학적 모형을 시도하고 있다고 할 것이다.

51) 우한용은 문학적 상상력을 인식적 상상력, 조응적 상상력, 초월적 상상력으로 구분하여 설명한다. 이러한 문학적 상상력은 언어를 통해 의미를 공유하고 의견을 조정하며 이념의 실천을 통해 비전을 생성하게 하는 역할을 한다.<우한용, 『문학교육과 문화론』, 서울대학교출판부, 1997,

을 의미한다.

전망은 텍스트의 해석을 현실의 문제와 연계시킬 때 생길 수 있다. 즉, 텍스트의 문제를 현실의 문제로 이행할 때 발생한다는 것이다. 이행은 환유의 속성이다. 환유는 '넘어서고자 하는 욕망'[52]이다. 이 때 넘어서고자 하는 것은 '부정적인 힘을 인식하고 세계를 개조하지 않으면 안 된다는 당위성'[53]을 인식[54]하는 것이다. 요컨대 텍스트의 문제를 현실의 삶으로 전이시키고자 하는 비판적 인식의 유형에서는 왜곡된 생활 세계의 삶을 개선하거나 극복하기 위한 실천을 강조한다.

비판적 지식 모형은 지식의 의미가 지식 그 자체에 있거나 해석 차원에 머물러서는 안 된다는 것을 강조한다. 지식은 학습자와 삶이 직접적으로 연계될 때 의미가 있다는 것이다. 따라서 이러한 지식 모형은 경험·분석적 모형과 해석학적 모형과는 변별되는 교육의 내용을 지향한다고 할 수 있다. '반성적' 사고와 '부정적' 지향성이 학

48－58쪽 참조.>

52) 김인환은 현실의 문제를 자각하는 인식의 문제를 욕망과 관련시킨다. 이 때의 욕망은 현실의 모순을 극복하려는 구체적 실천이 된다.
"욕망은 모든 한계를 꿰뚫고 분열과 모순을 자체내에 보존하는 끝없는 의욕이며, 깊은 정열에 의하여 특별하게 충격된 심적 운동의 끊임없는 항상성이다. 그것은 개별 사물에 대한 소망이 아니라 현실 정세의 어긋남을 자각하고 그 어긋남을 극복하려는 신체의 자발적인 운동이다."
<김인환, 『상상력과 원근법』, 문학과지성사, 1993, 252쪽.>

53) 김현, 「문학은 무엇을 할 수 있는가」, 『문학의 새로운 이해』, 김인환·성민엽·정과리 엮음, 문학과지성사, 1996,

54) 따라서 넘어서고자 하는 욕망은 '수직적' 성격을 지닌다고 할 수 있다. 전망의 이러한 수직적 성격에 대해서는 Bollnow의 견해를 참고할 수 있다. Bollnow는 실존주의적 입장에 의거하여 인간을 '근거와 고향을 상실한 존재'로 파악하고, 인간 존재가 일상 생활의 '무사고성(Gadankenlosigkeit)'을 극복하고자 할 때 진정한 주체의 의미를 획득한다고 주장한다. 이 때, '수직적 전망'은 '무사고성'을 극복하는 계기가 된다는 점을 강조한다. Otto Friedrich Bollnow, Pädagogik in anthropologischer Sickt, 오인탁·정혜영 옮김, 『교육의 인간학』, 문음사, 1999, 135－144 참조.

습자가 생활 세계와 '대화'할 수 있는 가능성을 제시함으로써 새로운 담론을 생성하게 하는 계기로 작용하기 때문이다.

2) 서사교육과 비판적 사고

지식은 삶을 추상화한 산물이라고 할 수 있다. 경험·분석적, 해석학적, 비판적 유형과 같은 인식론적 분류 역시 이러한 추상화의 결과이다. 하지만, 삶에 대한 인식은 지식의 유형처럼 일면적으로 작용하는 것이라고 할 수 없다. 삶의 형상을 다루는 문학은 세계에 대한 비판적 사고를 강조한다. 그리고 삶에 대한 비판적 인식은 문학텍스트를 생성하고 감상하는 데에 총체적으로 작용한다. 이 절에서는 서사[55]교육과 비판적 사고의 관계를 살펴보도록 하겠다.

서사는 인간의 삶을 형상화함으로써 소통의 담론을 생성하는 양식이다. 인간의 삶은 시간의 굴레에서 벗어날 수 없다. 태어나 죽기까지 혹은 아침에 잠자리에서 눈을 떠 다시 잠자리에 들기까지 인간의

55) '서사'를 텍스트 차원에서 본다면, '현실 또는 허구의 사건들과 상황들을 하나의 시간 연속을 통해 표현한 것'<G. Prince, Narratology, 최상규 옮김, 『서사학』, 문학과지성사, 1988, 12쪽.>으로 규정할 수 있다. 이러한 관점에서 볼 때, 서사는 '서술자, 인물, 사건, 배경' 등의 기본 요건을 갖춘 '이야기'와 '신문, TV, 영화, 만화' 등의 매체물, 역사적 사실이나 사회적 사실을 다루는 역사·사회·경제물 등과 과학적 사실을 다루는 과학물 심지어는 무용과 같은 퍼포먼스 등까지도 아우르는 개념으로 확장될 수 있다.<임경순, 「서사교육의 의의, 범주, 기능」, 『서사교육론』(우한용 외 공저), 동아시아, 2001, 41쪽 참조.> 다만, 이 논문에서는 현행 고등학교 교과가 중점적으로 다루고 있는 근대적 서사형식인 '소설'과 이를 토대로 생성된 영상텍스트를 연구의 대상으로 한정할 것이다.

삶은 시간의 선형적 흐름에서 자유로울 수 없는 것이다. 더구나 인간의 기억 능력과 인식 능력은 시간과 어우러지며 펼쳐지는 세계 앞에서 유한성을 자각할 수밖에 없게 만든다. 인간 존재의 불완전성은 인간이 시간적 존재라는 인식을 기반으로 한다. 그 인식의 종국에는 '죽음'이라는 존재론적 한계가 노정되어 있다. 태어남과 성장, 죽음이라는 선형적이고 객관화된 시간에 대한 인식은 인간이 자연의 지극히 일부분에 지나지 않다는 한계를 깨닫게 해 준다는 것이다.

이러한 깨달음은 인간이 왜, 어떻게 살고 있는지를 묻게 되는 존재론적인 물음을 던지게 한다. 양적인 시공간을 지연시켜 질적인 시공간으로 변화시키고자 하는 것이 인간의 욕망이라면[56], 인간이 시시각각 당면하는 일련의 사건 즉 관계 맺음에 대해 의미를 부여하고 그 의미를 타자와 소통하고자 하는 욕망은 서사의 존재론적 근원이 된다.

한편, 인간의 삶에 대해 이야기하려 한다는 것은 인간의 삶 자체가 확정적인 의미로 고정되어 있지 않다는 것과 그 담론 자체가 소통의 가능성을 지니고 있다는 것을 전제한다. 인간의 삶에 대한 불가해성은 관계를 맺고 있는 세계를 알려고 한다는 의지에서 비롯된 것이다. 인간 존재의 불완전성에 대한 자각에서 초래된다는 것이다. 이러한 불완전성을 자각함에도 불구하고 대상에 대한 의미를 추구한

56) 원시 사회 혹은 농경 사회의 축제일은 '거룩한 시간'으로서 이 날을 통해 인간의 삶은 새로운 존재로 소생된다. 따라서, '거룩한 시간'은 양적·연속적 시간을 끊는 '질적 시간'이다. 반면 현대 산업 사회의 시간은 낮과 밤의 구분을 철폐하고, 계량적인 시간 속에서 허기진 인생을 강요한다. 현대인은 일차원적 세계에 단순하게 반복하는 삶을 살고 있는 것이다. 산업 사회에서의 '성스러움'은 사라졌다. 이런 측면에서 현대 산업 사회에서 질적인 시간을 회복한다는 것은 결국 의식의 주체인 '나'를 인식하는 방법밖에는 없다. 이는 결국 현재가 과거와 미래와 관계된 시간으로 인식하는 것이며, 현재야말로 역사 형성의 원점으로 인식하는 데에서 비롯되는 것이다.<소광희, 『시간의 철학적 성찰』, 문예출판사, 2001, 161－199쪽 참조.>

다는 것은 서사가 근원적으로 해석학적 성격을 띠고 있다는 것을 의미한다.

또한 서사는 고정된 삶의 진리를 구획하는 것이 아니라, 세계를 대하는 '견고하게 응고된 관점에 균열을 내려는' 담론이 된다. 문학 특히 '서사양식'은 인간의 삶 자체와 교섭하면서 새로운 인식의 가능성을 묻는 실천적 담론형태이다. 가령, 근대의 대표적 서사인 소설이 '인간이 신들의 형이상학적 위안이나 욕망의 자연적 상황으로의 접근은 저지당했으나 세계 자체로부터 어떤 궁극적인 의미를 찾으려는'[57] 가치지향적인 담론이라 것은 주지의 사실이다. 세계와 조응하며 궁극적인 의미를 찾으려 한다는 것은 고정된 의미 세계를 거부하고 이를 넘어서려는 '가치' 생성의 행위이기 때문이다.

서사의 욕망은 이데올로기화된 인간과 세계의 관계에 균열을 내고자 하는 욕망에서 비롯된다. 이는 부정적 힘의 인식이 서사 전통의 근본적 동인이라는 것을 의미한다. 부정적 인식은 부정적 인식을 야기하는 사태를 극복하고자 하는 의지를 불러일으킨다. 그리고 이러한 의지는 인간이 세계를 직관적으로 파악하는 행위인 감동과 반성을 통해서 삶에 대한 총체적 파악에 이르게 한다. 서사가 인간과 세계의 총체적 모습과 의미를 상상과 체험을 통하여 언어로 형상화한 사유체가 되는 까닭이다.

이 때 서사의 '부정성'은 '넘어섬'을 지향한다. '넘어섬'을 지향한다는 것은 경계의 완결성을 부정하는 것이다.[58] 이 때, '넘어섬'의

57) A. J. Cascardi, Totality and Novel, New Literary HIstory, University of California, Berkeley, 1992, p.607.

58) 이는 서사의 근대적 형식인 소설이 미완성된 장르라는 특성과 관계가 깊다. Bakhtin에 의하면 이는, 소설이 '새로운 세계에서 태어나 이 세계와 완전한 친화성을 갖는 그리고 끊임없는 발전의 경로만을 추구하는 유일한 장르'라고 할 수 있기 때문이다. <Mikhail M. Bakhtin, The Dialogic Imagination, 전승희 외 옮김, 『장편소설과 민중언어』, 창작과비평사, 1988,

바탕은 생활세계이다. 생활세계는 '객관적 세계의 바탕이 되는 경험의 세계'[59]이다. 타자와 나의 관계가 '우리들－관계'[60]를 형성하는 세계 즉, 시공간적으로 함께 공존하는 세계를 의미한다. 타자와 '나'가 시공간을 함께 한다는 것은 신체적으로 공존한다는 것을 의미한다. 여기서 '신체적'이란 '(작은) 이성에 의해 미리 확정된 개념과는 대비되는 다양한 생명의 지향성'[61]을 의미한다. 생활 세계에 속해 있는 존재는 지형도가 그려진 세계를 살아가는 것이 아니라 한걸음 한걸음을 내딛을 때마다 지평이 물러서는 풍경 속을 살아간다. 풍경 속의 존재는 세계와 지속적인 긴장을 형성하면서 지평을 확대하는 관계를 맺는다. 생활세계를 구현한다는 것은 서사가 다루는 가치가 '성취로서의 가치가 아니라 추구로서의 가치'[62]라는 것을 말해준다. 따라서 서사는 경험세계를 송두리째 희생하여 도달하는 또는 절대진리를 명증적으로 탐구하려는 관념철학[63]이나 현상을 기술하려는 사회학 등과 추구하는 가치를 달리한다.

서사의 성격이 텍스트로 생성되고 또 의미 있는 대상으로 다가올 때 서사텍스트는 비판적 사고의 대상이 된다. 이 때 비판적 사고는 텍스트의 이해와 해석 그리고 학습자의 삶과의 관련성을 총체적으로 제기한다. 따라서 텍스트의 이해와 감상은 바로 이러한 비판적 사고

18－29쪽 참조.>

59) 한전숙, 『현상학』, 민음사, 1996, 224쪽.

60) 최재식, 익명성에 관한 철학적(현상학적) 고찰, 『예술과 현상학』(한국현상학회 편), 철학과현실사, 2001, 284쪽.

61) 이진우, 니체의 반역적 사유, 철학 48집, 1996, 208～214쪽 참고.

62) J. Hessen, 앞의 책, 157쪽.

63) 이 논문은 현행 교육과정의 이러한 인식적인 측면과는 대립되는 관점에 선다. 이 글에서는 서사문학의 '부정성'과 '넘어섬'을 통한 세계에 대한 사유적 인식이 서사교육의 궁극적 목적임을 강조하고자 한다. 이러한 태도는 고정적이거나 명증적인 것과는 근원적인 차이가 있다는 측면에서 '관념철학'과는 다르다 할 수 있을 것이다.

의 과정이라고 할 수 있다.

그런데 그 동안의 서사교육은 비판적 사고의 작용 양상을 일면적으로 고찰하는 경향을 보여왔다. 이러한 문제는 우선 현행 서사교실에서 구체적으로 드러난다. 그 대표적인 예가 다음과 같이 서사텍스트의 이해를 행동주의적 반응으로 간주하는 경향이다.

> ① (혼자 하기) 이 사건의 전개 과정에서 주인공의 심리 변화를 정리해 보고, 이후 주인공이 취할 행동을 상상해 보자.
> ② (혼자 하기) 자신이 만일 주인공과 같은 상황에 처했다면 어떻게 행동할 것인지 상상하여 글로 써 보자.[64)]

교과서에 제시된 이문열의 『우리들의 일그러진 영웅』에 대한 학습 활동의 내용이다. 이 학습활동을 위해 제시되는 텍스트는 서사의 파국을 예견할 수 있는 석대의 비밀이 드러나는 장면에 해당하는 부분이다. 석대가 왕국을 건설할 수 있었던 요인 중의 하나인 '전교 일등'이라는 영광이 실은 '비행'에 의한 것이었음이 밝혀지면서 그 사실을 목격한 '나'의 내적 갈등이 드러나는 장면에 해당한다.

그런데, 이에 대한 학습 활동은 하나의 사태를 통해 다음의 사태를 예견하거나 학습자를 인물과 동일화시켜 이후의 행동에 대한 선택을 묻는 내용에 집중되어 있다.[65)] 특히, ①과 ②는 텍스트의 의미

---

64) 교육인적자원부, 『고등학교 국어(상)』, 두산, 2002, 61쪽.

65) 이러한 경향은 비단 『우리들의 일그러진 영웅』에만 국한되지 않는다. 그 대표적인 예는 다음과 같다.
- 자신이 이야기 속의 동네 사람 중 하나라고 상상하고, 다음 활동을 해 보자. (『국어 (상) 7－1단원, 「장마」)
- 자신이 '나'의 아내라고 가정하고, 다음 활동을 해 보자. (『국어 (하)』, 4－2단원, 「눈길」)
- 자신이 '나'라고 상상하고, 어머니에게 가장 하고 싶은 말을 정리해 보자. (『국어 (하)』, 4－2단원, 「눈길」)

화를 어떠한 사태에 직면한 학습자의 '의사결정의 문제' 혹은 '문제해결의 문제'로 환치시키고 있다. 이는 교수학습의 목적이 학습자에게 '조건화'에 따른 일종의 행동주의적 태도를 요구하는 방향으로 실천되고 있음을 말해준다. 특정한 조건에서 학습자가 어떻게 반응할 것인지를 묻고 있기 때문이다.

이러한 교수·학습의 내용은 학습자의 사고의 범위를 단순화시킬 수 있다는 문제를 낳는다. 즉, '상상' 혹은 '글쓰기'의 표현의 의미를 협소화시킨다는 것이다. 학습자들로 하여금 주어진 문제에 직면하여 행위 선택의 가능성과 그 행위의 논리성을 취하는 것에 교수학습의 의미를 국한시키기 때문이다.[66)][67)]

두 번째의 경우는 해석학적 의미를 회고적 차원에 가치를 두는 경우이다. 이는 텍스트와 학습자의 관계를 소통의 관계로 파악하고, 이 과정에서 생성된 텍스트의 의미의 다양성을 강조하는 방식이다. 이를 강조하는 대표적인 모형은 다음과 같다.

---

66) 특히, ②번과 같은 학습 내용은 다양한 양태의 행위를 묻기보다는 자칫 양자택일의 행위를 묻는 질문이 될 수 있다. <교사용 지도서>에 제시되고 있는 '예시'에서 그러한 우려가 현실화될 가능성을 찾을 수 있다.
   1) 결국 주인공은 엄석대를 고발하는 것이 누구에게도 도움이 되지 않는 것이라고 합리화하며 이 일을 덮어 둔다. 그리고 사실을 알고도 아무 일도 하지 않은 자신이 비겁하다는 생각을 떨치고 싶어한다. 그래서 다시 이런 일이 있으면 가만 두지 않겠다는 쪽지를 써서 엄석대에게 전한다.
   2) 주인공은 이런 사실을 그대로 보아 넘기면 자신도 엄석대와 똑같은 사람이 되는 것이라고 생각한다. 그래서 담임 선생님께 이 일을 말한다. <서울대학교 국어 교육 연구소, 『교사용지도서』, 87쪽.>

67) 이는 교육과정의 기획이 『우리들의 영웅』의 선정 경위에서 나타나는 오류와도 관계된다. 즉, 텍스트의 의미를 '학교 폭력'의 제재 상의 문제에 국한시킴으로써, 학습자가 경험하는 '억압'과 '폭력'의 다양한 문제를 내면화하는 데에까지 확장시키지 못하고 있기 때문이다. 즉, 텍스트의 의미가 학습자와 관련 맺는 현재적 의미로 전이시키는 인식이 결여되어 있다는 것이다.

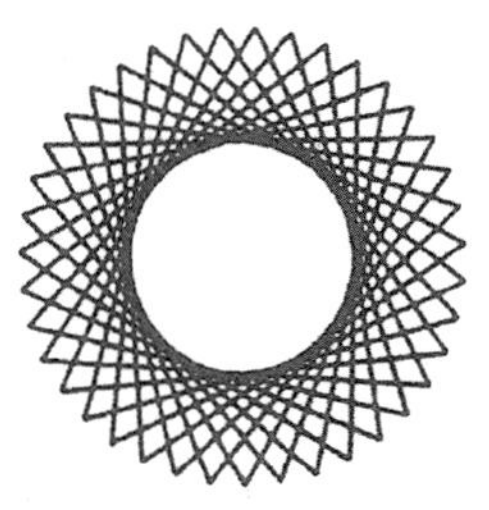

대화주의 모형[68)]

이러한 모형은 텍스트의 의미가 하나의 의미 즉, 절대적 의미를 지니고 있다기보다는 텍스트와 상관하는 학습자의 상황적 맥락을 중시함으로써 고정된 의미를 부정한다. 또한 '다중 대화 주체'들의 역동성을 강조하는데, 이 때 '다중 대화 주체'란 '작가－독자 모델뿐만 아니라, 작가－주제, 주제－작가, 독자－주제, 주제－독자, 작가－독자, 독자－작가'[69)] 등 다양한 해석적 가능성의 역동성을 중시한다. 따라서 이러한 모형이 서사교실에 적용될 경우, 학습자의 배경 지식과 경험이 텍스트 해석의 매우 중요한 요인으로 작용한다.

대화주의 모형은 텍스트의 의미의 다양성을 부각시킨다는 점에서 비판적 사고의 중요성을 제시한다고 할 수 있다. 하지만, 이러한 모형은 우선 텍스트의 내적 통일성을 부인할 경우 자칫 '텍스트의 비일관성이 텍스트 자체의 잘못인지 아니면 텍스트 해석에 대한 학습자의 잘못인지 구분할 수 있는 길이 없어지게 된다.'[70)] 즉, 텍스트에

---

68) 최인자, 『국어교육의 문화론적 지평』, 소명출판, 2001, 80쪽.

69) 최인자, 위의 책, 80쪽.

70) G. Warnke는 텍스트의 해석이 적합한지를 평가하기 위해서 Gadamer의 '내적 통일성'에 대한 개념의 도입이 필요하다고 주장한다. '내적 통일성'은 텍스트의 의미에 대한 최초의 투사들을 수정할 수 있는 가능조건이 된다는 것이다. 이에 대해 Paul de Man과 같은 해체비평가들은 '내적 통일성'의 개입으로 인해 텍스트에 내재된 긴장이나 모순들을 간과

대한 다양한 해석에 대한 평가의 문제가 남게 된다는 것이다. 이는 텍스트의 해석 주체를 사적 독서의 주체인 개별독자와 교실이라는 공공의 영역에서 텍스트를 해석하는 학습자의 구분이 이루어지지 않는다는 데에서 기인한다. 즉, 개별 학습자의 해석의 가능성에 중점을 두거나 개별 학습자들의 해석의 차이－이는 학습자의 스키마와 같은 인지 구조 혹은 주관적 체험을 강조하는 '사적(私的) 독서의 경향'[71]이 반영된 것이라고 할 수 있다.－에 의미를 둠으로써 텍스트의 다

하게 된다고 반박한다. 그리고 오히려 텍스트 내의 불일치, 의도와 의미의 차이, 내용과 수사학의 차이 등에 초점을 맞춘다. 그러나 불일치나 모순들 역시 이미 가정된 일반적 의미 내에서 혹은 그 의미와 모순일 뿐이다. 따라서, '내적 통일성'이라는 가정은 해체를 위한 본질적 조건이기도 하다는 점 그리고 텍스트의 해석에 대한 개별적인 해석들을 채택하거나 폐기하는 기준을 제공한다는 점에서 중요한 전제가 될 수 있다. <G. Warnke, Gadamer: Hermeneutics, Traditional and Reason, 이한우 옮김, 『가다머』, 민음사, 1999, 151－153 참조.>

71) 이는 공적인 영역을 사적인 공간으로 이입시키는 역할에 '소설'의 사회사적 의의를 부여하는 경향과 관련지어 생각해 볼 수 있다. 공적 영역에서 소외된 비생산층인 여성들을 위한 문학형식으로 소설을 간주하는 경향이다. 이러한 관점에서는 초기 자본주의부터 유래한 공적 영역과 사적 영역의 분리가 소설의 사적 독서의 성격을 강화하였다고 본다. 소설을 사적 영역에 갇혀 있던 여성 독자들에게 사회 참여의 환상을 심어주는 사적 장르로 규정하는 것이다. 한편, 영화는 '극장'이라는 공적 제도를 통해 주로 공적 영역의 노동에서 '소외'된 남성들에게 개인적 환상을 충족시키는 구실을 한다는 측면에서 공적 장르로 규정한다. <Judith Mayne, Private Novels, Public Films, 강수영·류제홍 옮김, 『사적 소설/공적 영화』, 시각과 언어, 1994, 35－61쪽, 98－113쪽 참조.> 그러나, 소설과 영화의 이러한 사회사적 맥락을 인정한다고 하더라도, 이러한 의미를 서사교실에 그대로 적용할 수는 없다. 서사교실에서의 소설텍스트와 영화텍스트는 독서동기와 과정을 전혀 달리하기 때문이다. 서사교실에서의 독서체험은 사적인 것이 아니라－극장에서의 체험이 공적이라고 하더라도, 이러한 체험이 공공의 담론의 장을 거치지 않는다면, 이 역시 '대중 속의 사적 감상'에 불과하다－학습자들이 교실이라는 동일한 공간에서 동시에 체험하는 공적인 독서이자 해석에서 출발한다는 차이점을 가진다.

양한 해석만을 강조하게 된다는 것이다.

이는 다양한 해석이 결국 텍스트의 굴레를 벗어나지 못한다는 것과 관련된다. 서사교실에서 현재성을 가진다는 것은 교실 구성원들의 현재성과 관련을 맺어야 한다는 것을 의미한다. 그것은 학습자들의 현재성이다. 학습자들의 현재성은 바로 '지금 여기'의 시공간이다. 그런데, 서사텍스트가 담고 있는 현재는 텍스트의 현재 즉, '그때 거기'라고 할 수 있는 당대이다. 물론, 개별독자의 서사체험의 경우, '당대'는 독자와의 '지평의 융합'[72]을 이루어낸다. 그런데, 이러한 지평의 융합이 전망을 획득하지 못하고 텍스트의 현재성에 붙들린다면 이 역시 회고적일 수밖에 없다는 것이다.

텍스트의 현재, 즉 '당대성'에 얽매이는 또 하나의 경향은 텍스트의 문제를 당대의 문제로 국한시키는 경우이다. 이는 텍스트 내의 대립하는 가치들의 의미 혹은 그러한 가치들의 대립으로 인한 인물들의 행위를 무매개적으로 그 가치를 현재화시키는 경우이다.

> 이인국 박사의 진술을 통해 심미주체(학습자:인용자)는 그가 민족이라는 집단적 당위를 위배하는 인물이라고 심판할 수 있다. 이것은 이인국 박사와 같은 행위에 대해서 이미 역사적 판단이 내려졌기 때문이다.
>
> 그러나 이명준이 겪고 있는 문제는 이미 역사적 판단이 내려진 현실이 아니라, '지금 여기'의 문제임과 동시에 심미주체가 갖고 있는 문제이다. 심미주체 중 어느 누구도 이명준의 행위에 대한 심판

72) 지평의 융합(fusion of horizon)이란 대상의 의미가 대상 자체에 있는 것이 아니라, 대상과 해석자의 전망이 융합하는 데에 있다는 점을 강조하는 Gadamer의 용어이다. 이는 특히 역사적 사실에 대한 해석학적 입장을 대변하는데, 역사적 사실의 의미는 해석자의 현재의 전망에 입각하여 의미화된다는 점을 강조한다. <Hans－Georg Gadamer, Truth and Method, The Crossroad Publishing Company, 1982, pp.333－341.>

> 자의 위치에 설 수 없다. (중략) **이런 면에서 분단 상황이 해소되었을 때 이명준의 문제성은 현재적이 될 수 없다. 그때서야 이명준의 행위가 현실도피적이란 비판이 가능할 것이다.**[73](강조: 인용자)

『광장』의 이명준이 '바다로 뛰어드는 행위'는 광장과 밀실을 모두 상실한, 즉 전망을 상실한 한 청년의 비극적 선택행위라고 할 수 있다. 이러한 행위를 현실도피적인가 아닌가를 판단하는 것은 또 다른 해석학적 문제가 된다. 그러나 서사교실에서 중요한 것은 이명준의 행위 자체가 아니라 이명준의 행위를 야기한 모순적 현실을 파악하는 일이고, 그보다 궁극적인 것은 그러한 모순 현실을 학습자의 생활 세계의 문제로 전이시키는 일이다.[74] 즉, 서사텍스트가 제기하는 생활 세계의 모순이 학습자가 관련을 맺고 있는 생활 세계의 모순으로 환유되어야 한다는 것이다. 가령, 춘향이 목숨을 걸고 대항하고자 했던 당대의 모순은 무엇이었으며, 이러한 모순이 현재는 어떠한 모습으로 작용하고 있는지, 혹은 그 자리에 어떠한 모순이 새로운 모습으로 자리를 차지하고 있는지를 파악하고자 하는 환유적 인식이

---

73) 김중신, 『소설감상방법론 연구』, 서울대학교출판부, 1995, 98-99쪽. 인용문 중 밑줄 친 부분인용문과 관련된 각주의 내용임을 밝혀둔다.

74) 텍스트의 현재를 학습자의 현재로 환유하지 못하고 '당대'의 문제를 파악하는 것을 학습 내용으로 삼고 있는 경우의 대표적인 예는 다음과 같다.

- 이 작품이 쓰여진 시기에는 족보가 어떤 가치를 지닌 것이었는지 알아보고, 현대에는 어떤 의미를 지니는지 생각해 보자. (『국어 (상), 8-1단원, 『삼대』)
- 조의관과 조상훈 부자가 대화하는 방식이 우리가 부모님과 대화할 때의 태도와 어떤 차이가 있는지 이야기해 보자. (『국어 (상), 8-1단원, 『삼대』)
- 작품의 배경이 되는 시기와 작품이 쓰여진 시기가 다르다는 점을 고려하여, 100년 전의 상황을 풍자한 이 작품이, 박지원이 살았던 당시의 상황과 관점에서는 어떤 의미가 있었을지 이야기해 보자. (국어 (하), 2-2단원, 「허생전」

필요하다는 것이다. 텍스트의 모순이 텍스트의 상황에 머물거나 텍스트의 시간에 고정될 때, 여기서 비롯되는 해석은 학습자의 현재의 삶과 연계될 수 없기 때문이다.

이러한 문제는 텍스트에 대해 제시된 문제를 해결하는 방식으로 이루어지는 교육 방법에서 비롯되는 것이다. 특히 단일 텍스트 중심의 교육 방법은 문제 해결을 위한 텍스트의 해석과 그 해석의 다양성에 초점을 두기 때문이다. 이러한 교육 방법은 서사텍스트가 구현하는 비판적 사고의 의미를 총체적으로 살필 수 있는 데에는 한계를 드러낼 수밖에 없다.

단일텍스트 중심의 교육 방법이 야기하는 문제를 극복하기 위해서는 문학현상으로 교육의 범주를 확장할 필요가 있다. 문학현상이란 텍스트의 생산, 텍스트의 구조, 텍스트의 수용과 반영 등 문학텍스트와 관련된 일련의 작용과정을 가리킨다. 문학현상으로 교육의 범주를 넓힐 때 텍스트의 생성에 작용하는 비판적 사고의 총체적 의미를 살필 수 있다는 이점이 생긴다. 즉, 문학적 문화를 생성하는 데에 비판적 사고가 어떻게 기여하는지, 즉 문학 고유의 사유 방식에 대한 교육이 가능하다는 것이다.

4. 영상텍스트와 비판적 사고 교육

문학텍스트를 생성하는 데에 소설텍스트가 영상텍스트로 변용·생성되는 경우는 있는 하나의 문학현상이 될 수 있다. 그 가운데 영상텍스트가 소설텍스트와 다른 스토리를 생성하는 경우[75]는 영상텍스트를 소설텍스트와 구별하게 하는 상호텍스트성을 형성한다. 그리고 이 과정에는 재현과 해석 그리고 전망의 전환이 총체적으로 구현된다. 즉, 비판적 사고가 텍스트 생성에 구체적으로 작용한다는 것이다. 따라서 이러한 문학현상은 비판적 사고가 문학적 문화를 어떻게 형성하는지를 제시한다고 할 수 있을 것이다. 또한 소설텍스트의 이해를 돕기 위한 활용 차원에서 벗어나 영상텍스트의 교육적 의미를 활성화할 수 있는 하나의 방안이 될 수 있으리라고 본다. 이를 위해 이문열의 『우리들의 일그러진 영웅』과 박종원의 『우리들의 일그러진 영웅』이 생성하는 문학현상을 구체적인 분석의 대상으로 삼기로 하겠다.

서사교실에서 텍스트는 학습자의 삶의 지평을 확장시킬 수 있는 매개의 역할을 한다. 그런데, 하나의 텍스트는 또 다른 텍스트들과의 관계를 통해서 생성된다. 상호텍스트성을 형성한다는 것이다. 상호텍스트성은 기호가 지시하는 대상이 실체가 아니라 개념이라는 인식에서 비롯된다. 기호를 통한 표현과 이해는 이미 개념화된 기호를 매개로 이루어지기 때문에 그 표현과 이해는 새로운 것이 아니라 그 이전의 개념에 영향을 받을 수밖에 없다. 이러한 인식을 바탕으로 텍스트의 생성 과정을 고려해 보면 이 역시 다른 텍스트들을 흡수하고 변형시킨 행위에 지나지 않는다는 것을 알 수 있다. 따라서 하나

---

75) 이러한 현상은 소설텍스트와 비평텍스트가 맺는 관계와 다른 양상을 보여준다고 할 것이다. 비평텍스트는 논증(arguement)을 주요한 원리로 삼는다. 즉, '논리'에 의존하는 텍스트 유형이라고 할 수 있다. 이러한 비평텍스트는 서사텍스트와는 달리 시간성이 없다. <S. Chatman, The Rhetoric of Narrative in Fiction and Film, 한용환·강덕화 역, 『영화와 소설의 수사학』, 동국대학교출판부, 2001, 22~24쪽 참조.>

의 텍스트는 다른 텍스트들과의 관계를 통해서 생성된다는 것이며, 이 텍스트의 의미 역시 다른 텍스트들과의 관계를 통해서 드러나게 된다. 텍스트들이 관계 맺는 방식에 따라, 그리고 그 방식에 따라 드러나는 문학현상을 통해 그 의미를 파악하고자 하는 태도는 기존의 단일 텍스트 중심으로 고정된 의미를 탐색하는 것을 강조하는 텍스트 중심의 교육에서 벗어날 수 있는 근거를 제공한다.

문학텍스트를 생성하는 과정에 비판적 사고가 적극적으로 작용하는 현상을 소설텍스트를 토대로 영상텍스트가 생성되는 현상에서 찾아 볼 수 있다. 소설텍스트를 토대로 영상텍스트를 생성하는 경우는 <작자→소설텍스트→(독자)작가→영상텍스트>와 같은 관계망을 형성한다. 이러한 문학현상은 영상텍스트의 생성주체가 소설텍스트를 해석하고 감상한 과정, 그리고 이를 토대로 새로운 텍스트를 생성하게 되는 과정을 보여준다. 특히 영상텍스트가 소설텍스트의 스토리 자체에도 변형을 가하여 새로운 의미를 생성하는 경우는 텍스트의 생성 과정에 비판적 사고가 작용하는 양상을 보여준다. 영상텍스트의 형상화 양상이 소설텍스트에 대해 재현 및 모방, 해석의 과정을 통해 새로운 전망을 제시하기 때문이다. 이 때 두 텍스트는 텍스트 외적 요인을 반영하지 않고도 텍스트가 어떻게 생성되는지를 살필 수 있는 관계를 형성한다.

1) 소설텍스트와 영상텍스트의 관계

소설텍스트의 영상텍스트로의 변용은 텍스트 구조의 친연성으로 인하여 생성되는 문학현상의 일종이다. 이야기(story)와 화자(story－teller)의 존재라는 서사텍스트 유형의 최소한의 구조적 조건을 충족시킨다는 점[76)]에서 영상텍스트와 소설텍스트는 대표적 서사텍스트 유형(narrative text－style)이라고 할 수 있다. 또한, 스토리－지속시간과 담론－지속시간이 구현하는 서사(narrative)의 시간성은 논증이나 묘사와 같은 텍스트 유형과 구분하게 하는 성분이 된다.[77)]

영상텍스트와 소설텍스트는 구조적으로 친연성을 지닐 뿐만 아니라 기법적으로 상호 영향 관계를 형성해 왔다. 시간의 역행적 구성법인 플래쉬백(flashback)이나 시공간적 불연속성의 표현인 몽타주(montage), 다양화된 서술의 시점 등은 그 대표적인 예이다. 특히, 영상텍스트가 형성기부터 소설텍스트에게서 이야기 구조뿐만 아니라 이야기 자체를 수용하고자 했던 것은 주지의 사실이다. 이러한 영향 관계는 오늘날에도 여전히 문화적 현상으로 지속되고 있다.

그런데, 이러한 텍스트의 관련성이 즉 서사교육의 장에서 의미를 획득할 수 있는 까닭은 영상텍스트가 소설텍스트 자체를 해석의 대상으로 삼고 있다는 점, 서사를 서사를 통해 해석한다는 점[78)], 그리

---

76) 연극(drama)은 화자가 없는 이야기라는 점에서 이 둘과 구별된다. 연극은 화자의 매개없이 스토리가 직접적으로 실연(實演)된다. <Robert Scholes & Robert Kellogg, The Nature of Narrative, 임병권 역, 『서사의 본질』, 예림기획, 2001, 12쪽.>

77) 논증(arguement)은 ‘논리’에 의존하는 텍스트 유형이다. 내러티브와는 달리 시간성이 없으며, 묘사와는 달리 연속성에 근거를 두지 않는다. 묘사(description)는 사물의 특질을 표현하는 데에 중점을 두는 텍스트 유형으로 일종의 인과적 연속성을 지니고 있다. 내러티브, 논증, 묘사는 모두 비/허구적 텍스트의 특징으로 작용할 수 있다. (S. Chatman, The Rhetoric of Narrative in Fiction and Film, 한용환·강덕화 역, 『영화와 소설의 수사학』, 동국대학교출판부, 2001, 22～24쪽 참조.)

78) 논증적 텍스트에 해당하는 비평글은 텍스트를 개념화함으로써 의미를 규정하는 측면이 강하지만, 서사를 서사로 해석할 경우 생활 세계의 삶을 형상화함으로써 논증적 텍스트보다 우연적 사태에 의미를 부여하는

고 소설텍스트를 해석하는 과정에서 비판적 의미를 생성한다는 점 등에서 찾을 수 있다.

서사교실에서 소설텍스트와 영상텍스트가 맺는 텍스트의 관련성[79]은 '하나의 텍스트를 토대로 영향 관계를 형성하는 근접성'을 형성한다. 특히, 소설텍스트를 영상텍스트로 변용할 경우, 같은 서사모티프를 통해 새로운 텍스트를 생성한다는 차원에서 텍스트의 근접성은 직접적인 양상을 보인다. 또한 이 과정을 해석의 과정이라는 관점에서 볼 때, 영상텍스트의 생성의 과정은 서사교실에서 학습자들이 텍스트를 해석하는 과정과 유사한 과정을 보여준다. '소설텍스트의 영상텍스트화'는 영상텍스트의 서술주체[80]가 소설텍스트를 해석・내면화한 결과물이다. 즉, '제시텍스트'의 해석의 과정을 통해 서술주체가 소설텍스트의 의미를 '작품화'하는 과정이라고 할 수 있다. 소설텍스트가 구현한 기호적 형식을 독자의 입장에서 영상적 이미지로 해석하는 경로를 밟게 된다. 특히 영상텍스트는 소설텍스트를 이해하는 데에 있어 직접적 지각을 통해 제시함으로써 소설텍스트의 서사구조를 생생하게 복원시키는 역할을 한다. 따라서 영상텍스트는 소설텍스트에 대한 해석텍스트가 된다.

이 때, 텍스트 해석 과정은 서사텍스트를 서사텍스트로 해석한다

측면이 강하다고 할 것이다.

79) 텍스트들 사이의 관계는 외연상호성(intertexualité) 즉, 각각 하나의 완성체로 간주되는 서로 다른 (적어도) 두 텍스트들의 사이에 개입하는 근접성과, 내재상호성(intratextualiré), 즉 동일한 텍스트 안에서 나타나는 근접성으로 구분된다.<김병욱, 텍스트의 상호성과 글쓰기, 불어불문학연구 30집, 한국불어불문학회, 1995, 4쪽 참조.>

80) 영화의 서술은 촬영과 편집이라는 두 층위에서 이루어진다. 이 두 층위를 포괄하는 '거대서술자'를 '영상주'라 칭한다. (Anndré Gaudreault & François Jost, Le Récit Cinématographique, 송지연 역, 『영화서술학』, 동문선, 2001, 86~87쪽 참조.) 이 논문에서는 '영상주'를 영상텍스트의 '서술주체'라고 칭하기로 한다.

는 점에서 삶의 구체적인 풍경을 지향한다는 특징을 보여준다. 서사텍스트 유형인 소설이 구현한 생활세계를 서사텍스트 유형인 영상텍스트로 해석하여 제시하는 경우, 논증이나 설명 유형 등의 2차 텍스트와 비교할 때보다 구체적이고 직접적인 양상으로 재현한다는 점에서 소설텍스트의 이해의 과정에 적극적으로 작용하게 된다는 것이다.

평면에 인쇄된 활자를 통하여 입체적 삶을 재구성해 내기 위해서는 "가까이 있는 것들을 서로 떼어 놓고 멀리 있는 것들을 서로 모아 놓는 즉, 텍스트를 線的으로가 아니라 공간적으로 구성"[81]하는 능동적인 과정이 전제되어야 한다. 이 때 소설텍스트의 의미화 과정은 언어가 매개하는 시각적 이미지에 의존한다. 이 때, 언어를 매개로 하는 시각적 이미지는 직접적인 체험이 갖는 친밀성과 거리를 가진다. 간접적이라는 것이다. 이러한 간접성은 텍스트의 의미화 과정에서 유형적 해석의 원인이 된다. 유형은 "이미 구조된 상태로 지각과 행위 속에서 영향을 주는 보편성"[82]이다. 이러한 유형적 해석은 직접적인 체험과는 거리를 둔 독자의 상상 속에서 시각적 이미지가 생성되기 때문이다. 따라서 언어를 매개로 한 텍스트의 해석은 직접적 체험보다 간접적 유형에 의존할 수밖에 없다.

반면, 소설텍스트를 토대로 생성된 영상텍스트는 의식과 대비되는 지각 즉, '몸'으로 행해지는 지향 활동의 참여를 통해 조직화되고 형태화된다. Merleau-Ponty에 의하면, '몸'은 세계와 관계를 맺는 주체이다. '몸'은 육화된 지향성으로서 이 세계의 주관이지만 동시에 육화된 지향성으로서 세계 속에 대상으로서 존재한다. "살아 움직이며 세계를 지각하는 '몸'은 세계가 조직되는 주체적 활동임과 동시

81) Tzvetan Todorov, Qu'est-ce que le Structuralisme? 2 Poétique, 곽광수 역, 『구조시학』, 문학과지성사, 1977, 17쪽.
82) 최재식, 앞의 논문, 287쪽.

에 세계와 타자에게 그 지향성이 물질적·생동적으로 실현되는 활동, 즉 객관적 표현 활동으로서 제공"[83]된다. 따라서 지각은 표현의 근원성이 된다. 즉, 신체적 표현은 의식의 매개 없이 직접적인 의미현상이 된다는 것이다.

이러한 두 텍스트의 관계는 '텍스트의 내면화' 과정을 보여준다. 즉, 텍스트의 '이해'를 통한 새로운 의미를 생성한다는 것이다. 이해란 "우리가 겨냥하는 것과 주어진 것 사이에서, 의도와 실천 사이에서 조화를 경험하는 것"[84]이다. 영상텍스트는 소설텍스트의 스토리를 근거로 지각화된다. 이 때의 지각화는 영상텍스트의 서술주체가 소설텍스트에 대한 이해를 토대로 구성한 것이다. 따라서 동일한 서사동기를 토대로 구성된 두 텍스트의 관련성은 형상화 차원에서 동일한 모티프과 인물들을 축으로 이루어진다는 유사성과 영상텍스트의 서술주체의 구체적 지각에 의한 형상화라는 차이를 드러내게 된다. 이 때 소설텍스트를 토대로 하여 영상텍스트를 구성하는 행위는 텍스트의 의미를 실천하는 행위가 된다. 즉, 영상텍스트는 소설텍스트가 지향하는 의미를 넘어서는 새로운 의미를 생성한다는 것이다.[85] 그런 의미에서 이러한 텍스트의 의미 실천 행위는 '텍스트의

83) 이종관, 몸의 현상학으로 본 영상 문화, 『몸의 현상학』(한국현상학회편)』, 철학과현실사, 2000, 153쪽.

84) Maurice Merleau－Ponty, Phénoménologie de la Perception, 류의근 역, 『지각의 현상학』, 문학과지성사 2002, 230쪽.

85) 물론 소설텍스트를 영상텍스트화 할 경우, 모든 텍스트가 새로운 의미를 실천한다고 볼 수는 없다. 형상화 방식의 차이에서 나타나는 생활세계의 모습과 같은 차이에 의미의 실천이 일어나는 것이 아니라는 것이다. 즉, 소설텍스트를 영상텍스트로 의미화하는 과정에서 앞의 텍스트의 의미를 넘어서거나 넘어서고자 하는 지향성을 담고 있는 텍스트에서 서사교육의 의미가 구체화된다는 것이다. 이 말은 이러한 의미 실천의 경향을 지닌 영상텍스트가 서사교실에서 텍스트의 의미를 획득한다는 것을 의미하는 것이기도 하다.

각색' 즉, '소설의 문자 혹은 문장이 담아 내고 있는 의미를 적절하게 영상적으로 전환하고 표현하는 것'[86]과는 구별된다[87]. 요컨대, 이 때의 영상텍스트는 소설텍스트의 의미를 넘어선다는 것이다. 텍스트의 의미 실천 행위란 텍스트 생성 주체가 자신과 대면하고 있는 세계와의 대화와 반성을 통해 새로운 의미로서의 텍스트를 끊임없이 생산하는 행위를 가리킨다. 이러한 텍스트의 의미 실천은 '언제나 한계를 벗어나는 통로를 열고 진행되기에 의미산출과정은 하나의 경직된 체계로 응고되지 아니하고 계속 새로운 의미를 무한히 생성'[88]하게 된다.

2) 영상텍스트를 통한 비판적 사고 교육

서사텍스트가 삶에 대한 사유를 형상화한 산물이라고 할 때 비판적 사고는 사유의 측면에 기여하는 태도라고 할 수 있다. 소설텍스트를 토대로 영상텍스트를 생성하는 과정은 새로운 서사텍스트를 생성하는 과정이다. 소설텍스트에 대한 이해와 해석을 통해 형상화된 영상텍스트가 소설텍스트의 스토리를 변형함으로써 새로운 의미를

86) 김중철, 『소설과 영화』, 푸른사상, 2000, 39쪽.
87) 영상텍스트가 소설텍스트의 의미를 '넘어선다', 즉 새로운 의미를 생성한다는 것은 서사교실에서 영상텍스트의 수용의 방향성을 가리키기도 한다. 즉, 매체로서의 '영상텍스트'가 아니라 새로운 의미를 생성하는 텍스트로서의 '영상텍스트'가 진정한 교육적 의미를 획득한다는 것이다.
88) 김인환, 쥴리아 크리스테바의 담론 연구, 불어불문학연구 30집, 1995, 628~629쪽.

생성하는 경우는 서사텍스트의 생성 과정에 비판적 사고가 어떻게 작용하는지를 보여준다. 따라서 이러한 문학현상은 비판적 사고를 '무엇으로' 교육할 것인가 하는 방안을 제시한다. 문학 특히 서사교육에서 비판적 사고의 의미가 무엇이며, 궁극적으로는 서사텍스트가 추구하는 사유의 방식이 어떻게 구현되는지를 보여주기 때문이다.

여기서는 이문열의 『우리들의 일그러진 영웅』과 박종원의 『우리들의 일그러진 영웅』을 채택하기로 한다.[89] 두 텍스트는 소설텍스트를 토대로 영상텍스트를 생성하는 관계를 형성한다. 또한 이 과정에서 영상텍스트는 소설텍스트에 대해 재현과 해석을 넘어 새로운 전망을 생성한다. 재현과 해석 그리고 새로운 전망을 생성하는 양상을 분석하는 것은 비판적 사고가 텍스트의 생성 즉 문학적 문화 생성에 어떻게 기여하는가를 교육할 수 있는 방법이 될 수 있을 것이다.

---

89) 소설텍스트와 영상텍스트의 상호관련성을 고찰한 많은 연구들이 이 두 텍스트를 주요한 분석의 대상으로 삼아왔다. 그럼에도 불구하고 이 논문에서 이 두 텍스트를 연구대상으로 삼는 까닭은 기존의 연구들이 두 텍스트의 형상화 방식의 차이에 집중하여 두 텍스트가 구현하는 현상을 올바르게 규명하지 못하고 있다고 판단하기 때문이다. 또한 대부분의 연구들이 행한 두 텍스트에 대한 해석이 선행연구들(김중철, 소설과 영화의 서사전달 방식 비교, 앞의 책., 최인자, 문학교육과 대중매체, 선청어문 제 23집, 서울대학교사범대학국어교육학과, 1995., 김수이, 「권력의 운명과 우리 시대의 환멸」, 문학사연구회지음, 『소설구경 영화읽기』, 청동거울, 1998.)의 해석을 바탕으로 삼거나 혹은 넘어서지 못하는 한계를 보인다. 그런데, 앞의 선행 연구들은 텍스트의 형상화 방식의 차이에 연구의 목적을 둠으로써 각각의 텍스트들을 의미화하는 과정에 정치함의 부족을 드러내거나 교육적 의미를 규명하는 데에는 한계를 보여준다. 이러한 문제 의식을 바탕으로 이 논문에서는 두 『우리들의 일그러진 영웅』이 보여주는 교육적 의미, 특히 비판적 사고의 작용 양상을 규명하기 위해 두 텍스트를 연구 대상텍스트로 선정하였음을 밝혀둔다.

(1) 해석의 방법

서사텍스트는 서술자와 인물의 위상에 따라 의미의 구현 양상을 달리한다. 이는 텍스트가 구현하는 '시점'의 문제를 통해 텍스트의 의미를 효과적으로 살펴볼 수 있다는 것을 말해 주기도 한다. 특히, '시점'의 문제를 통해 텍스트의 의미를 규정하고자 하는 까닭은 텍스트의 내재적 의미를 밝히는 데에 목적을 한정하는 것이 아니라 텍스트가 담지하고 있는 이데올로기적 연관성을 밝히는 데에 유효한 관점을 제기하기 때문이다.

> 시점은 서술하는 주체와 재현된 허구적 세계 간의 사회적이고 미적인 관계를 구조화시킬 뿐만 아니라, 작가와 독자 간의 문화적 관계를 표현하기도 한다. 다시 말해서 시점은 테크닉을 통해 이데올로기를 통합시키고 드러내는 기능을 할 뿐만 아니라 작가가 사회에 대해 갖는 관계가 텍스트에 미치는 영향을 드러내 주는 기능을 하기도 한다.[90)]

이처럼 시점의 문제는 인물의 초점과 서술자의 태도나 성격 그리고 신념 등이 관계를 맺으며 구조적으로 중층적인 관계를 형성한다. 이 때 인물의 성격과 서술자의 태도는 텍스트가 구현하는 형식적인 조건을 구조화하는 데에 영향을 미칠 뿐만 아니라 텍스트가 생성하는 의미에 대한 관점이나 태도의 문제를 유발함으로써 이데올로기와의 연관성을 맺게 된다. 즉, '시점'이라는 방법적 기제는 텍스트가 구현하는 의미의 의도를 살필 수 있는 가능성을 제시한다는 것이다.

주지하다시피 시점의 문제는 '보는 주체'와 '말하는 주체'의 관계

90) Susan Snider Lanser, The Narrative Act: Point of View in Prose Fiction, Princeton university Press, 1981, p.58.

로 구조화된다. 일반적으로 '보는 주체'의 측면은 일반적으로 초점화의 개념으로, '말하는 주체'의 측면은 서술자의 개념과 관련된다.[91] 이 때 '보는 주체', 즉 인물의 시점(filter)은 '스토리 세계의 점유자인 인물이 일어난 사건을 지각하는 것'을 의미한다. 한편, 서술자의 태도(slant)는 '심리적, 사회적, 이데올로기적 지향을 포괄하는 분절'을 말한다.[92] 특히 서술자의 태도는 인물의 행위나 언술의 의미를 결정하는 주요한 요인으로 작용한다. 서술자는 스토리에 거주하는 인물의 지각을 전달한다. 이 때 전달하는 방식은 인물이 지각하는 스토리 세계 그 자체가 아니라 명시적 혹은 암시적인 방법으로 서술자의 태도에 의해서 재구성된다. 즉, 스토리(story) 층위와 서술(discourse) 층위의 세계의 경계를 구축하는 것이다. 서술자와 인물은 이러한 두 세계를 지각하고 인식하는 주체의 역할을 담당한다.

---

91) 서사이론에서는 Genette 이래로 시점의 문제를 초점화(focalization)의 양상으로 간주하려는 경향이 강하다. 이는 종래의 시점 개념이 '누가 보는가'와 '누가 말하는가'를 구분하지 않음으로 해서 서술법(mood)와 음성(voice)의 혼란이 발생하는 문제를 해결하기 위한 방책이라고 할 수 있다. <Gérard Genette, Discours du récit, 권택영 옮김, 『서사담론』, 교보문고, 1992, 174－182쪽 참조.>

92) Chatman은 이를 인물의 시점과 서술자의 태도를 슬랜트(slant)와 필터(filter)로 구분하고, 슬랜트를 '서술자의 태도 그리고 담론의 보고 기능에 알맞은 다른 심리적 뉘앙스'로, 필터(filter)를 스토리의 세계에 있는 인물이 경험하는 심리적 활동－지각, 인식, 태도, 감정, 기억, 환상 등－의 광범위한 부분을 가리키는 용어로 대체한다. <S. Chatman, 앞의 책, 215－227쪽 참조.> 이 때, 슬랜트와 필터는 스토리와 담론을 계층화하는 주요한 기제로 작용한다. 특히 인물과 서술자의 지각의 방식을 구분하고 서술자의 태도 즉 이데올로기적 성격을 강조함으로써 구조주의 분석의 비역사적, 비사회적 한계를 극복할 수 있는 가능성을 제시한다는 의미를 지닌다. 이 논문에서는 시선이나 관점을 의미하는 슬랜트를 '서술자의 태도'로, '여과'를 뜻하는 필터를 '인물의 시점'이라는 용어로 사용하고자 한다.

> 오로지 인물들만이 구성된 스토리의 세계 안에 거주한다. 그러므로 오직 그들만이 '본다'고 할 수 있다. 즉, 그 세계 안의 위치에서 문자 그대로 사물을 지각하거나 생각하는 디에게시스적 의식을 가진다고 말할 수 있다. 오직 그들의 '시야'만이 그 세계에 내재적이다. 오직 그들만이 필터가 될 수 있다.
> 서술자는 그 세계 안에 있는 사물들을 지각하거나 인식할 수 없다. 서술자는 단지 거기서 일어난 일을 말하거나 보여줄 수만 있다. 그에게 스토리 세계는 이미 '과거'이자 '다른 곳'이기 때문이다. 그는 사건들을 보고하거나 논평하거나 혹은-문학에서는 비유적으로 그리고 영화에서는 말 그대로-시각화할 수 있다. 그러나 항상 그리고 오직 스토리 세계의 외부로부터 즉, 담론 안에서의 한 지점에서만 그럴 수 있다. 내러티브의 논리는 서술자가 스토리 스토리를 서술하는 그 순간 서술자가 스토리 세계에 거주하는 것을 가로막는다.[93]

인물과 서술자가 거주하는 세계의 층위를 구분하는 것은 서술자의 태도에 의해 스토리 층위의 의미가 달라질 수 있다는 것을 강조하기 위한 것이다. 즉, 서술자는 스토리를 단순히 말해주거나 보여주는 역할을 하는 것이 아니라 '제시하는' 역할을 한다는 것이다. 따라서 이러한 층위의 구별과 스토리 세계를 '제시하는' 서술자의 태도는 서사텍스트가 지니는 신념 체계와 전망을 살필 수 있는 방법적 원리를 제시한다고 볼 수 있다.

특히, 이러한 방법적 원리는 두 『우리들의 일그러진 영웅』을 분석하는 데에 유효한 관점을 제시한다. 두 텍스트는 서술자인 '나'의 시선으로 스토리 층위의 인물인 '나'의 행위와 내면을 형상화하는 것을 토대로 하고 있다. 이 때, 서술자의 태도는 두 텍스트의 의미와 의미의 지향성의 차이를 드러내는 핵심적인 요인으로 작용한다고 할 것이다.

---

93) S. Chatman, Coming to Terms: The Rhetoric of Narrative in Fiction and Film, Cornell Univ. Press, 1990, p.155.

(2) 소설텍스트의 의미화

① 논증 구조와 논평적 서술:

이문열의 『우리들의 일그러진 영웅』[94]의 서술 구조

『우리들의 일그러진 영웅』(이하 『우리들의 영웅』)은 유년기의 '나'인 '한병태'라는 인물이 장년의 '나'로 성장하기까지의 연대기적 삶을 서술하고 있 는 텍스트이다. '한병태'의 유년기 시간으로부터 서술자인 '나'의 '지금 여기'에 이르기까지 선형적인 서술의 흐름을 형성하고 있다는 것이다. 과거로부터 현재로 이르는 회상의 구조를 이루고 있다는 것을 의미한다. 회상은 기억에 의존한다. 약 30년이라는 시간의 흐름에 따라 진행되는 서술은 서술자의 기억에 의해 스토리 층위의 시간을 일정하게 '지속(duration)'[95]시키는 것이 아니라 전체 서술의 의도에 따라 특정한 순간을 부각시킨다. 이 때 부각되는 스토리의 의미는 텍스트의 의미와 직접적인 관련을 맺는다.

그런데 스토리 층위의 '나'의 내면과 행위는 서술 주체인 '나'의 태도에 의해 형상화의 양상을 달리하게 된다. 즉 인물의 시점과 서술자가 관계 맺는 방식에 따라 텍스트의 형상화 양상이 달라진다[96]

---

94) 이문열의 『우리들의 일그러진 영웅』은 1987년 ≪세계의 문학≫ 여름호에 발표된 중편소설텍스트로서, 그 해 제 11회 이상문학상을 수상한 바 있다.

95) 지속(duration)이란 서사물을 소리내어 읽는 시간(즉 담화의 시간)과 이야기-사건자체가 지속되는 시간의 관계를 의미한다. 여기에는 다섯 가지의 가능태가 제시될 수 있다. ① 요약(summary): 담화시간이 이야기-시간보다 짧다. ② 생략(ellipsis): 담화-시간이 없는 상태를 제외하고는 요약과 같다. ③ 장면제시(scene): 담화-시간과 이야기-시간이 동일하다. ④ 연장(stretch): 담화-시간이 이야기 시간보다 길다. ⑤ 휴지(pause): 이야기-시간이 없는 경우를 제외하고는 연장과 같다. <S. Chatman, Story and Discourse; Narrative Structure in Fiction and Film, Cornell Univ. Press, Ithaca and London, 1980, pp.67-68.>

96) Stanzel은 텍스트에 구현되는 전달 양식에 따라, '서술자(화자)-인물'과

는 것이다. 만일 인물 내면의 시선을 통해 스토리 층위의 세계가 형상화될 경우 '반성자-인물'에 의한 서술로, 인물의 외부와 환경, 사건의 정보를 직접적으로 전달하는 양상은 '서술자-인물'에 의한 서술로 구분된다. 그런데, 『우리들의 영웅』의 경우에는 장년인 '나'라는 서술자가 또 다른 '나'인 인물의 행위와 내면에 대해 철저하게 논평적인 태도를 취함으로써, 이러한 도식적인 구분으로 해명될 수 없는 서술 양상을 보여준다. 즉, 인물의 내면에 대해 서술자인 '나'가 현재적 입장에서 해석하고 판단하는 양상을 보여준다는 것이다. 『우리들의 영웅』은 서술의 흐름에 의거하여 시퀀스[97]별로 정리하면 다음과 같다.

시퀀스	시간 · 공간	시퀀스의 스토리
1	서술자적 현재 · 서울	회상의 시작
2	약 30년 전 · 한 작은 읍(邑)	Y국민학교로 전학을 가게 된 한병태

'반성자-인물'에 의한 대립된 양식을 설정한다. 이 때, '서술자-인물'은 서술하고, 기록하고, 정보를 주고, 편지를 쓰고, 자료를 포함시키고 믿을 만한 정보 제공자를 인용하고, 자기 자신의 서술을 가리키고, 독자에게 연설하고, 서술되어 온 것들을 논평하는 서술주체를 가리킨다. 한편 '반성자-인물'은 자신의 의식 속에서 외부 세계의 사건을 반영하고, 지각하고, 느끼고, 기록하는 서술주체로서 항상 '말없이' 그렇게 한다. 그것은 그가 결코 '서술하지' 않기 때문, 즉 그는 자신의 지각, 사고, 감정 들을 언어화하지 않기 때문이다. 독자는 직접, 그의 의식 속에서 투영된 사건과 반응들을 그 반성자-인물의 의식 속에서 직접 통찰에 의해 찾아내어야 한다.<F. K. Stanzel, Theorie des Erzählens, 김정신 옮김, 『소설의 이론』, 문학과비평사, 1990, 215-216쪽 참조.>

97) 시퀀스(sequence)는 사건의 연쇄에 의거한 서술의 주기를 형성하는 서사단위를 의미한다. 사건들이 형성하는 연쇄적 흐름은 연대기적 시퀀스와 논리적 시퀀스로 구분할 수 있다.<Mieke Bal, Narratology, 한용환 · 강덕화 옮김, 『서사란 무엇인가』, 문예출판사, 1999, 75-84쪽 참조.>

시퀀스	시간 · 공간	시퀀스의 스토리
3	국민학교 5학년 3월 전학날	Y국민학교에서 받은 실망스런 첫인상 <낡은 교사(校舍), 교무실, 담임선생님, 아이들>
4	학 교	석대와의 만남<담임선생님의 역할을 맡고 있는 엄석대>
5	집	석대와의 대결 결심<아버지에게 조언을 구하지만, 실패함>
6	전학 다음 날	석대와의 대결에서 승리함<석대의 물시중을 거부함>
7	첫 학기	석대에 대한 저항과 실패<아이들의 환심을 구함, 석대보다 성적이 뒤짐, 추문폭로작전의 실패>
8	6월 초순	윤병조의 라이터 사건과 '무기명 고발장' 사건
9	6월 이후	석대의 보복<주먹싸움, 친구들의 따돌림, 규칙 위반과 집행의 차별, 성적의 추락>
10	2학기 시작	석대에게 굴복하기로 결심함<대청소 사건>
11	2학기	석대에게 굴복한 이후 달디단 굴종의 열매를 맛봄<주먹서열의 원위치, 친구관계를 회복함, 규칙 위반의 문제 해결, 성적의 회복>
12	12월 초순	석대의 성적의 비밀을 알아내지만, 폭로하지 않음
13	이듬해 새 학기 시작 한 달 후	담임선생님의 교체
14	담임선생님 교체 사흘 후	급장 선거 결과에 의문을 품는 담임선생님
15	3월말 일제고사 성적 발표 날	석대의 왕국이 몰락하고 혁명적으로 학급의 민주화가 이루어짐
16	석대가 떠난 후 한 달	석대의 보복과 담임 선생님의 분노
17	그 후 26년	병태의 성장과 좌절
18	지난 여름	석대를 다시 봄
19	서술자적 현재	석대의 기억을 떠올림

『우리들의 영웅』에서 집중적으로 서술되는 순간은 약 30 년 'Y초등학교 시절의 일 년'이다. 그리고 Y초등학교 시절의 1년 역시 첫 이틀, 6월경의 '윤병조 라이터 사건', 12월 초순의 '석대의 성적의 비밀을 알아내는 사건', 다음 해 '석대의 왕국이 몰락하는 사건' 등에 집중된다.

그런데, 이러한 순간의 서술 양상은 철저하게 논증적 구조로 나타난다.

① 그 전학 첫날 어머님의 손에 이끌려 들어서게 된 Y국민학교는 여러 가지로 실망스럽기 그지없었다.[98]

② 붉은 벽돌로 지은 웅장한 3층 본관을 중심으로 줄줄이 늘어섰던 새 교사(校舍)만 보아온 내게는, 낡은 일본식 시멘트 건물 한 채와 검은 타르를 칠한 판자 가교사(假校舍) 몇 채로 이루어진 그 학교가 어찌나 초라해 보이는지 갑자기 영락한 소공자의 비애 같은 턱없는 감상에 젖어들기까지 했다.(280쪽.)

③ 거기다가 그런 내 첫인상을 더욱 굳혀준 것은 교무실이었다. (중략) 그런데 겨우 교실 하나 넓이의 그 교무실에는 시골아저씨들처럼 후줄그레한 선생님들이 맥없이 앉아 굴뚝같이 담배연기만 뿜어 대고 있는 것이었다.(281쪽.)

④ 나를 데리고 교무실로 들어서는 어머니를 알아보고 다가오는 담임선생님도 내 기대와는 너무도 멀었다. (중략) 막걸리 방울이 튀어 하얗게 말라붙은 양복 윗도리 소매부터가 아니었다.(281쪽.)

⑤ 야속스럽기는 아이들도 담임선생님과 마찬가지였다. (중략) 그런데 그 새로운 급우들은 새로운 담임선생과 마찬가지로 그런 쪽으로는 별로 관심이 없었다.(282쪽)

이상은 시퀀스 3, 즉 유년기의 '한병태'가 Y국민학교에 처음 전학간 날의 실망스러운 소감을 보여주는 부분이다. 여기서 ①은 Y국민학교에 대한 '한병태'의 실망스런 소감을 피력하는 진술이다. 병태의 실망스런 소감은 다음에 이어지는 ②, ③, ④, ⑤의 구체적 사례를 통해 확인된다. 즉, 귀납적 근거에 의해 ①의 진술의 타당성이 확보되는 것이다.[99] 이는 시퀀스 3의 서술이 논증에 의해 이루어지고 있

98) 이문열, 『우리들의 일그러진 영웅』, 세계의 문학 제 12권 2호, 민음사, 1987, 280쪽.(이하 쪽수만 표기.)

99) 논증은 통상 '논리'에 의존하는 텍스트-유형이라 할 수 있는데, 거기에는 '견고하게 논증할 수 있는' 삼단논법의 논리가 아니라 수사학적인 생략 삼단 논법과 같이 보다 유연한 논리가 있다. 그래서 그 논리는 귀

다는 것을 의미한다. 그런데 이는 시퀀스 3에만 해당하는 것이 아니라 텍스트 전반의 서술 양상으로 나타난다. 즉, 위의 표에 나타난 바와 같이 시퀀스 4, 7, 9, 11, 12, 15 등은 시퀀스 자체가 이러한 논증적 양상으로 형상화되는 대표적인 예이다.[100)]

논증은 서술자가 독자에게 자신의 의도를 적극적으로 관철시키기 위한 서술의 유형이다.[101)] 따라서 청자를 요구한다. 자신의 의도 즉, 과거의 사건과 그것의 의미를 설득시키기 위한 대상이 전제된다는 것이다.

> **앞서 말한** 그 모반의 열정같은 것이 아니었다면 나는 아마도 그쯤서 그에게 무릎을 꿇고 말았을 것이다.(293쪽.)

> 하지만 **이미 말한 대로** 나도 필사적이었다.(300쪽.)

> **앞서 내비친 적이 있듯,** 어른들의 세계에서와 마찬가지로 아이들의 세계에서도 지켜야할 규범들은 있기 마련이고, 또한 어른들이 그 누구도 그런 그걸 다 지키며 살아가지는 못하듯 아이들 역시 그 모든 걸 다 지켜내기는 어렵다.(306쪽.)

납적인 경우가 많다.<S. Chatman, The Rhetoric of Narrative in Fiction and Film, 한용환 · 강덕화 역, 23쪽.>

100) 한편, 이러한 논증적 구조는 시퀀스의 서사성분인 개별 사건에 대한 진술 차원에서도 뚜렷하게 나타난다. 이는 '따라서', '그리하여', '까닭이었다', '때문이었다'와 같은 인과적 부사와 서술어의 빈번한 사용에서 알 수 있다.

101) 논증과 설명은 논증을 하는 사람이 변화시키려고(때로는 강화하려고) 하는 특정한 태도를 지는 청자를 가정하는 데 차이가 있다. 일반적으로, 논증은 견해의 차이를 전제하고, 설명은 견해의 부재나 혼란을 전제한다. 물론 설명은 논증을 내포한다. 그래서 두 텍스트-유형을 나누는 선은 흐릿하다. 하지만 암시적 설득인 설명과 명백한 설득인 논증을 구분하는 것은 여전히 타당하다.<S. Chatman, 앞의 책, 24쪽.>

> **어디까지나 짐작이기는 하지만**, 석대는 그밖에도 자신이 가진 합법적인 권한을 악용해 적극적으로 나를 불리하게 만들기도 했다.(307쪽)

> **얼핏 들으면 느닷없고 이상하게 느껴질지 모르지만**, 이제 와서 냉정히 따져 보면 그때의 그 눈물을 전혀 설명할 수 없는 것은 아니다.(312쪽.)

> **거듭거듭 말하지만** 석대는 참으로 무서운 아이였다.(321쪽.)

이처럼 『우리들의 영웅』은 마치 누군가에게 자신의 이야기를 들려주는 듯한 어조로 서술이 진행된다. 그런데, 자신의 30년 가까운 삶을 누군가에게 이야기하기 위해서는 요약의 과정이 요구된다. 즉, 서술자가 이야기하고자 하는 목적에 따라 30년의 시간에 대한 일종의 편집의 과정이 필요하다는 것이다. 요약이란 서술의 시간이 이야기-시간보다 짧은 서술의 방식을 말한다. 요약의 가장 중요하고도 흔한 용도 중의 하나는 "과거 삶을 재빠르게 스케치해서 전달하는 것"[102]이다. 전통적인 소설 서사의 기본적인 리듬은 바로 이 요약과 장면의 교차에 의해 규정되곤 했다.[103]

그런데, 이와 달리 『우리들의 영웅』의 경우 전체의 서술이 요약을 중심으로 이루어지고 있으며 이 때의 요약은 서술자의 직접적 개입이 드러나는 논평적 성격을 띠게 된다.

> ① 얼핏 들으면 느닷없고 이상하게 느껴질지 모르지만, **이제 와서 냉정히 따져 보면 그 때와 그 눈물을 전혀 설명할 수 없는 것**

102) G. Genette, 앞의 책, 87쪽.
103) G. Genette, 앞의 책, 86쪽.

은 아니다. 저항을 포기한 영혼, 미움을 잃어버린 정신에게서 괴로움이 짜낼 수 있는 것은 슬픔의 정조(情調)뿐이다. 나는 그때 아마도 스스로의 무력함이 슬퍼서 울었고, 그 외로움이 슬퍼서 울었을 것이다.(312쪽)

② 하지만 내가 석대를 잊게 된 것은 반드시 내 삶이 숨가쁘고 힘겨웠기 때문만은 아니었다. 그보다는 그동안의 내 환경에 그 시절을 상기시킬 요소가 거의 없었다. 일류와 일류, 모범생과 모범생의 집단을 거쳐 자라가는 동안 나는 두 번 다시 그 같은 억눌림 또는 가치박탈의 체험을 안해도 좋았기 때문이다. 재능과 노력, 특히 정신적인 능력과 학문에 대한 천착의 깊이로 모든 서열이 정해지고, 자율과 합리에 지배되는 곳들만을 지나와, **그때까지도** 석대는 여전히 부정(否定)의 이미지에 묻혀 있을 수밖에 없었다.(333쪽)

③ 크다는 것과 좋다는 것은 무관함에도 불구하고, 한 학년이 열여섯 학급이나 되는 학교에서 공부해 온 탓인지 한 학년이 겨우 여섯 학급밖에 안 된다는 것도 **그 학교**를 까닭없이 얕보게 했고, 남녀가 섞인 반에서만 공부해온 눈에는 남학생반 여학생반이 엄격하게 나누어져 있는 것도 촌스럽게만 보였다.(280－281)

④ 열 두 살은 아직도 아이의 단순함에 지배되기 쉬운 나이지만, 그리고 아직은 생생한 낮의 기억들이 은근히 의식의 굴절과 마비를 강요하고 있었지만 나는 아무래도 **그 새로운 환경과 질서**에 그대로 편입될 수는 없다는 기분이 들었다. 그러기에는 그때껏 내가 길들어 온 원리－어른들 식으로 말하면 합리와 자유－에 너무도 그것들이 어긋나기 때문이었다. 직접으로는 제대로 겪어보지 못했으나, 그 새로운 질서와 환경들을 수락한 뒤의 내가 견디어야 할 불합리와 폭력은 이미 막연한 예

감을 넘어, 어김없이 이루어지게 되어 있는 어떤 끔찍한 예정 처럼 보였다.(286－287쪽)

⑤ 오늘날처럼 설비 잘된 어린이놀이터도 없고 혼자서도 견뎌낼 수 있는 TV나 전자오락은커녕 마땅한 읽을 거리나 장난감마저 흔치 않던 **그 시절**에 친구가 없다는 것은 하나의 큰 형벌이었다. **그 무렵** 학교에서의 점심시간이나 수업전과 방과후의 놀이시간을 떠올리면 지금에조차 가슴이 서늘해진다.(305쪽)

⑥ 앞서 내비친 적이 있듯, 어른들의 세계에서와 마찬가지로 아이들의 세계에서도 지켜야 할 규범들은 있기 마련이고, 또한 어른들이 그 누구도 그런 걸 다 지키며 살아가지는 못하듯 아이들 역시 그 모든 걸 다 지켜내기는 어렵다. 털어 먼지 안 나는 사람 없다는 말처럼, 엄격히 보면 아이들도 어른들의 범법(犯法)이나 부도덕(不道德)에 견줄 만한 자질구레한 비행(非行)들을 수없이 저지르며 하루하루를 보내고 있다.(306－307쪽)

논평이란 '서술(narrating), 묘사(describing) 그리고 사태의 속성을 파악하는 차원(identifying) 을 넘어서서 서술자의 목소리가 분명하게 드러나는 언술형태'를 가리킨다. 이 때 논평은 해석이나 판단, 일반화, 그리고 자의식적 서술을 포함한다.[104] 즉, 서술자가 사태를 바라보는 시각과 가치판단이 적극적으로 개입하는 서술방식이라는 것이다.

---

104) Chatman은 논평의 기능을 해석, 판단, 일반화, 자의식적 서술로 구분한다. 이 때, 해석, 판단, 일반화는 스토리에 관한 것으로 해석은 이야기의 요소, 연관 또는 의미 등의 열려진 설명을, 판단은 윤리적이거나 가치 판단의 표현을, 일반화는 보편적 진리나 실제적 역사 사실 등으로의 외부세계로부터의 참조를 의미한다. 한편, 자의식적 서술은 담론상의 주석을 지칭하기 위해 고안한 용어임을 밝히고 있다.<S. Chatman, Story and Discourse, 228쪽 참조.>

이러한 논평은 스토리 차원에서 해석과 판단, 일반화의 양상으로 나타난다. 우선 해석은 이야기 자체의 차원에서 상황에 대한 설명을 의미한다. ①은 '한병태'가 석대와의 대결에서 결국 패배하고 마는 장면에 대한 설명이다. 이 때, '병태'가 흘린 눈물의 의미를 서술자가 직접적으로 개입하여 현재적 입장에서 의미를 '외로움'이라는 정조로 해석하고 있다. 한편 ②는 서술자인 '나'가 석대를 잊고 산 까닭을 논증하고 있는 부분이다. 그런데 이러한 논증은 '병태'의 삶을 근거로 삼는다. 그리고 이러한 근거는 요약적인 제시로 설명되고 있다. 즉, 10년의 세월의 흐름과 석대와의 관계를 요약적으로 설명하고 있는 것이다. 따라서 ①과 ②와 같은 서술 양상은 서술자가 직접적으로 인물의 행위 혹은 삶의 의미를 설명하는 논평적 진술의 형태를 취하고 있다.

③과 ④와 같은 서술의 양상은 서술자가 직접적으로 인물의 내면과 행위에 대해 가치 판단을 내리는 경우이다. 우선 ③에서는 Y국민학교를 바라보는 '병태'의 태도를 분석적으로 해석한다. 여기서 '크다는 것과 좋다는 것은 무관함에도 불구하고'라는 진술은 서술자인 '나'의 내면적 가치판단이다. 이러한 가치판단은 스토리 층위의 인물인 '병태'의 내면적 가치 판단에 대한 해석을 부여한다. 즉, '그 학교를 까닭없이 얕보게' 했으며, '촌스럽게 보이게' 한 것이다. ④에서는 서술자의 인식적 판단이 보다 직접적으로 드러난다. '열두 살은 아직도 아이의 단순함에 지배되기 쉬운 나이지만'이라는 진술은 ④의 진술의 전제를 이룬다. 이는 인물의 내면에 해당하는 '나는 아무래도 그 새로운 환경과 질서에 그대로 편입될 수는 없다는 기분이 들었다'라는 진술의 전제가 된다. 즉, '병태'는 새로운 환경과 질서에 편입될 수는 없는 까닭에 대해서는 구체적으로 사고하지 못한다. 그것은 전제가 되는 '열두 살'의 소년에 불과할 뿐이기 때문이다. 이에

대해 장년의 서술자는 '병태'의 그러한 기분에 대해 분석적 근거를 제시한다. 그것도 '어른들 식으로' '합리와 자유'에 낮의 경험이 어긋나기 때문이라고 분석적인 주석을 제시하는 것이다. 따라서 ③과 ④와 유형은 인물의 행위와 내면을 서술자의 시선으로 여과하여 가치를 부여하는 논평적 유형이라고 할 수 있다.

한편, ⑤와 ⑥의 경우는 하나의 사태를 보편적 사태의 시각으로 파악하는 논평의 형태를 취하고 있다. ⑤는 '병태'가 석대에게 굴복하지 않음으로 해서 외톨이가 되어버린 상황에 대해 서술자가 개입하고 있는 유형이다. 한편 ⑥은 '병태'가 점차 '문제아'로 전락하게 되는 상황에 대한 근거를 제시하는 진술이다. ⑤는 서술자의 현재성, 즉 '오늘날'에 비추어 외톨이가 되어버린 처지의 서글픔을 정당화하고 있으며, ⑥의 경우는 서술자가 보편적 사실로 규정하는 규범 체계와 '털어서 먼지 안 나는 사람 없다'는 외부 세계의 진술에 빗대어 '병태'의 전락을 합리화하고 있다. 이는 스토리 세계와 거리를 가진 서술자의 인식을 통해 인물이 처한 상황과 인물의 심리 상태에 대한 주석을 가하는 서술자적 논평의 한 유형을 이루고 있다.

그런데 이와 같이 스토리 층위에 대한 해석과 판단, 일반화는 인물과 서술자 사이에 발생한 서술적 거리로 인하여 비롯된다. 위의 인용문에서도 나타나듯이 '그 때', '그 학교', '그 시절', '그 무렵', '그 새로운 환경과 질서' 등은 서술적 거리를 확인할 수 있는 지표로 작용한다. 서술자는 그 시절에 대해 '이제와서 냉정히 따져보면'과 같은 시각으로 철저하게 서술 층위의 현재에 입각하여 당시의 인물의 행위에 대해 의미를 부여하고 있는 것이다.[105)]

---

105) 한편, 서술 층위의 언어가 철저하게 '어른식'으로 구사되고 있다는 점 또한 스토리 층위와 서술 층위의 거리를 확인하게 하고 있으며, 이러한 거리에 대한 해석이 철저하게 서술자의 지각에 의해 이루어진다는 것을 알 수 있다. 이러한 언어 구사의 대표적인 예는 다음과 같다.

따라서 스토리의 현재성에 기반한 인물의 행위와 내면은 철저하게 담론상의 서술자의 의미에 통어됨으로써 인물의 관점이나 의도는 상대적으로 의미가 축소된다. 이는 사건의 장면화가 극히 제한적으로 이루어지고 있다는 것과 관련된다. 인물의 지각은 철저하게 서술자의 인식 혹은 지각에 의해 해석된다. 즉, 대부분의 서술이 스토리 차원의 인물의 시점에 의해 형상화되는 것이 아니라 서술 층위의 서술자에 의해 과거의 기억이 요약된다는 것이다.[106] 그리고 이러한 요약은 객관적 묘사의 형식을 띠는 것이 아니라 요약된 내용에 대해

- 그때껏 나를 을러대던 두 녀석과 엄석대까지를 포함한 쉰 몇 명 모두의 홍소(哄笑)였다.(284쪽)
- 내게는 월권이라고만 생각되는 석대의 처리를 그 어떤 말보다도 확실하고 강력하게 추인(追認)해 버리는 것이었다.(286쪽)
- 또 대가없이 아이들이 것을 먹고 썼지만 그 형식은 언제나 아이들의 자발적인 증여였다.(292쪽)
- 그렇지만 묵시적(默示的) 강요나 비진의(非眞意) 의사표시의 개념을 알 길이 없는 나는 그것이 아무런 흠 없는 증여(贈與)로만 알아 왔는데, 그날은 그런 최소한 형식도 갖출 수 있을 것 같지 않았다. (294쪽)

106) 『우리들의 영웅』에 나타나는 과거의 기억에 대한 서술자의 요약적 태도는 대화구문에까지 작용한다.

① 「네가 서울에서 오고 공부도 잘 한다기에 기대했는데 솔직이 실망했다. 나는 이년째 이 반(班) 담임을 맡아 왔지만 아직 이런 일은 없었어. 순진한 아이들이 너를 닮을까 겁난다.」(299쪽.)

② 「아마도 내가 또 잘못한 것 같다. 내가 알고 싶은 것은 엄석대 개인의 잘못이 아니다. 나는 우리 반 모두 안고 있는 문제를 알고 싶을 뿐이다. 따라서 하필 엄석대가 아니라도 좋다. 누구든, 무엇이든 잘못이 있는 사람은 모두 적어내도록. 급우의 잘못을 알고도 숨겨주는 사람은 잘못한 그 사람보다 더 나쁠 수도 있다.」(302쪽.)

①은 담임선생님이 병태에게 말을 건네는 내용이고, ②는 담임선생님이 석대의 잘못이 있는지를 알기 위해 반 아이들에게 '무기명 고발장'을 쓰라고 독려하는 부분이다. 그런데, ①과 ②는 구어적 형태의 언술이기에는 철저하게 이야기의 논지만을 드러낸다. 서술자의 자의식은 스토리 세계의 대화적 언술까지도 요약과 논증의 구조를 통해 그 내용을 재구성하고 있는 것이다.

서술자가 철저하게 의미를 통제하는 양상을 보여준다.

한편, 이러한 서술자의 논평적 태도는 스토리 층위와는 별도로 서술 층위의 주체인 자신의 내면에 대해서도 의미를 부여함으로써 서술자의 자의식을 드러낸다.

> ① 벌써 30년이 다 돼 가지만, 그해 봄에서 가을까지의 외롭고 힘들었던 싸움을 돌이켜 보면 언제나 그때처럼 막막하고 암담해진다. 어쩌면 그런 싸움이야말로 우리 살이가 흔히 빠지게 되는 어떤 상태이고, **그래서 실은 아직도 내가 거기서 벗어나지 못했기 때문에 받게 되는 느낌인지도 모르겠다.**(280쪽)
>
> ② **하지만 30년이 가까와 오는 오늘까지도 그 전학 첫날을 생생하게 기억하도록 만든 것**은 아무래도 엄석대(嚴石大)와의 만남이 될 것이다.(282쪽)
>
> ③ 다시 한 번 어른들 식으로 표현한다면, 불합리와 폭력에 기초한 어떤 거대한 불의가 존재한다는 확신뿐－거기 대한 구체적인 이해와 대응은 그때의 내게는 아직 무리였다. **솔직히 털어놓으면, 마흔이 다 된 지금에조차도 그런 일에는 온전한 자신을 갖지 못하고 있다.**(287쪽)
>
> ④ **지금도** 나는 상대편이 정신의 사람인가 육체의 사람인가를 한눈으로 가늠하려드는 버릇이 있고 또 대개의 경우는 그 가늠이 맞아 떨어지는데 **어쩌면 그 버릇은 그때부터 시작된 것이나 아닌지 모르겠다.**(291쪽)

이상의 진술들은 서술주체가 인물에 관여하는 것이 아니라 오히려 인물의 행위가 현재의 서술자에게 영향을 미치고 있음을 보여준다.

즉, 스토리 층위의 사건이 서술적 현재에 위치하는 서술주체에게 의미를 생성한다는 것이다. 이는 앞에서 보여준 서술자의 개입의 양상과는 상반되는 현상이다. 이는 결국 서술자인 '나'의 자의식을 보여준다. 즉, 과거의 인물인 '병태'의 모습과 서술주체인 '나'가 결코 다르지 않다는 자의식과 여전히 삶에 대한 전망을 갖고 있지 않은 상황에 대한 진술이다.

이러한 서술자의 자의식은 서술의 전개를 결정하는 역할을 담당한다. 즉, 서술자의 자의식이 스토리의 예견적 전망을 미리 제시하는 역할을 한다는 것이다. ①의 경우는 『우리들의 영웅』의 전체 서사를 유도하며, ②의 경우는 엄석대와 만나는 사건으로 이어진다. 또한 ③의 진술은 엄석대와의 대결을 준비하거나 엄석대에게 대결하는 '병태'의 행위에 대한 서사를 이끌어내며, ④는 석대를 이길 수 있는 유일한 희망인 '일제고사'를 준비하는 '병태'의 모습으로 연결된다. 이러한 양상은 서술자의 자의식이 서사를 진행하는 모티프가 되고 있다는 것을 구체적으로 보여준다. 이는 또다시 『우리들의 영웅』의 논증적 구조와 관련을 맺는다. 즉, 이러한 진술들은 서술자가 이러한 자의식을 가진 까닭에 대한 근거에 해당하는 사건의 서술을 예견하게 만든다는 것이다. 이는 서술자의 자의식이 과거의 기억을 끄집어내고 선택하는 주요한 계기로 작용한다는 것을 의미한다.[107)]

---

107) 물론, 『우리들의 영웅』에 인물의 시선에 의한 형상화가 두드러지게 나타나는 시퀀스가 없는 것은 아니다. 특히 시퀀스 15의 경우는 인물의 지각에 의해 사건화됨으로써 석대의 몰락의 과정을 형상화하고 있다.

석대의 그같은 말이 들리자 아이들 사이에는 다시 한차례 눈에 보이지 않는 동요가 일었다. **석대도 항복을 한다.**－결코 있을 것 같지 않던 그런 일이 눈앞에서 벌어진 데서 온 충격 때문이었을 것이다. 나도 그랬다. **그 말을 듣는 순간 자신도 몸을 움찔했을 정도였다.**(323쪽.)

이상과 같은 진술의 태도는 인물의 지각에 입각하여 형상화하고 있다. 특히 '석대도 항복을 한다.'와 같은 현재시제의 진술(『우리들의 영웅』에 좀처럼 보이지 않는 사례이다.)은 철저하게 인물의 시점에 충실

서술자의 자의식에 의해서 기억이 선택적으로 서술될 때 스토리의 연대기적 구조 즉, 시간의 선형적 구조는 파괴된다.

> ① 그러나 그 공격은 전보다 몇 갑절이나 더 집요하고 엄중했고, 따라서 내게는 그 때부터 전보다 몇 갑절이나 더 괴롭고 고단한 학교 생활이 시작되었다.(305쪽.)
>
> ② 가장 괴로웠던 것은 그날을 시작으로 시도 때도 없이 걸려 오는 주먹싸움이었다.(305쪽.)
>
> ③ 그 다음으로 괴로운 것은 친구문제였다.((305쪽.)
>
> ④ 주먹싸움의 등수가 터무니없이 뒤로 밀리거나 아이들로부터 소외되는 것에 못잖게 괴로운 것은 합법적이고도 공공연한 박해였다.(306쪽.)

①은 시퀀스의 의미를 규정하는 진술에 해당한다. 석대에게 굴복을 거부한 '병태'가 느끼는 생활의 고단함을 피력하는 것이다. 이러한 진술의 타당성을 강화하기 위한 귀납적 근거로 작용하는 것이 ②, ③, ④의 진술이다. 이 때, ②, ③, ④는 사건들에 대한 요약으로 서술된다. 그런데 이러한 사건들의 시간성은 선형적이거나 인과적인 것이 아니라 병렬적이거나 중첩적이다. 즉, 몽타주(montage)와 같이 시간의 병치에 의한 무시간적 구조를 생성한다는 것이다. 그리고 이러한 무

하고 있음을 보여준다. 하지만, 이러한 진술 역시 마지막 문장에서 서술자의 시선이 개입으로 그 의미를 해석한다. 또한 인물의 시점에 의해 형상화되는 이 시퀀스에서도 '아무래도 그는 열 대여섯살에 지나지 않았고, 또 굴복하기 쉬운 육체를 지닌 인간이었다.'(322쪽.)와 '바라던 굴복을 받아내자 담임선생님은'(323쪽.)과 같은 서술자의 개입은 인물의 지각을 철저하게 통제하고 있음을 드러낸다.

시간적 구조가 생성되는 원인은 서술자의 자의식에 의해 선택된 기억들이 ①과 같은 진술 즉, 서술자의 자의식이 인물의 행위와 내면에 의미를 규정하는 진술의 타당성을 강화하기 위해 작용하기 때문이다. 이는 결국 『우리들의 영웅』이 전체적으로는 연대기적 시간에 의거하여 서술되는 형식을 가지고 있는 듯하면서도, 실상은 서술자의 자의식에 의해 사건들이 선택되며 이러한 사건들의 형성하는 시퀀스의 의미 역시 서술자의 논증적 의도에 의해 규정된다는 것을 보여준다.

이와 같은 『우리들의 영웅』의 논증적 서술 양상은 30년에 가까운 스토리 층위의 시간을 서술 층위에서 선택하고 규정하게 되는 구조적 계기가 된다. 따라서, 서술자의 자의식에서 선택된 사건 혹은 시퀀스의 단위들에 대한 서술자의 태도와 논증 구조에서 추구하는 가치의 지향성을 『우리들의 영웅』의미를 해석할 수 있는 기제로 삼을 수 있다. 텍스트의 논증 구조와 서술자의 태도의 지향성의 내용을 검토함으로써 서술자의 의도 즉, 텍스트의 의미를 구체화할 수 있다는 것이다. 이는 결국 논증 과정에 나타나는 전제와 과정의 검토함으로써 서술자의 의도 혹은 신념이 구체적으로 밝혀낼 수 있다는 것을 의미한다.

② 인물의 가치 대립과 서술자의 가치 지향:
이문열의 『우리들의 일그러진 영웅』의 의미 구조

『우리들의 영웅』은 서술자가 과거의 기억을 되새기며, 그 기억에 의미를 부여하는 과정을 서술하고 있는 텍스트이다. 따라서 서술자의 기억으로 선택되고 해석된 사건의 의미는 텍스트의 의미를 구체화할 수 있는 계기가 된다. 서술자의 시선에 의해 파악되는 인물의 행위와 내면 즉, 인물의 행위와 이를 통해 드러나는 서술자의 가치 지향이 의미를 해석할 수 있는 계기가 된다는 것이다.

『우리들의 영웅』의 서사동기는 '석대'와의 만남에서 비롯된다. 마흔에 가까운 나이의 서술자는 '지난 여름' 석대를 우연하게 대면하게 된다.

> 보다 못한 다른 형사가 그렇게 쏘아붙이며 한 손을 빼 그 남자의 입가를 쳤다. 그 충격에 선그라스가 벗겨져 날아갔다. 그러자 비로소 온전히 드러난 그 남자의 얼굴, 아 그것은 놀랍게도 엄석대였다.(336쪽.)

석대와의 우연한 만남은 서술자로 하여금 석대와의 첫 만남의 기억을 이끌어낸다. 즉, 30년이 가까운 시간을 거슬러 기억을 되살리는 계기로 작용한다는 것이다. 서사동기에 해당하는 석대와의 재회는 기억을 석대와의 관계에 집중하게 한다. 그리고 기억은 스토리 층위의 인물의 시점 즉 병태에 의해 복원된다. 그리고 이러한 기억의 복원은 서술자의 시선에 따라 의미를 얻게 된다.

석대와의 첫 만남은 병태가 기존의 가치와 새로운 환경이 조성하고 있는 질서 사이의 괴리 혹은 대립을 느끼게 한다. '합리와 자유'의 세계인 '서울'에서 원치 않는 전학을 오게 된 병태는 석대가 'Y국민학교'에서 차지하고 있는 위상을 마주하고는 가치의 혼란에 빠지게 된다.

> 그때껏 서울에서 내가 겪었던 급장들은 하나같이 힘과는 거리가 멀었다. 집안이 넉넉하거나 운동을 잘해 거기서 얻은 인기로 급장이 되는 수도 있었으나 대개는 성적순으로 급장 부급장이 결정되었고, 그 역할도 급장이란 직책이 가지는 명예를 빼면 우리와 선생님 사이의 심부름꾼에 가까웠다.(284쪽.)

> 한 번은 바로 그 점심시간 때였다. (중략) 그 애들이 석대의 책상 이에 내려놓은 걸 보니 찐 고구마와 달걀, 볶은 땅콩, 사과 같은 것들이었다. 뒤이어 맨 앞줄의 아이 하나가 사기컵에 물을 떠다 공손히

> 놓는 것까지 모두가 소풍 가서 담임선생님께 하듯 했다.(285-286쪽.)
> 또 한 번은 다섯째 쉬는 시간에 내 옆 분단의 두 아이는 무슨 일인가로 싸워 한 아이가 코피가 난 때였다. 구경하던 아이들은 모든 걸 제쳐놓고 먼저 석대부터 찾았다. 마치 서울 아이들이 무슨 큰 일을 만났을 때 먼저 선생님부터 찾는 것과 비슷했고, 얼마 뒤 불려온 석대가 한 일도 선생님과 크게 다르지 않았다.(286쪽.)

여기서 병태가 느끼는 혼란은 '서울'이라는 공간과 'Y초등학교'의 공간에 작용하고 있는 '급장'의 위상이다. '서울'에서의 급장은 일반적으로 '성적'에 의해 선출되었고 그 위상도 '심부름꾼' 그 이상도 이하도 아니었다. 반면, 'Y국민학교'에서의 석대의 위상은 병태가 생각하는 '급장'의 위상을 넘어 '담임선생님'의 위상을 차지하고 있는 것이다. 이러한 대조적인 상황은 병태로 하여금 '합리와 자유'에 '어긋난' 현실에 대해 '불합리와 폭력'의 공간으로 인식하게 하며, 이러한 어긋난 현실을 조장하는 인물이 바로 석대라고 규정하게 한다.

병태가 파악하는 처음의 석대는 '나이가 적어도 두셋은 많은', 게다가 '싸움의 기술도 뛰어난' 아이이다. 즉, 서울의 학교에서 급장이 되는 기준인 '성적'과는 거리가 멀다. 이는 곧 석대를 급장으로 인정하지 않는 요인이 된다. 병태는 석대보다 공부에서만은 자신이 있기 때문이다. 따라서, 병태는 석대의 위상을 인정하지 못하고 그를 이겨 어긋난 'Y국민학교'의 질서를 바로잡고자 한다. 물리적인 힘으로는 열세라는 것을 인정한 병태는 아이들의 환심을 얻는 방법부터 동원한다. 하지만, 이러한 시도는 수포로 돌아가고 믿었던 보루인 시험성적마저 석대에게 뒤지고 만다. 분명 '육체의 사람'에 불과한 석대에게 공부의 경쟁에서도 뒤진 병태는 '추문폭로작전'에 돌입한다. 이는 석대가 받고 있는 담임선생님의 전폭적인 지지를 무화시키고자 하는 의도를 가진 것이었다. 그러나 이는 '윤병조 사건'을 통해 오히려 친구들 사이에서 외톨이가 될 뿐만 아니라 석대의 보이지 않는 힘에 의해 '문제아'로 전락하게 되는 결과를 낳을 뿐이다.

> 석대와 아이들이 다시 뒷문께에 나타난 것은 교정 서쪽의 아름들이 히말라야시다 그늘이 운동장을 온전히 가로지른 뒤였다. 그런데 그게 어찌된 일이었을까. 멱을 감았는지 젖은 머리칼들을 반짝이며 왁자하게 운동장으로 들어서는 그들을 보자, 별로 애쓸 것도 없이 내눈에서 갑자기 눈물이 쏟아졌다. 얼마전의 책략 따위는 까맣게 잊은, 마음 깊은 곳에서 우러나는 진짜 눈물이었다.(312쪽.)

결국 석대를 이기지도 못하고 오히려 굴복할 수밖에 없는 처지가 된 '병태'는 석대에게 굴복하기로 마음을 먹는다. 하지만, 이마저도 쉽지 않다. 석대가 굴복을 쉽게 받아주지 않기 때문이다. 교실에 혼자 남은 병태는 '멱을 감고 돌아오는' 아이들을 보자 눈물이 쏟아진다. 그 눈물의 '스스로의 무력감'에서 흘린, 그리고 '외로움' 때문에 자신도 모르게 쏟아진 눈물이다. 석대는 이 눈물을 보고는 병태의 그 '외롭고 고단한 싸움'에서 해방시켜준다.

이상의 스토리를 구조화하면 다음과 같다.

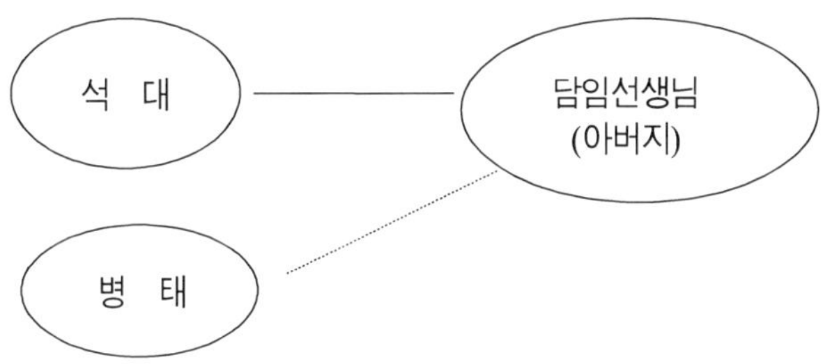

병태는 석대와 자신의 수직구도를 받아들일 수 없다. 이는 석대의

자리는 원래 담임선생님의 자리이기 때문이다. 급장인 석대는 자신과 수평적인 위치에 있거나 '심부름꾼'이어야 한다는 것이 병태의 생각이다. 그것이 '서울' 생활에서 몸에 밴 '합리와 자유'이기 때문이다. 그러므로 이러한 구도는 '불합리와 폭력'적 사태를 의미하며, 이는 석대의 '힘'에 의해 조성된 것이다. 석대는 '합리와 자유'를 억압하는 존재인 셈이다. 이에 병태는 이러한 구도를 '합리와 자유'의 공간으로 되돌리려 한다. 그래서 구원을 요청하게 되는 것이 '아버지'와 '담임선생님'이다. 그러나 '아버지'와 '담임선생님'은 무능력하고 무기력한 인물들로서 오히려 병태의 정당성을 훼손하려 든다. 이에 병태는 스스로 '어긋난' 세계를 바로잡으려고 시도하지만 실패하고, 굴복하지 않으려 저항하지만 이마저도 자신의 무기력과 '외로움' 때문에 견디지 못하고 석대에게 무릎을 꿇게 되는 것이다.

석대에게 굴복을 한 이후의 굴종의 열매는 달다. '주먹싸움'에서도 '동무들과의 놀이'에서도 '공부'도 모두 제자리를 찾았다. 아니 2등인 성적을 제외하고는 '주먹싸움'에서나 '동무들과의 놀이'에서는 석대의 후광에 힘입어 오히려 병태 자신의 능력보다 훨씬 좋은 평가를 받는다. 이 모든 경과는 석대의 왕국을 허물려 하지 않는 대가이다. 즉, 2등에 대한 인정을 요구하는 것이다. 병태는 이제 석대에게서 시선을 돌려 자신보다 아래에 있는 아이들에게서 위안을 삼는다.

> 나는 거기서 다시 한 번 까닭없이 찔끔했지만 그게 순전히 호의에서 나온 것임을 알 만했다. 석대는 돌 몇 개를 옮겨 불 피울 자리를 만든 걸로 제 일을 끝내고 줄곧 나와 얘기만 했다. 나를 이런 저런 심부름에서 빼내준 것 이상의 뜻이 있는 것 같았다. 이를테면 나도 석대의 밑이기는 하지만 그애들과 같은 졸병은 아니라던가 하는.(319쪽.)

석대의 위상을 인정하고 병태는 스스로 자신을 합리화한다. 더구나 석대가 자신을 대하는 태도는 석대를 제외하고는 자신이 다른 아이들보다는 우월하다는 인식을 제공한다. 이러한 석대의 태도와 굴종의 열매는 석대의 성적의 비밀이 밝혀냈음에도 불구하고 이를 더 이상 문제삼지 않게 된다. '억눌려 참고는 있어도 실은 괴로워하고 있음에 틀림없는 아이들에게 나는 새로운 영웅으로 떠오를 것이고, 쓰라림으로 포기해야 했던 자유와 합리의 지배가 되살아날 것'(317쪽)이 분명함에도 병태는 이를 외면하는 것이다. 2등은 '어떤 면에서 서울에서보다 더 많은 자유를 누렸고 성적에서도 일등을 넘보지 않는 한 이등은 그리 힘들이지 않고도'(317쪽) 자신의 차지가 될 수 있는 자리이기 때문이다. 이에 병태는 '그의 질서와 왕국이 영원히 지속되기를 믿고 바라며 그 안에서 획득된 남다른 누림도 지속되기를' 바라게 된다.

하지만, 이러한 바람은 '엉뚱한 방향'에서 등장한 담임선생님의 교체로 인해 무너진다. 새로 교체된 담임선생님은 그토록 병태가 바라던 '자유와 합리'를 교실에서 구현한다. '어긋난 질서'를 되돌린 것이다. 석대의 비행(非行)을 모조리 밝혀낸 담임선생님은 석대의 자리를 되돌리며 자신이 그 자리에 들어선다. 교실의 자치 방식도 철저하게 병태가 그리던 '서울'의 방식으로 다시 자리를 찾는다. 이는 혁명에 비견되는 일이었다. 그러나 병태는 이 '혁명'의 과정에 적극적으로 가담하지 않는다.

> 오기는 그날 내 앞까지의 아이들이 석대를 고발하는 태도 때문에 생긴 것이었다. 석대의 나쁜짓을 까발리고 들춰내는 데 가장 열성적이고 공격적인 아이들은 대개 두 부류였다. (327쪽)
>
> 한 인간이 회개하는 데 꼭 긴 세월이 필요한 것은 아니며, 백정도

> 칼을 버리면 부처가 될 수 있다고도 하지만, 나는 아무래도 느닷없는 그들의 정의감이 미덥지 않았다. 나는 지금도 갑작스런 개종자(改宗者)나 극적인 전향인사(轉向人士)는 믿지 못하고 있다. (327쪽)

이는 새롭게 편성된 '자유와 합리'의 내용을 병태가 불신하기 때문이다. 이는 석대의 추문을 폭로하는 것을 거부한 까닭이 된다. 병태의 추문을 폭로하는 아이들은 '간절히 석대의 총애를 받기를 바랐으나 실패한 아이들'의 부류와 '그날 아침까지도 석대 곁에 붙어 그 숱한 나쁜 짓에 그의 손발노릇'을 하던 부류들이다. 이 두 부류에 속하는 아이들의 변화는 상황의 변화에 추수하는 '변절자'에 불과하기 때문이다. 이러한 변절에 병태는 가담하지 않으며 새로운 급장 선거에도 무효표를 던진다.

> 그 아침까지도 석대가 보장해 주는 특전에 만족해 있던 나자신을 내세울 수는 더욱 없고-그래서 정직하게 던진 표가 무효를 가장한 기권표였다. 변혁을 선뜻 낙관하지 못하는 내 불행한 허무주의는 어쩌면 그때부터 싹튼 것이나 아닌지 모르겠다.(330쪽)

병태가 '새로운 지도자'를 뽑는 데 무효표를 던진 이유는 후보로 나선 아이들의 면모 때문이다. 공부에서건 싸움에서건 재능에서건 남들보다 나은 아이들치고 석대의 후광을 입지 않은 아이들이 없다는 것과 게다가 이 아이들은 병태 자신이 외롭게 석대에게 저항하고 있을 때 오히려 자신을 괴롭힌 인물들이라는 이유 때문이다. 그렇다고 석대에게 유일하게 저항했던 자기 자신을 내세우자니 석대에 대한 자신의 굴종이라는 도덕적 약점이 이를 가로막은 것이다. 결국 무효표를 던진 병태는 그토록 바라던 '자유와 합리'의 내용을 신뢰할 수 없게 된 것이다. 즉, 자신보다 성적이나 능력 그리고 도덕적으로 자유로울 수 없는 아이들이 새로운 질서의 '지도자'가 되었기 때문이다. 이러한 경험은 결국 장년으로 성장하는 병태의 '허무주의'를 조성하게 된다.

한편 이러한 병태의 허무주의는 성년 병태의 삶의 궤적에서 되살아난다. 석대가 제거된 후 병태는 더 이상 석대를 생각하지 않게 된다. 까닭은 병태의 삶이 바빴기 때문이다. 입시공부에 허덕이며 '일류고등학교, 일류대학'을 거쳐 '대기업'에 입사하는 삶의 노정이 너무나도 바빴고, 한편으로는 '일류와 일류, 모범생과 모범생의 집단'은 '자율과 합리가 지배하는' 곳이었기 때문이다.

그런데, 병태가 다시 석대를 떠올리게 된 것은 대기업에서 스스로 나와 '고급 세일즈'를 하면서 느낀 상대적 박탈감 때문이다. 30대 중반으로 성장한 성년 '병태'는 자신의 생각과는 달리 '고급 세일즈'가 성공을 거두지 못하고, 한편으로 전망이 없다고 생각했던 대기업은 번창 일로의 길을 걷게 되면서 상대적인 박탈감을 느끼게 되는 것이다.

> 모래 위의 궁궐같이만 느껴지던 대기업은 점점 번창하기만 했고, 거기 남아 있던 옛 동료들은 계장으로 과정으로 올라가 반짝반짝 윤기가 돌았다. 어떤 동창은 부동산에 손을 대 벌써 건물 임대료만으로 골프장을 드나들고 있었고, 오파상(商)인가 뭔가 하는 구멍가게를 열었던 친구는 용도도 가늠 안 가는 어떤 상품으로 떼돈을 움켜거들먹거렸다. 군인이 된 줄 알았던 동창이 난데없이 중앙부터의 괜찮은 직급에 앉아 있었으며, 재수(再修)마저 실패해 따라지 대학으로 낙착을 보았던 녀석은 어물쩍 미국박사가 되어 제법 교수티를 냈다.(333－334쪽.)

이러한 주변의 친구들의 모습과 상황은 장년이 된 병태의 삶을 더욱 다급하게 만들었고, 마침내 '모험사업'에 뛰어들어 재산을 축내고 실업자 신세로 전락하게 한다. 그리고 이러한 결핍과 좌절의 시기에 다시 '석대'가 떠오르게 된 것이다. 즉, 병태는 스스로 처한 상황을 석대가 급장이었던 'Y국민학교'와 동일시하게 되게 된다는 것이다. 이는 위의 인용문에서 나타나듯 자신과 같은 처지에 있거나 자신보다 못한 처지에 있던 동창들이 자신보다 훨씬 많은 부와 권력을 획득했기 때문이다. 상대적인 박탈감에서 기인하는 허무주의는 자신이 이러한 박탈감과 허무주의의 원인을 '어긋난' 세계를 주도하는 '석대'와 같은 존재 때문으로 규정한다. 즉, 불합리하고 폭력적인 힘이 주도하는 세계에 자신이 처해 있다고 인식하는 것이다. 이러한 태도는 국민학교 동창들 사이에 퍼져 있는 속물적인 성년 석대에 대한 평가를 부정하는 것으로 나타난다.

하지만, 장년의 병태도 석대를 다시 만나게 된다. '지난 여름' '새마을표'가 매진되어 어쩔 수 없이 타게 된 고생스럽기 짝이 없는 '우등칸'을 타고 간 피서지 강릉의 역 출구에서 형사에게 체포되는 '석대'를 본 것이다. 이 날 '병태'는 석대의 체포를 '세계와 인생에 대한 안도' 때문인지 혹은 '새로운 비관(悲觀)' 때문이었는지 모를 눈물을 흘리게 된다.

이처럼 『우리들의 영웅』에는 서술자의 자의식이라고 할 수 있는 '허무주의'의 근원이 서술되어 있다. 문제는 이러한 허무주의의 정체이다. 이상에서 살펴보았을 때, '병태'와 서술자의 허무주의는 '자유와 합리'의 추구와 '불합리와 폭력'의 현실 간의 괴리에서 비롯된다. 서술자가 지향하는 '자유와 합리'는 유년기 '서울'의 체험으로 동일시된다. 이는 'Y초등학교'와 대별되는 가치를 지닌 공간이자 서술자의 체험이다. 이러한 체험은 두 공간의 삶이 내용을 '합리 / 불합리', '참 / 진리', '이상적인 / 어긋난', '우월 / 열등'과 같은 것으로 파악하는 이분법적 사고를 생성한다. 이러한 사고를 바탕으로 '병태'의 성장은 '서울'에 근거하여 철저하게 엘리트적인 삶의 궤적을 그린다. 엘리트적인 것을 지향하는 것은 그것을 철저하게 우월한 가치로 간주하기 때문이다. 그러한 지향과 삶의 궤적을 그렸음에도 불구하고 장년의 '병태'에게 남은 것은 '일류대학'의 지식을 써 먹을 수 있는 '사설학원' 강사자리에 불과하다. 따라서 현실에는 '석대'와 같은 존재가 분명히 존재할 수밖에 없으며 존재해야 한다는 유년기의 '허무주의'가 강화되는 것이다.

『우리들의 영웅』은 이러한 서술자의 자의식인 '허무주의'의 근원과 서술자의 현재적 세계에 존재하는 동일한 '허무주의'를 논증적 구조를 통해 서술하고 있다. 그런데, 이러한 논증의 타당성을 묻은 것은 이 텍스트가 구현하는 의미에 대한 비판적 해석을 가능하게 한다. 즉, 이러한 논증의 전제가 되는 '서울'의 합리성이다. '서울'의 합리성은 서술자가 지향하는 가치이며 완결된 진리로 인식된다. 그리고 서술자는 '현재'를 이러한 '서울'의 합리성이 훼손된 세계로 간주한다. 하지만, 이러한 '서울'의 합리성은 '우월과 열등', '선택과 배제'라는 이분법적 사고틀에서 배태된 것이다.

> 먼저 해결된 것은 석대 쪽이었는데, 그 해결을 유도한 담임선생님의 방식은 좀 특이했다. 우리에게는 거의 불가항력적이었건만 어찌된 셈인지 담임선생님은 석대 때문에 결석한 아이들을 어느때보다 호된 매질과 꾸지람으로 다루었다. (중략)
>
> 그렇게 소리치며 마구다지 매질을 해댈 때는 마치 사람이 갑자기 변한 것처럼 보였다. 우리는 영문을 몰랐으나 그 효과는 오래잖아 나타났다. 우리 중에서는 좀 별나고 당찬 소전거리 아이들 다섯이 마침내 석대와 맞붙은 일이었다. 석대는 전에 없이 표독을 떨었지만 상대편 아이들도 이판사판으로 덤비자 결국은 혼자서 다섯을 당해내지 못하고 꽁무니를 뺐다. 선생님은 그 아이들에게 그 당시 한창 인기있던 케네디 대통령의 <용기 있는 사람들>이란 책 한 권

씩을 나눠 주며 우리 모두가 부러워할 만큼 여럿 앞에서 그들을 추켜세웠다.(331－332쪽.)

새로 부임한 담임선생님은 '서울'의 가치를 복원하는 존재이다. 그는 '불합리와 폭력'의 존재인 석대의 비행을 밝혀내고 석대의 왕국을 붕괴시킨다. 그리고 그 자리에 '서울'의 '합리와 자유'를 착종시킨다. 따라서 담임선생님에게 서술자의 자의식은 '서울'과의 동일성을 느낀다.

그런데, 이러한 담임선생님의 행위에는 선택과 배제의 논리가 작용한다. 즉, 석대를 '불합리하고 악한 존재'로 규정함으로써 학생들에게 맞서도록 강요한다. 그리고 석대와 맞서 싸워 이긴 학생들에게는 '용기 있는 사람들'이라는 책을 선사하며 그들의 행위를 추동한다. 하지만, 담임선생님은 석대 역시 학생의 한 명이라는 사실을 간과한다. 즉, 석대를 방기한다는 것이다. 여기에는 석대를 배제해야 할 대상으로 파악하는 담임선생님의 인식이 깔려 있다. 석대를 바라보는 담임선생님의 시선의 끝에는 배제와 차별이라는 '인간/비인간'이라는 이데올로기적인 시선이 깔려있다는 것이다. 인간/비인간의 구획과 분류는 문화적인 것, 곧 이데올로기적인 것이다. 그리고 이러한 구분과 기획의 논리는 철저하게 권력의 정당화 기능을 갖는다.[108] 따라서 '합리와 자유'라는 가치를 추구하는 데 지향성 그리고 이것의 정당화와 배치되는 존재인 석대에 대해서는 '배제의 논리'가 작용하는 것이다.

서술자가 동일시하는 담임선생님의 '합리와 자유' 즉, 서술자가 지향하는 '합리와 자유'란 근본적으로 '차별과 배제의 논리'가 작용하는 이데올로기이다. 그리고 이러한 '차별과 배제'에는 우월성과 열등

108) 今村仁司, 近代性 の構造, 이수정 옮김, 『근대성의 구조』, 민음사, 1999, 203쪽.

성이라는 이분법적 논리가 작용한다. 이는 분명, '병태'의 삶과 장년의 '병태'의 자의식을 이루는 바탕이 되고 있다. 그런데, 이러한 자의식의 바탕을 이루는 '합리와 자유'는 진정한 의미에서 '합리와 자유'가 될 수 없다. 따라서 『우리들의 영웅』의 논증적 서술 구조에서 전제에 해당하는 '합리와 자유'의 문제는 전체 서술자의 논리 전개 과정에 문제를 제기함으로서 비판적 대상이 되는 것이다.

서사교실에서 제시텍스트로 구현되는 『우리들의 영웅』은 '자유와 합리'에 대한 비판적 관점을 제시한다. 이는 텍스트 해석의 방향성을 제시하는 것이다. 따라서 해석의 단계에서 학습자들이 주목해야 할 과제가 설정되는 것이다. 즉, 인물의 행위와 내면 그리고 이를 논평적으로 바라보는 서술자의 태도에 근거하여 텍스트의 의미를 해석하고 이 과정에서 텍스트가 야기하는 문제에 대한 '비판적 관점'을 제시하는 것이다.

(3) 텍스트의 변형과 의미 생성

① 중층적 서술자와 서술 구조의 병치: 박종원의 『우리들의 일그러진 영웅』의 서술구조

가. 재 현

박종원의 『우리들의 일그러진 영웅』(이하: 『일그러진 영웅』)[109]은

109) 박종원의 『우리들의 일그러진 영웅』은 1992년 발표된 영상텍스트이다. 이 텍스트는 1992년 몬트리올 영화제 최우수 작품상을 수상한 바 있다. 이 논문에서는 (주)동성프로덕션에서 1993년에 비디오로 제작한 텍스트를 분석의 대상으로 삼았음을 밝혀둔다.

한편, 교육과정은 『우리들의 영웅』의 상호텍스트적 의미를 구현하고

『우리들의 영웅』의 서사적 모티프를 그대로 차용하면서도 『우리들의 영웅』에 대한 해석적 관점을 드러냄으로써 새로운 의미를 생성한다. 서사적 모티프를 그대로 차용한다는 것은 『일그러진 영웅』이 『우리들의 영웅』의 스토리를 토대로 형상화가 이루어진다는 것이며, 새로운 의미를 생성한다는 것은 『일그러진 영웅』의 서술자의 시각이 반영된다는 것을 의미한다.

『일그러진 영웅』은 『우리들의 영웅』의 의미를 『일그러진 영웅』의 서술자의 시각에 의해 새롭게 형상화된 텍스트이다. 영상텍스트는 소설텍스트가 문자로 구현한 유형적 이미지를 시각적 이미지로 구체화한다. 이 말은 문자텍스트가 구현한 유형적 이미지를 『일그러진 영웅』의 서술 주체가 확정적 이미지로 형상화한다는 것을 의미한다. 이 때 영상텍스트의 이미지는 스토리 세계를 지각적으로 구성하는 것으로 나타난다.

자 하는 시도를 기획하기도 한다. 교육과정과 교과의 교수학습 체계에서 박종원의 『우리들의 일그러진 영웅』(이하 일그러진 영웅)과의 의미 관련성에 주목하고 있기 때문이다. 우선, 교수학습 활동의 구체적 실천을 위해 제시되는 교과텍스트에는 삽화를 통하여 박종원의 『일그러진 영웅』이 제시되고 있다. 영상텍스트의 쇼트(shot)를 소설텍스트의 이해를 위한 삽화로 제시함으로써 소설텍스트와 영상텍스트의 상관성을 보여주고 있다. 그러나 이러한 기획은 학습활동의 내용에서 영상텍스트와의 관련성이 배제됨으로써 쇼트의 의미가 단지 삽화의 의미에 그치거나, 『일그러진 영웅』의 의미를 한정하여 교수학습의 가능성을 제시하는 데에 그친다는 한계를 보여준다. 교사용지도서에서 제시되는 『일그러진 영웅』의 교육적 의미는 '이 작품은 1992년에 영화로 제작되었으므로, 영화 텍스트와 비교하여 감상하는 것도 의미 있을 것이다. 특히 영화의 결말이 소설의 결말과 다른데, 이에 관하여 학생들은 어떻게 생각하는지 물어 보는 활동도 가능하다'라고 제시되어 있다. 이는 『우리들의 영웅』과 『일그러진 영웅』 간의 의미를 텍스트의 결말 부분의 차이에 한정하여 제시하고 있을 뿐이다. 이렇듯 막연하게 제시되어 있는 진술은 영상텍스트가 서사교실에서 어떠한 의미와 절차를 가지고 교수 학습되어야 하는지에 대한 고려가 전제되어 있지 않다는 것을 단적으로 보여주는 사례라고 할 것이다.

	『우리들의 영웅』	『일그러진 영웅』
공 간	낡은 일본식 시멘트 건물 한 채와 검은 타르를 치한 판자 가교사(校舍) 몇 채로 이루어진 그 학교가 어찌나 초라해 보이는지(280쪽.)	
공 간	겨우 교실 하나 넓이의 그 교무실에는 시골 아저씨들처럼 후줄그레한 선생님들이 맥없이 앉아 굴뚝같이 담배 연기만 뿜어대고 있는 것이었다.(281쪽.)	
인 물	내가 그를 엇비슷한 80명 가운데서 금방 구분해낼 수 있었던 것은 그가 급장이라서라기보다는 다른 아이들보다 머리통 하나는 더 있어 뵐 만큼 큰 앉은 키와 쏘는 듯한 눈빛 때문이었다.(282쪽)	
	그래서 실은 아직도 내가 거기서 벗어나지 못했기 때문에 받게 되는 느낌인지도 모르겠다.(280쪽.)	
	공무원이었다가 바람을 맞아 거기까지 날려간 아버지를 따라 가족 모두가 이사를 가게 된 까닭이었는데, 그때 나는 열 두 살에 갓 올라간 5학년이었다.(280쪽.)	

『일그러진 영웅』은 소설텍스트가 구현한 유형적 이미지를 생활 세계의 모습으로 확정한다. 즉, '낡은 일본식 시멘트 건물 한 채와 검은 타르를 치한 판자 가교사(校舍)'는 프레임(frame)[110]에 나타나는 구체적 형상으로 인물들은 배우들의 형상으로 구체화되는 것이다. 즉, 스토리의 시공간을 생활 세계의 차원에서 재현하고자 하는 것이다.

『일그러진 영웅』에 나타나는 회상의 세계는 『우리들의 영웅』의 세계의 현실과 크게 다르지 않다. '병태'와 '석대'의 대립, 석대에게 패배하고 굴복하는 행위, 굴종에 안주, 그리고 '김선생'으로 인한 석대의 몰락 등 요약적으로 제시된 『우리들의 영웅』의 스토리 세계를 재현의 차원에서 장면화하고 있기 때문이다.

나. 재현에 개입하는 해석

이러한 이미지의 구체화의 주체는 『일그러진 영웅』의 서술자이다. 즉, 소설텍스트의 해석을 통해 전체 스토리와 서술의 층위를 관장하는 주체라는 것이다. 이는 『일그러진 영웅』의 지각적 형상화는 『일그러진 영웅』의 서술주체가 『우리들의 영웅』에 대한 해석적 입장을 드러낸다는 증거가 된다.

그런데, 『일그러진 영웅』에는 두 층위의 서술주체가 존재한다. 즉,

---

110) 일반적으로 영상텍스트는 1초에 24개의 프레임(frame)을 필요로 한다. 프레임은 영상텍스트를 구성하는 최소의 서사 성분이다. 프레임은 한 이미지 안에 현존하는 모든 것을 포함하는 상대적으로 닫혀진 체계라고 할 수 있다.<박성수, 『들뢰즈와 영화』, 문화과학사, 1998, 17쪽 참조.> 이 논문에서는 서사교실에서 영상텍스트를 직접 상연한다는 것을 전제로 프레임을 분석의 대상으로 삼는다. 이 때, 영상텍스트는 극장에서 체험하는 양상과 텍스트의 의미를 달리한다. 이는 서사교실에서의 영상텍스트는 영화(film)과 달리 '앞뒤로 되돌릴 수(fast-forward and reverse search capability)' 있다는 점에서 해석과 분석의 양상이 '극장의 체험'과 구분되기 때문이다.<Robert Heinich 외, Instructional Media and Technologies for Learning, Von Hoffmann Press, Inc., 1996, p.201.>

스토리 층위의 인물로 등장하는 서술자와 스토리 바깥에 위치하면서 인물의 서술을 통제하는 또 다른 층위의 서술자가 존재한다는 것이다. 이는 『일그러진 영웅』이 『우리들의 영웅』의 의미의 차이를 생성하는 구조적 형식이 된다.

보이스 오버(voice over): 벌써 30년이 조금 지났지만 그 해 가을에서 겨울까지의 외롭고 힘들었던 싸움을 돌이켜 보면 언제나 그때처럼 막막하고 암담해진다.

『일그러진 영웅』에서 두 층위의 서술자가 존재하는 까닭은 시간의 층위를 달리하는 스토리 세계가 존재하기 때문이다. 하나는 유년기의 '병태'[111]의 세계이고, 다른 하나는 성년의 '한병태'의 세계이다. 성년의 한병태는 『일그러진 영웅』에서 유년의 기억을 서술하는 서술자이면서 현재의 지속되는 시간에서 생명력을 가지고 있는 인물이기도 하다. 즉, 한병태는 과거의 기억을 되살리는 인격적 음성과 형상을 입고서 스토리 세계를 관장하는 서술 주체이며, 한편으로는 『일그러진 영웅』의 서술자에 의해 의미를 부여 받는 스토리 세계의 인물이라는 것이다. 위의 프레임은 이러한 '한병태'의 위상을 분명하게 드러내고 있다. 기억을 되살리는 음성(voice)[112]의 주인공인 한병태

111) 여기서 '병태'는 유년기의 '한병태'를 가리킨다. 성년 '한병태'와의 구별을 위해 유년기의 한병태를 '병태'로 칭하기로 한다.

112) 『일그러진 영웅』에서 서술자 한병태의 목소리가 직접적으로 드러나는 것이 바로 '나레이션(narration)'이다. 『일그러진 영웅』에서 나레이션은 한병태의 서술자적 위상을 드러내는 지표의 기능을 할 뿐만 아니라 사건을 요약하고 이후의 사건 전개의 양상을 제시하는 기능을 담당한다.

는 기차에 몸을 싣고 두 세계의 경계에 위치하면서 스토리 세계와 서술의 층위로 향해 가고 있는 것이다. 그리고 한병태의 이러한 위상은 서사적 기능에 의해 차지하는 시공간을 분할한다.

시퀀스	시공간	서술자 '한병태'	인물 '병태'
1	현재 · 서울		
	나레이션	벌써 30년이 조금 지났지만 그 해 가을에서 겨울까지의 외롭고 힘들었던 싸움을 돌이켜 보면 언제나 그 때처럼 막막하고 암담해진다.	
2	과거 · 시골		
	나레이션	마지막으로 은근히 믿었던 공부에서의 패배는 나를 깊은 절망으로 밀어넣었다. 그런데도 나는 알 수 없는 열정에 휩싸여 그 힘든 싸움을 계속해 나갔다. 그를 이길 수 있는 길이 어쩌면 있을 것 같았고 그 기회는 의외로 빨리 왔다.	
3	과거 · 시골		
	나레이션	무슨 한처럼 나를 지탱시켜 주던 믿음도 완전히 무뎌졌고, 저항의 의사를 모두 버린 나는 하루하루 반을 겉돌며 기회를 노렸지만, 그 기회조차 쉽게 나타나지 그러나 그 외롭고 고단한 싸움도 끝날 날이 왔다.	

시퀀스	시공간	서술자 '한병태'	인물 '병태'
4	과거 · 시골		
	나레이션	그 날 나를 대하는 석대의 태도는 사뭇 달랐으며, 나는 그가 베풀어준 권력의 단맛에 흠뻑 취했다. 그해 겨울은 그렇게 흘렀다.	
5	현재 · 시골		
	나레이션	1960년 봄. 우리는 육학년이 되었고, 새로운 시대를 맞이하게 되었다.	
6	과거 · 시골		
	나레이션	그 때의 석대가 변화의 위험을 알면서도 끝까지 달려 볼 수밖에 없었던 것은 그의 왕국이 너무 크고 훌륭했기 때문일 게다. 저 화려한 역사택의 한 페이지에서와는 달이 우리 반의 혁명은 갑작스럽고 약간은 엉뚱하게 시작되었다.	
7	과거 · 시골		

시퀀스	시공간	서술자 '한병태'	인물 '병태'
8	나레이션	그 날 이후 엄석대를 본 사람은 아무도 없었다. 개가한 서울의 어머니를 찾아갔단 소문만 들렸을 뿐. 그후 학교 생활은 정상적으로 돌아갔고 내 의식도 원래대로 회복되었다. 그리고 석대에 대한 기억은 희미해져 갔다. 그러나 시험과 경쟁으로 숨가쁘게 10년의 세월을 보내고 사회에 나왔을 무렵 엄석대는 아득한 과거로부터 되살아났다.	
9	현재 · 시골		
	나레이션	 그는 끝내 오지 않았다. 한 다발의 꽃으로는 그의 성공과 실패를 짐작할 수는 없었다. 그러나 내가 사는 오늘도 여전히 그 때의 5학년 2반 같고 그렇다면 그는 어디선가 또 다른 급장의 모습으로 5학년 2반을 주무르고 있을 게다. 오늘 그를 만나지 못했지만 앞으로도 그의 그늘 속에서 벗어날 수 있을지 솔직히 확신할 수 없다.	

『일그러진 영웅』은 과거의 기억과 현재의 생활 세계가 병치되는 서술구조를 가지고 있다. 즉, 현재→과거→현재→과거→현재의 구조로 교차된다는 것이다. 이 때, 성년 '한병태'는 과거의 기억을 선택적으로 이끌어내는 주체로서 회상의 서술주체가 된다. 그리고 과거에 대한 서술 주체는 또 다시 『일그러진 영웅』의 서술주체의 초점 대상이 된다. 이는 『일그러진 영웅』에는 시간을 달리하는 두 층위의 스토리가 존재한다는 것을 의미한다.

우선, 유년기 '병태'의 스토리는 성년 '한병태'의 시선에 의해 구성된다. 그런데, '30년이 조금 지난' 과거는 현재와 시간적 거리를 가진다. 이러한 시간은 기억이 선택적으로 채택될 수 있으며, 선택된 기억 역시 30년이라는 시간 즉, 성년 한병태의 삶에 의해 재조명될 수 있는 서사적 거리로 존재한다. 이는 한병태의 기억의 형상이 과거의 '병태'의 시선에서 파악한 사태를 그대로 재현하는 것이 아니라, 현재의 '한병태'의 시점에서 재구성된다는 것을 의미한다.

	서술자의 시점
①	
②	
③	
④	

서술자인 '한병태'는 자신의 유년에 해당하는 '병태'에게 초점을 부여하여 스토리를 구성한다. 이는 스토리의 세계가 '병태'의 체험에 근거한다는 것을 의미한다. 그런데 '30년이 조금 넘는 시간'은 서술자가 '병태'를 마주보거나 혹은 '병태'의 체험의 범주를 확장시키게 되는 계기로 작용한다. 이는 과거 기억에 대한 형상화의 방식으로 드러난다.

①의 '최선생'의 모습은 병태의 시선에 포착된 형상이다. 이 때, '병태'는 '카메라'가 된다. 『일그러진 영웅』의 서술자는 병태의 시선에 카메라의 포커스가 맞추어지는 장면을 최선생의 커트 바로 전에 배치함으로써 장면의 핍진성을 돕는다. 그런데 카메라는 프레임에 존재할 수 없다. 카메라의 시선만이 존재할 뿐이다. 만약 『일그러진 영웅』이 인물의 내부 시선에 국한되어 형상화되는 텍스트라면, '최선생' 같은 프레임만이 생성될 수밖에 없다. 그러나, '30년이 조금 넘는' 시간과 이러한 서사거리를 인식하는 서술 주체의 자의식은 병태를 마주 보게 한다. 즉, 또 다른 '나'인 병태를 대상화한다는 것이다. 그것이 바로 ②의 프레임과 같은 형상화 방식이다.

②는 사건을 바라보는 '병태'와 이러한 병태를 바라보는 '서술자'의 시선이 겹쳐져 있는 장면[113)]이다. 과거에 대한 회상이 과거에 대한 보고에 그치는 것이 아니라 '병태'의 형상에 대한 서술자의 관점이 포함되어 있는 장면이라는 것이다. 이는 『일그러진 영웅』에 나타나는 주된 형상화 방식이라고 할 수 있다. 따라서 유년의 기억은 '병태'의 지각에 한정되는 것이 아니라 오히려 서술자인 '한병태'의 태도에 의해 '병태'를 마주보는 서술의 양상으로 나타나는 것이라고

---

113) 『일그러진 영웅』은 『우리들의 영웅』에서 요약적으로 제시된 진술을 사건화시킴으로서 장면을 활성화시킨다. 이런 점에서 『일그러진 영웅』이 『우리들의 영웅』보다 구체적인 서사성을 획득한다고 할 수 있을 것이다.

할 수 있다. 이러한 서술자의 태도는 인물의 내면의 심리를 구체적인 시각적 이미지로 형상화하는 것으로 나아간다.

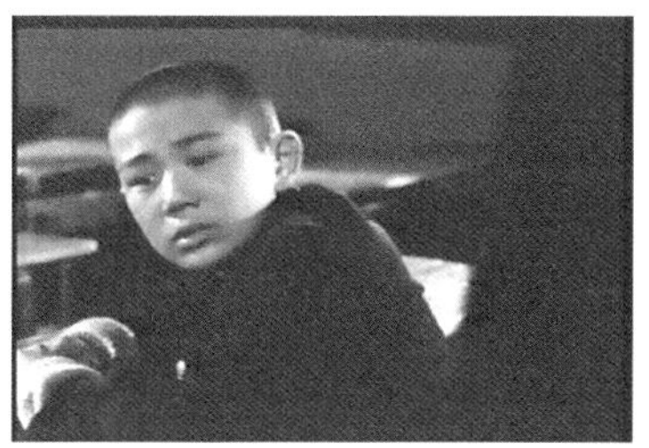

㉮

㉯

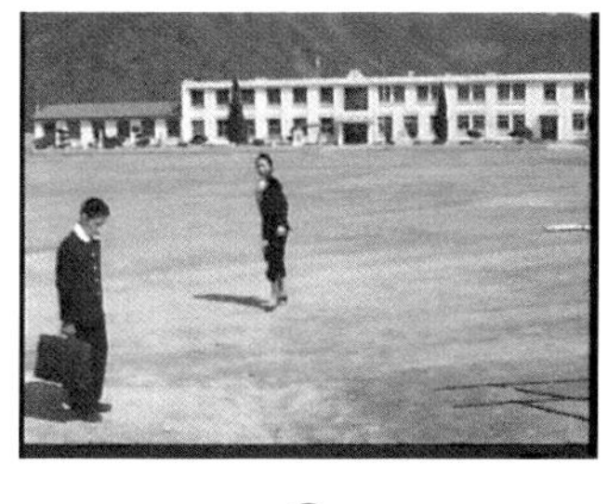

㉰

㉮는 병태의 외형적인 모습에 인물의 내면이 반영되는 경우이다. '서울'에서 내려온 병태의 외형은 다른 아이들과 구별되는 상고머리와 하얀 옷깃의 교복으로 형상화된다. 하지만, 석대에게 굴복한 이후에는 다른 아이들과 똑같은 머리모양과 복색의 인물로 표현된다. 이는 서술자가 개입하여 인물의 내면을 시각적으로 드러내 주는 방식이라고 할 수 있다.

또한 『일그러진 영웅』의 카메라의 각도 즉, 앵글(angle) 역시 인물의 성격을 형상화하는 방식으로 사용된다. 카메라의 각도를 극단적으로 대립시킴으로써 즉, 부감(high-angle)과 앙각(low-angle)의 대립적 시각을 병치시킴으로써 인물의 대립을 구축한다는 것이다. ㉯은 이러한 양상의 대표적인 예가 된다. 이 때 카메라의 각도는 '석대'의 모습을 객관적으로 보고하는 차원을 넘어 인물의 권위나 위엄을 형상화한다. 병태는 주로 이와는 상반된 카메라의 각도 즉, 부감에 의해 묘사된다. 이러한 카메라의 각도의 대립은 병태의 내적 의식을 시각적 이미지로 형상화한다는 것이라고 할 수 있다.

㉰는 익스트림 롱 쇼트(extreme－long－shot)을 통해 인물의 내면 심리를 시각적으로 구체화하고 있다. 이 프레임에서 '병태'와 병태모의 거리와 인물이 서 있는 각도는 병태의 학교에 대한 실망과 시골 학교에 대한 거부감을 구현하고 있다. 즉, 서술자의 태도가 프레임의 시각화에 개입하고 있는 것이다. 이러한 프레임의 구현 양상은 프레임을 서술주체의 의도가 개입된 산물로 파악해야 한다는 것과 프레임이 해석적 대상이 된다는 것을 말해 주는 것이다.

한편, ③과 ④는 서술주체가 인물보다 많은 정보를 가지고 있다는 것을 보여준다. ③은 병태가 '윤병조의 라이터 사건'을 담임선생님에게 알리는 장면이다. 그런데 이 장면을 뒤에서 '급사'가 목격한다. 그리고 병태의 행위를 석대에게 미리 알려줌으로써 사건 진행의 방향을 결정하는 인물로 작용한다. 그런데 병태는 프레임 안에 존재하지만 뒤의 '급사'의 존재를 알지는 못한다.

④는 교무실에서 '김선생'이 '최선생'과 다른 교사들에게 '석대'에 대해 물어보는 장면이다. 그런데 이 장면에는 병태가 등장조차 하지 않는다. 그럼에도 불구하고 이러한 장면이 서술의 내적 논리를 갖게 되는 까닭은 이러한 장면이 서술자의 지각에 의해 파악된 추론의 장면이기 때문이다. ③과 ④의 장면은 이러한 서술자의 위상을 구체적으로 제시하는 장면이다. 즉, '한병태'라는 서술자는 병태의 시선을 통해서 유년의 기억을 해석적으로 제시하고 있다는 것이다.

이러한 해석적 기반은 '한병태'의 생활 세계와 병치되면서 '현재적' 의미를 획득한다. 유년의 기억을 이끌어내는 서술자 한병태는 『일그러진 영웅』에 등장하는 인물이라는 중층적 의미를 지니기 때문이다. 이는 또 한 층위의 서술자가 텍스트 밖에 존재한다는 것을 시사한다.

서술자로서 '병태'가 기억을 되살리는 공간은 유년의 '석대'가 존재하는 '운천국민학교'114)를 중심으로 한 회상적 공간이라면, 인물의 층위에서는 성년 병태의 생활 세계는 철저하게 현재성을 구현한다. 즉, 텍스트의 러닝 타임과 함께 한병태의 행위가 지속되기 때문이다. 그리고 회상의 공간과 현재의 공간은 병치된다. 전체적으로 선형적 시간성에 바탕을 둔 『우리들의 영웅』과는 다른 서술구조를 취하고 있는 것이다. 회상의 세계와 현재의 시간이 교차하면서 두 세계는 의미의 관련성을 생성한다. 이 때 두 세계는 '석대'라는 존재를 통해 매개되는 것이다.

'석대'라는 존재는 한병태로 하여금 현재의 생활 세계에서 석대와의 관련성을 지향하는 행위를 유발한다. 즉, 인물의 행위가 발생한다는 것이다.

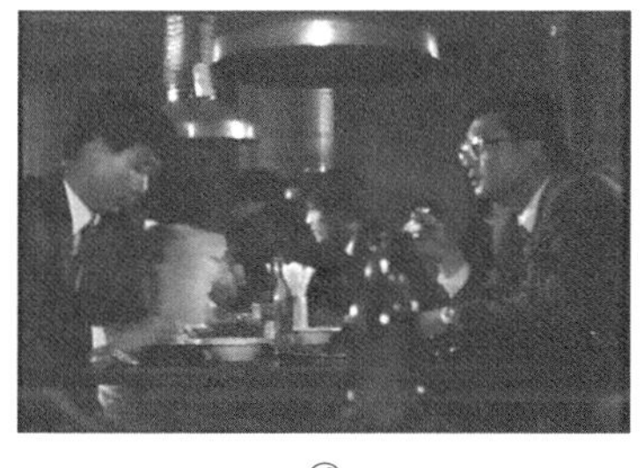
㉮

㉯

114) 장현수 · 박종원, 『우리들의 일그러진 영웅』, 한국시나리오 선집 제 10권, 집문당, 1993, 333쪽.

㉮는 ‘최선생’의 국민학교 동창인 ‘영수’에게서 ‘최선생’의 부고를 전해듣는 한병태의 모습이다. 과거의 기억에 대해서 시큰둥한 표정을 짓고 있던 한병태는 영수의 입에서 ‘엄석대’라는 존재가 언급되자 ㉯와 같이 놀라는 표정과 함께 적극적인 관심을 드러낸다. ‘엄석대’가 상가(喪家)에 올 것이라는 소식을 전해 듣고는 관심이 없던 ‘최선생의 상가’를 의미를 지니는 공간으로 부각시키는 것이다. 이어 한병태는 ‘석대’라는 존재로 인하여 기차에 몸을 싣게 된다. 인물이 현재의 지평을 넓히는 것이다. 그리고 이러한 현재의 지평은 회상의 공간과 병치됨으로써 『우리들의 영웅』과 구별되는 서술구조를 생성하게 된다.

이러한 현재의 지평의 확장은 『일그러진 영웅』의 토대가 되는 『우리들의 영웅』의 스토리를 해체하고 새로운 의미를 생성하는 구조적 동인이 된다. 이는 곧 『우리들의 영웅』과 『일그러진 영웅』의 텍스트 의미 지향성의 차이를 규명할 수 있는 가장 큰 변별점이 된다는 것이다.

② 의미의 차이와 가치 지평의 확대:
박종원의 『우리들의 일그러진 영웅』의 의미 지향

가. 스토리의 변형

『일그러진 영웅』에 나타나는 회상의 세계는 『우리들의 영웅』의 세계의 현실과 크게 다르지 않다. ‘병태’와 ‘석대’의 대립, 석대에게 패배하고 굴복하는 행위, 굴종에 안주, 그리고 ‘김선생’으로 인한 석대의 몰락 등 요약적으로 제시된 『우리들의 영웅』의 스토리 세계를 장면화하는 방식을 취하고 있기 때문이다.

그런데, 이러한 회상의 세계는 『일그러진 영웅』이 서술자의 현재의 생활 세계의 문제를 상정함으로써 의미의 차별성을 가지게 된다. 과거의 문제를 현재의 문제와의 관계를 통해서 해석하는 서술자의 태도는 스토리 세계에서 벌어지고 있는 일에 대해 다른 가치의 평가를 내리고 있기 때문이다. 서술자가 추구하는 가치의 차이는 인물의 행위에 대한 가치 판단을 달리하게 만든다.

『일그러진 영웅』에 나타나는 회상의 스토리는 '병태'의 수난을 사건화하는 몇몇 장면을 제외하고는 『우리들의 영웅』과 크게 차이를 드러내지 않는다. 물론, 영팔과 같은 인물의 성격 강화와 같은 서술자의 의도가 드러나는 스토리의 변형이 존재하지 않는 것은 아니지만, 대부분의 사건은 시퀀스의 흐름을 바꾸어 놓지 못한다. 그런데, 대동소이한 스토리를 대상으로 의미가 달라지는 것은 『일그러진 영웅』이 『우리들의 영웅』과 서술자의 태도에서 차이를 보이기 때문이다. 이는 『일그러진 영웅』이 『우리들의 영웅』이 취하는 의미의 논증 구조 특히, 그 전제에 해당하는 '서울'의 절대적 의미의 권위를 크게 약화시키거나 부정하는 데에서 비롯된다.

보이스 오버(voice over): 세계의 오랜 역사를 통하여 단지 몇 세대만이 자유를 지키는 역할을 부여받아 왔다.

㉮

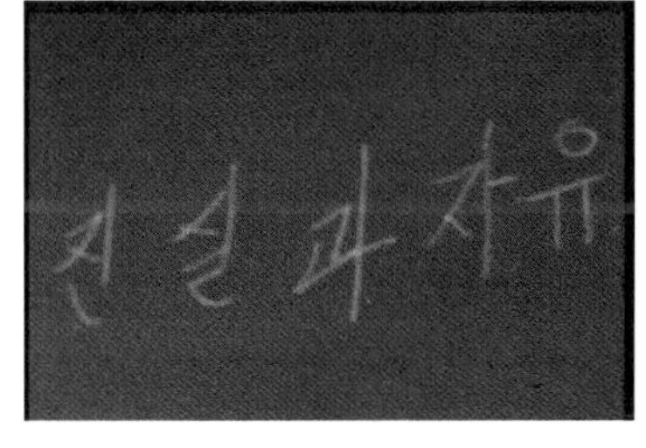

㉯

'자유'의 의미를 이야기하는 음성으로 시작하는 『일그러진 영웅』은 스토리의 전개가 '자유'의 의미와 관련되어 진행될 것임을 시사한다. ㉮는 석대에게 굴종을 거부하는 병태가 서울에서 친구들에게 받은 1달러 짜리 은전이다. 이 은전은 '자유'라는 다소 도식적인 상징이 제시된다. 하지만, 이러한 상징은 '서울' 그 자체를 상징하지는 않는다. 물론, 병태가 전학을 간 첫 학급회의에서 서울의 학교를 예로 들며 '건의함'을 건의하는 장면이 제시되지만, 더 이상 '서울'에 대한 언급은 나타나지 않는다.

이러한 양상은 『우리들의 영웅』에서 제기된 '서울'의 의미가 서술자의 직접적인 개입에 의해 이루어졌다는 점과 관련이 된다. 『일그러진 영웅』은 『우리들의 영웅』이 요약적으로 제시한 진술들을 사건화시킴으로써 회상세계의 스토리를 복원시킨다. 그리고 이러한 스토리의 복원은 서술자의 직접적인 개입이 아니라 병태의 시선을 통해 행동화된 사건을 통해서 이루어진다. 서술자 '한병태'의 직접적인 개입은 '나레이션'으로 나타나는 진술에 한정된다. 그리고 이러한 나레이션은 가치에 대한 직접적인 평가가 아니라 사건의 흐름에 대한 감회나 전망에 국한되어 있다. 따라서, 『우리들의 영웅』에 직접적으로 제시된 '서울'의 의미는 탈색될 수밖에 없다.

한편, 『일그러진 영웅』이 이렇게 복원한 스토리는 석대의 행위의 일면을 부각시킨다. 즉, 『우리들의 영웅』의 서술자가 부여한 의미의 탈색은 석대의 폭력적인 행위의 양상을 강화시키게 된다. 『일그러진 영웅』에서 석대의 행위는 유·무형의 폭력으로 형상화된다. 이는 병태를 물리적으로 억압한다는 것으로 나타난다.

㉮ ㉯ ㉰ ㉱

『우리들의 영웅』에서 요약적으로 제시되는 사건들은 『일그러진 영웅』에서는 사건으로 재현된다. 이러한 사건들이 재현된다는 것은 병태의 일상에 폭력이 항상 작용할 수 있음을 암시한다. 폭력이 석대에 의해 이루어지는 것이 아니라 항상 다른 사람에 의해서 구조적으로 행사되기 때문이다. ㉮, ㉯, ㉰는 이러한 구조적 폭력을 직접적으로 사건화한 장면이다. ㉮는 누군가 알 수 없는 존재에 의한 폭력, ㉯는 석대의 권위에 의해 저항할 수 없는 폭력, ㉰는 석대의 대리인으로 등장한 6학년들의 폭력이다. 그리고 ㉱에서 나타나듯이 폭력은 병태에게 국한된 것이 아니라 모든 구성원에게 자행되는 것이다.

그런데 이러한 폭력은 석대가 구축한 '급장'이라는 권력과 긴밀한 관계를 가진다. 즉, 석대의 폭력은 난공불락의 권력을 구축한 것이다.[115] 여기에서 『일그러진 영웅』의 서술자는 석대의 권력의 부당성과 허구성을 강조하게 된다. 이러한 서술자의 인식은 『우리들의 영웅』에서 '서울'의 상징으로 작용하던 '김선생'의 모토를 ㉱처럼 '진실과 자유'로 바꾸는 것으로 나타나는 것이다. 석대의 행위의 의미를 서술자의 태도가 권력으로 오도된 폭력으로 왜곡된 현실의 문제로 받아들이는 것이다. '서울'이 탈색된 폭력과 권력에 대한 문제 제기는 완결된 이분법적 인식 즉 '합리와 불합리'의 관점을 붕괴시키고 폭력과 권력의 문제를 삶의 보편적 문제로 받아들이게 한다.

권력과 폭력이 불가분의 관계에 있다는 인식, 그리고 그것이 구체적인 현실에 보편적으로 작용하고 있음을 깨닫게 하는 체험은 '병태' 스스로 더 이상 그 세계를 벗어날 수 없다는 인식을 갖게 한다.

㉮ ㉯ ㉰

운천국민학교가 있는 시골에 처음 내려왔을 때, '병태'는 역사(驛舍)의 문이 닫히는 것을 알지 못한다. 그리고 어머니의 손에 이끌려 전학을 하는 학교의 계단을 오르는 발걸음은 마치 입사 의식을 치루듯 무겁기만 하다. 그리고 석대의 그늘을 벗어날 수 있는 유일한 방

---

115) 석대의 권력이 끝내 무너지지 않는 것은 석대 스스로 패배를 인정하지 않고 사라져버렸다는 데에 있다. 즉, 석대는 '김선생'의 등장으로 그의 '왕국'을 잃지만, 그러한 결과에 승복하지 않고 학교에 불을 지르는 것으로 대응한다. 이는 『우리들의 영웅』에 나타나는 이분법적 대결의 결과와는 사뭇 다른 것으로 석대의 폭력과 권력이 지속적으로 잠재될 것임을 암시하는 것이라고 할 수 있을 것이다.

법이 '시골'을 떠나는 것밖에 없다고 생각한 병태가 찾은 역사의 문은 병태의 눈 앞에서 닫혀버린다. 이러한 '외로움'을 넘어서는 절망은 결국 석대에게 굴종할 수밖에 없는 선택을 하게 만든다.

나. 스토리의 생성과 지평의 전환

『일그러진 영웅』은 이러한 '병태'의 체험을 '한병태'의 체험으로 전이시킨다. 즉, 엄석대를 매개로 '상가집'의 풍경에 한병태를 그려넣음으로써 회상 세계의 모순이 단순한 기억을 넘어 현재에도 그대로 작용하고 있음을 보여준다는 것이다.

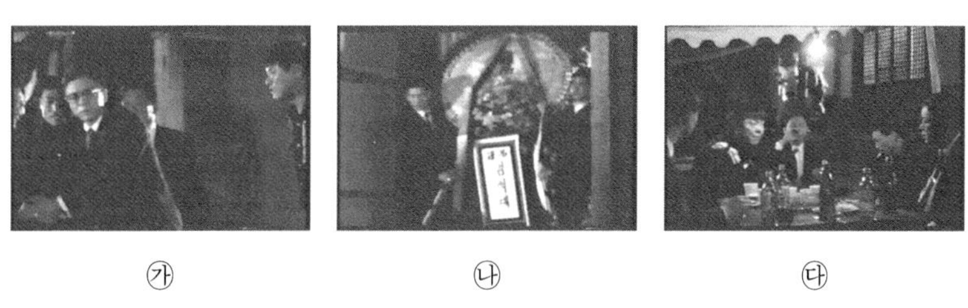

㉮ ㉯ ㉰

회상의 세계에서 '진실과 자유'로 상징되던 '김선생'은 국회위원이 되어 정치적 권력을 추구하는 인물이 되어 있다. 또한, '석대'는 그 모습을 보이지 않은 채 무성한 입소문 속에서 여전히 권력으로 작용하고 있는 것이다. 한병태의 시선은 이러한 인물들의 모습에 머무는 것이 아니라 동창들에게 옮겨 간다. 그들은 회상의 세계에서 권력에 의해 좌지우지되는 모습을 고스란히 간직하고 있다. 한 몫 큰 돈을 번 '만순'과 택시 기사를 하는 '동규', 그리고 형사를 직업으로 가지고 있는 문세. 이들은 국회위원이 된 김선생을 보자 부리나케 뛰어가 굽신거리며, 석대의 권력을 부러워하고 나아가 그의 권력을 지지한다. '요즘 같은 세상은 석대 같은 힘으로 꽉 휘어잡아야 한다.'는 생각까지 가지고 있다. 김선생과 석대의 모습과 아울러 이들의 모습은 회상의 세계의 재현과 다르지 않다. 한병태는 이들의 모습을 관찰자의 모습으로 바라보고 있다.

그런데, 『일그러진 영웅』의 서술주체는 이러한 문제를 한병태의 이후의 삶의 문제와 연관을 시키려 한다. 즉, 한병태가 보고 있는 현재의 삶의 모습에 대해 문제를 제기하는 것이다. 이 때, '영팔'이 의미를 가지는 인물로 등장한다.

> 내 다음으로 많은 것은 약간 저능의 기미가 있는 김영기란 아이의, 악성(惡性)에 따른 비행(非行)이라기보다는 저능에 기인된 실수 대여섯 개였다.(303쪽.)

『우리들의 영웅』에서 이처럼 '병태'의 좌절을 강조하기 위해 잠시 등장하는 인물에 불과한 영팔은 『일그러진 영웅』에서 '진실'의 의미를 간직하고 있는 존재로 활성화된다. 그는 '하나도 변하지 않았기' 때문이다. 변하지 않는 것은 진리의 조건이다. 그가 변하지 않은 것은 단순한 언명이 아니라 삶의 지향과 태도가 변하지 않았기 때문에 한병태는 그를 '진리'의 모습으로, 한편으로는 삶의 지향성으로 동일시한다.

	영팔의 테마
①	

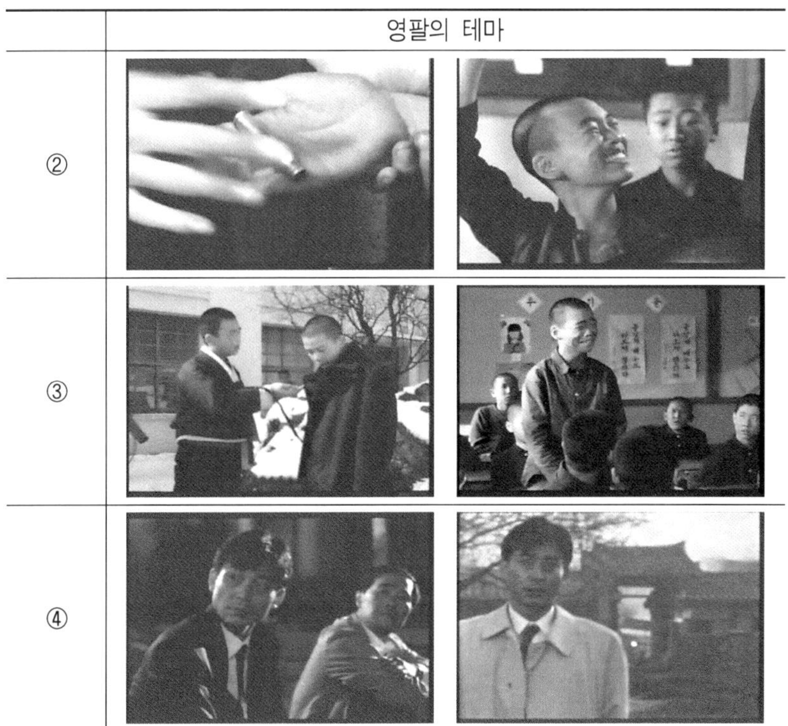

영팔은 회상의 세계에서부터 병태의 자의식을 반영하는 인물로 존재한다. ①은 전학 첫날 영팔이 집으로 가는 반대방향임에도 불구하고 병태를 쫓아 오는 장면이다. 그런 영팔에게 병태는 대뜸 석대의 나이부터 묻는다. 영팔의 대답은 엉뚱하기만 하다. 그럼에도 불구하고 '헤픈 웃음'을 짓는 영팔을 병태는 집으로 보낸다. 한참 영팔의 뒷모습을 보던 병태가 팔에게 손을 흔든다.

②는 석대에게 대항하는 병태를 지지하는 유일한 친구의 역할을 하는 영팔의 모습이다. 영팔은 병태에게 자신에게 소중한 '탄피'를 선물한다. 심드렁하게 받은 병태 곁에서 유일하게 병태의 의견에 힘을 실어주는 존재가 바로 영팔이다.

③은 병태가 영팔에게 굴복한 후 굴종의 열매에 도취해 있을 때, 유일하게병태를 비판적으로 바라보는 영팔의 모습과 석대에게 '돌'을 던지는 아이들에게 '너희들 모두 다 나빠!'라고 일갈하는 영팔의 모습을 형상화한 장면이다.

한병태는 이러한 영팔을 상가집에서 다시 만난 것이다. 영팔은 상가집을 지키듯 농사를 지으며 고향을 지킨다. 영팔은 선산을 지킨 굽은 나무이며, 『일그러진 영웅』의 첫 장면의 '보이스 오버'처럼 자유를 지킨 몇 안되는 존재인 셈이다. 그런 굽은 나무는 상가집에서 한병태의 내면을 꿰뚫어 보는 유일한 존재이다. 국회위원이 된 '김 선생'을 본 병태의 당혹감을 알아차는 것도 영팔이다. ④는 영팔과 한병태가 같은 시선으로 같은 대상을 바라보는 모습을 형상화한다. 그리고, ①에서 병태가 팔을 흔들어 영팔을 보낸 것처럼, 마지막 장면에서 이번엔 영팔이 생활 세계의 풍경으로 발걸음을 내딛는 한병태의 등 뒤로 손을 흔든다. 이러한 마지막 장면은 한병태의 음성, 즉 '오늘 그를 만나지 못했지만 그의 그늘에서 벗어날 수 있을지 솔직히 확신할 수 없다'는 독백을 삶에 대한 무기력이나 허무주의적 토로가 아니라 삶의 지향성을 담고 있는 진술이 되게 한다.

박종원의 『일그러진 영웅』은 이문열의 『우리들의 영웅』을 대상으로 비판적 관점에서 생성된 텍스트이다. 『일그러진 영웅』은 『우리들의 영웅』을 대상으로 회상의 사건을 재현한다. 그런데 재현 과정에는 『일그러진 영웅』의 서술주체에 의한 해석이 개입한다. 30년이 가까운 시간이 흘렀기 때문이다. 시간은 기억과 인식의 태도를 변화시킨다. 이러한 변화는 소설텍스트의 회상의 사건들의 의미도 변화시킨다. 소설텍스트에 개입하는 서술자의 논평적 태도를 배제함으로써 당시의 사건의 의미를 다른 관점에서 바라보게 되는 것이다. 영상텍스트는 과거 사건을 다른 관점에서 바라보는 데에 그치지 않는다.

'최선생 상가' 행로는 장년 한병태의 현실을 반성적으로 살피게 한다. 진실이 왜곡되고 자유를 억압하는 보이지 않는 힘은 과거와 마찬가지로 현실에 그대로 영향을 미치고 있다. 『일그러진 영웅』의 서술주체는 이러한 장년 한병태의 현재를 부각시킨다. 스토리의 변형과 생성이 이루어지는 것이다. 이 때, 영팔의 스토리는 과거와 현재에 걸쳐 왜곡된 현실을 살피게 하는 역할을 한다. 현실에 대한 인식은 한병태로 하여금 삶에 대한 전망을 새롭게 하는 계기가 된다. 따라서 최선생의 상가에서 새벽길을 나서는 한병태의 행로는 바로 이러한 삶에 대한 전망을 실천하고자 하는 발걸음이 될 것이라는 것을 암시한다.

『일그러진 영웅』은 비판적 사고가 서사텍스트의 생성과정에 어떻게 작용하는지 구체적으로 보여준다. 대상에 대한 이해와 재현 그리고 주체의 해석과 현재의 문제로 전이시키는 과정이 텍스트를 생성하는 원리로 작용하기 때문이다. 따라서 『우리들의 영웅』과 『일그러진 영웅』이 형성하는 텍스트의 관계는 문학교육에서 추구해야 할 비판적 사고의 성격을 구체적으로 보여준다고 할 수 있다. 삶에 대한 문학적 사유의 특성을 보여준다는 것이다.

진리를 절대화하거나 명확한 해답을 구하는 것이 아니라 삶의 문제를 극복하고자 하는 지향적 태도와 성향에서 문학교육의 비판적 사고의 의미를 찾을 수 있다. 삶에 대한 '부정성'을 통해 지속적으로 운동하는 것이 바로 문학적 문화를 형성하는 비판적 사고의 내용이다. 이는 궁극적으로 이러한 비판적 사고의 성격이 문학교육에서 추구해야 할 교육의 목표가 되어야 한다는 것과 이러한 성격이 구체적으로 드러나는 문학현상을 통해 교육의 목표가 실천될 수 있다는 것을 의미한다.

5. 결　론

학습자의 삶을 고려한 교육에서 중시하는 것 중 하나가 '비판적 사고'이다. 비판적 사고 기르기는 학습자의 능동적인 사고를 촉진시킨다는 점에서 대부분의 교과가 교육의 목표로 추구하고 있다. 문학교육에서도 비판적 사고 기르기는 창의적 표현 능력 함양과 더불어 중요한 교육의 목표로 설정된다.

이 논문에서는 서사교육에서 비판적 사고를 교육하는 방법을 모색하고자 하였다. 비판적 사고는 다양한 지식을 가르친다고 해서 저절로 길러지는 것이라고 할 수 없다. 비판적 사고는 '어떤 대상에 대한' 사고이다. 이 말은 비판적 사고는 각 교과가 다루는 고유한 지식에 따라 다른 의미를 지닌다는 것을 의미한다. 따라서 문학교육에서의 비판적 사고는 다른 교과와 변별되는 성격을 띤다고 할 수 있다.

문학교육에 비판적 사고의 의미를 고찰하기 위하여 우선 비판적 사고의 개념과 교육적 필요성을 검토하였다. 비판적 사고는 크게 논리적 모형과 가치를 포함한 모형으로 나눌 수 있다. 논리적 모형에서는 비판적 사고를 '진술의 논리성을 정확하게 평가하는 능력'으로 간주한다. 한편 가치를 포함한 모형에서는 비판적 사고를 '반성적 회의를 가지고 어떤 활동에 참여하는 성향과 기능'으로 정의한다. 문학교육이 삶의 문제를 다룬다고 할 때 비판적 사고의 개념은 가치의 문제를 포괄하여야 한다. 그런데 문학교육이 추구하는 비판적 사고를 개념화하기 위해서는 '반성적 사고'의 의미를 보다 적극적으로 해명할 필요가 있다. 즉, '부정성'과 '운동성'을 통해 텍스트의 문제를 삶의 문제로 이행하고자 하는 태도와 성향이 강조되어야 한다는 것이다.

이어 비판적 사고를 교육하기 위해서 삶을 바라보는 인식론적 태도를 살펴보았다. Habermas는 지식의 유형을 인식론적 측면에서 세 가지 유형으로 구분한다. 경험・분석적, 해석학적, 비판적 유형이 그것이다.

비판적 사고는 이 세 가지 인식론적인 유형에서 각기 다른 양상으로 작용한다. 경험・분석적 인식 유형에서는 재현 혹은 모방을 강조하며, 해석학적 유형에서는 학습자의 경험과 텍스트와의 관계를 중시한다. 경험・분석적 인식 유형에서 학습자는 지식을 전수받을 대상에 가깝다면, 해석학적 유형에서 학습자는 지식을 생성하는 '저자'의 위상으로 부각된다. 비판적 사고의 주체가 된다는 것이다. 학습자의 해석 자체를 중시하기 때문이다. 한편 비판적 인식 유형은 해석학적 인식을 바탕으로 현실의 문제를 구체적으로 관련시킨다. '현재의 세계(world as it is)'와 '되어야 할 세계(world as it courld be)'의 차이를 인식하고 이 차이를 극복하고자 하는 태도를 강조한다. 즉, 텍스트의 문제를 현실의 문제로 전이시키고자 하는 실천을 중시하는 것이다.

삶의 형상을 다루는 서사텍스트는 세계에 대한 비판적 사고를 강조한다. 이 때 세계에 대한 인식은 경험과 해석 그리고 전이의 과정을 총체적으로 유도한다. 그리고 이러한 세계 인식은 재현과 해석 그리고 환유의 과정이 지양을 통해 서사텍스트 생성에 구체적으로 작용하게 된다. 따라서 비판적 사고를 교육하기 위해서는 비판적 사고가 총체적으로 나타나는 문학현상에 주목할 필요가 있다. 문학현상이란 텍스트의 생산, 텍스트의 구조, 텍스트의 수용과 반영 등 문학텍스트와 관련된 일련의 작용과정을 말한다.

그런데 기존의 서사교육은 주어진 문학텍스트에 대한 해석과 감상을 중심으로 교육이 실천되는 경향을 보여 왔다. 텍스트들이 맺는 관련성보다는 단일 텍스트 중심으로 교육이 이루어져 왔다는 것이다. 그런데 단일 텍스트를 중심으로 교육이 이루어질 경우 서사가 지닌 일면적 속성만을 강조할 가능성이 있다. 따라서 단일 텍스트 중심의 교육에서 문학현상 중심으로 교육의 내용을 확장할 필요가 있다. 이때 문학이 구현하는 비판적 사고의 총체적 의미를 보다 활성화할 수 있다는 이점이 생길 것이다. 즉, 문학적 문화를 생성하는 데에 비판적 사고가 어떻게 기여하는지, 즉 문학 고유의 사유 방식에 대한 교육이 가능하다는 것이다.

문학텍스트를 생성하는 과정에 비판적 사고가 적극적으로 작용하는 현상을 소설텍스트를 토대로 영상텍스트가 생성되는 경우에서 찾아 볼 수 있다. 소설텍스트를 토대로 영상텍스트를 생성하는 경우는 <작자→소설텍스트→(독자)작가→영상텍스트>와 같은 관계를 형성한다. 이러한 문학현상은 영상텍스트의 생성주체가 소설텍스트를 해석하고 감상한 과정, 그리고 이를 토대로 새로운 텍스트를 생성하게 되는 과정을 보여준다. 특히 영상텍스트가 소설텍스트의 스토리를 변형하여 새로운 의미를 생성하는 경우는 비판적 사고의 다양한 작용 양상을 보여준다. 영상텍스트의 형상화 양상이 소설텍스트에 대해 재현 및 모방, 해석의 과정을 통해 새로운 전망을 제시하기 때문이다.

이에 소설텍스트와 영상텍스트의 변형 양상을 잘 드러내주는 이문열의 소설텍스트인 『우리들의 일그러진 영웅』과 박종원의 영상텍스트인 『우리들의 일그러진 영웅』이 형성하는 문학현상을 분석의 대상으로 삼아 비판적 사고 교육의 가능성을 살펴보았다.

박종원의 『일그러진 영웅』은 이문열의 『우리들의 영웅』을 대상으로 비판적 관점에서 생성된 텍스트이다. 『일그러진 영웅』은 『우리들의 영웅』을 대상으로 회상의 사건을 재현한다. 그런데 재현 과정에는

『일그러진 영웅』의 서술주체에 의한 해석이 개입한다. 30년이 가까운 시간이 흘렀기 때문이다. 시간은 기억과 인식의 태도를 변화시킨다. 이러한 변화는 소설텍스트의 회상의 사건들의 의미도 변화시킨다. 소설텍스트에 개입하는 서술자의 논평적 태도를 배제함으로써 당시의 사건의 의미를 다른 관점에서 바라보게 되는 것이다. 또한 '최선생 상가' 행로는 장년 한병태의 현실을 반성적으로 살피게 한다. 『일그러진 영웅』의 서술주체는 이러한 장년 한병태의 현재를 부각시킨다. 스토리의 변형과 생성이 이루어지는 것이다.

『일그러진 영웅』은 비판적 사고가 서사텍스트의 생성과정에 어떻게 작용하는지 구체적으로 보여준다. 대상에 대한 이해와 재현 그리고 주체의 해석과 현재의 문제로 전이시키는 과정이 텍스트를 생성하는 원리로 작용하기 때문이다. 따라서 『우리들의 영웅』과 『일그러진 영웅』이 형성하는 텍스트의 관계는 문학교육에서 추구해야 할 비판적 사고의 성격을 구체적으로 보여준다고 할 수 있다. 삶에 대한 문학적 사유의 특성을 보여준다는 것이다. 진리를 절대화하거나 명확한 해답을 구하는 것이 아니라 삶의 문제를 극복하고자 하는 지향적 태도와 성향에서 문학교육의 비판적 사고의 의미를 찾을 수 있다. 삶에 대한 '부정성'을 통해 지속적으로 운동하는 것이 바로 문학적 문화를 형성하는 비판적 사고의 내용이다.

비판적 사고가 구체적으로 작용하는 양상은 소설텍스트와 영상텍스트의 관계에만 국한된 것이라고 할 수 없다. 문학적 문화를 생성하는 관계는 텍스트의 관련성뿐만 아니라 학습자가 능동적으로 그 문화에 참여하는 행위 속에서 생성되는 것이기도 하기 때문이다. 따라서 서사교육에서 비판적 사고 교육이 활성화되기 위해서는 비판적 사고가 구체적으로 작용하는 문학현상에 대한 탐색이 적극적으로 이루어져야 할 것이며, 비판적 사고를 통해 학습자가 능동적으로 문학을 향유할 수 있는 방법적 원리를 모색하는 것 역시 지속적으로 진행되어야 할 것이다.

참고문헌

1차 자료

박종원. 『우리들의 일그러진 영웅』. 동성프로덕션, 1993.
이문열. 『우리들의 일그러진 영웅』. 세계의 문학 제 12권 2호. 민음사, 1987.
장현수·박종원. 『우리들의 일그러진 영웅』. 한국시나리오 선집 제 10권. 집문당, 1993.

2차 자료

교육부. 『초·중등 학교 교육 과정－국민 공통 기본 교육 과정－』. 교육부 고시 제 1997－15호 별책 1. 대한교과서주식회사, 1997.
교육인적자원부. 『고등학교 교육과정 해설－총론－』. 교육부 고시 1997－15호. 대한교과서주식회사, 2001.
교육인적자원부. 『고등학교 교육과정 해설－국어－』. 교육부 고시 1997－15호. 대한교과서주식회사, 2001.
교육인적자원부. 『고등학교 국어(상)』. 두산, 2002.
서울대학교 국어교육 연구소. 『고등학교 교사용지도서－국어(상)』. 두산, 2002.

학위 논문

강승남. 소설의 가치 탐구 수업 방법 연구. 서울대 대학원 석사학위 논문, 1991.

고은옥. 매체변용을 통한 소설교육 연구. 연세대 교육대학원 석사학위논문, 1999.

구소령. 다매체 환경에서의 소설 교육 연구. 충남대 교육대학원 석사학위논문, 2001.

김성호. 영상매체를 이용한 소설지도방법 연구. 아주대 교육대학원 석사학위 논문, 2000.

김혜정. 텍스트 이해의 과정과 전략에 관한 연구. 서울대학교 박사학위논문, 2002.

김휘승. 다중매체 시대의 문학교육 방업론 연구, 동국대학교 교육대학원 석사학위논문, 1999.

박경호. 영상매체시대의 소설교육의 방향 연구, 아주대 교육대학원 석사학위논문, 2000.

박기범. 영화의 문학교육적 수용 연구, 한국교원대학교 석사학위논문, 2001.

봉원준. 문학 관련 방송 프로그램 활용이 고등학생의 문학 감상 능력에 미치는 영향 연구. 공주대학교 교육정보대학원 석사학위논문, 2002.

양수종. 영상매체를 활용한 소설 교수 학습 방법 연구. 한국교원대학교 교육대학원 석사학위논문, 2002.

유성부. 영상매체를 통한 소설 감상 교육의 효과 분석 연구. 서원대학교 교육대학원 석사학위논문, 2002.

이희정. 문학 교육에서의 상호 텍스트성 연구. 아주대학교 교육대학원 석사학위논문, 2001.

장진석. 영상매체를 통한 문학교육 방법 연구. 공주대학교 교육대학원 석사학위논문, 2001.

정주영. 가치내면화 중심의 문학교육 방법 연구. 국민대 교육대학원 석사

학위논문, 2002.
조은희. 문학교육의 매체활용 방법 연구. 공주대학교 석사학위논문, 2002.
최인자. 한국현대소설 담론 생산 방법 연구. 서울대학교 대학원 박사학위논문, 1997.
황정옥. 영상매체를 활용한 소설지도 연구. 영남대학교 교육대학원 석사학위논문, 2003.

단행본

곽병선. 『교육과정』. 배영사, 1983.
구인환 · 박대호 · 박인기 · 우한용 · 정병우 공저. 『문학교육론』, 삼지원. 1988.
김광해 외. 『초등용 사고력 신장 프로그램 개발연구』. 서울대학교 교육종합연구원 국어교육연구소, 1998.
김도남. 『상호텍스트성과 텍스트 이해 교육』. 박이정, 2003.
김문환. 『문화교육론』. 서울대출판부, 1999.
김상봉. 『자기 의식과 존재 사유』. 한길사, 1998.
김영채. 『사고력: 이론, 개발과 수업』. 교육과학사, 1998.
김인환. 『상상력과 원근법』. 문학과지성사, 1993.
김종서 · 이영덕 · 정원식. 『교육학개론』. 교육과학사, 1984.
김중신. 『소설감상방법론 연구』. 서울대출판부, 1995.
김중철. 『소설과 영화』. 푸른사상, 2000.
문학사연구회지음. 『소설구경 영화읽기』. 청동거울, 1998.
박성수. 『들뢰즈와 영화』. 문화과학사, 1998.
박인기 외. 『국어교육과 미디어 텍스트』. 삼지원, 2000.
성일제 외. 『사고교육의 이론과 실제』. 배영사, 1989.
소광희. 『시간의 철학적 성찰』. 문예출판사, 2001.
신헌재 · 이재승 편저. 『학습자 중심의 국어교육』. 서광학술자료사, 1994.

우한용. 『문학교육과 문화론』. 서울대학교출판부, 1997.
이삼형 외. 『국어교육학』. 소명출판, 2001.
장미옥. 『사고와 표현』. 세종출판사, 2002.
차미란. 『Oakeshott 자유교육과 도덕교육』. 교육과학사, 2001.
차봉희. 『수용미학』. 문학과지성사, 1985.
최인자. 『국어교육의 문화론적 지평』. 소명출판, 2001.
한전숙. 『현상학』, 민음사, 1996.
허경철 외. 『사고력 신장을 위한 프로그램 개발연구(V)』. 한국교육개발원, 1991.
Allen, R. & Rott, R. The Nature of Critical Thinking. English Journal, 1971.
Bakhtin, Mikhail M. The Dialogic Imagination. 전승희 외 옮김. 『장편소설과 민중언어』 창작과비평사. 1988.
Bal, Mieke. Narratology. 한용환 · 강덕화 옮김. 『서사란 무엇인가』. 문예출판사, 1999.
Bollnow, Otto Friedrich. Pädagogik in anthropologischer Sickt. 오인탁 · 정혜영 옮김. 『교육의 인간학』. 문음사, 1999.
Bourdieu, Pierre. Les Règles de L'art. 하태환 역. 『예술의 규칙』. 동문선, 1999.
Cascardi, A. J. Totality and Novel. New Literary HIstory. University of California, Berkeley, 1992.
Chatman, S. Coming to Terms: The Rhetoric of Narrative in Fiction and Film. Cornell Univ. Press, 1990.
Chatman, S. The Rhetoric of Narrative in Fiction and Film. 한용환 · 강덕화 역. 『영화와 소설의 수사학』. 동국대학교출판부, 2001.
Chatman, S. Story and Discourse; Narrative Structure in Fiction and Film, Cornell Univ. Press, Ithaca and London, 1980.
Crosswhite, James. The Rhetoric of Reason. 오형엽 옮김. 『이성의 수사학』. 고려대학교출판부, 2001.

Dewey, John. Democracy and Education. 이홍우 역. 『민주주의와 교육』. 교육과학사, 1987.

Eisner, E. The Educational Imagination. 이해명 역. 『교육적 상상력』. 단국대학교출판부, 1983.

Ennis, Robert H. A Concept of Critical Thinking. Harvard Educational Review, 1962.

Femia, Joseph. 그람씨 사상에 있어서 헤게모니와 의식. 『국가 계급 헤게모니』. 임영일 편저. 풀빛, 1985.

Gadamer, Hans－Georg. Truth and Method. The Crossroad Publishing Company, 1982.

Gaudreault, Anndré & Jost, François. Le Récit Cinématographique. 송지연 역. 『영화서술학』. 동문선, 2001.

Genette, Gérard. Discours du récit. 권택영 옮김. 『서사담론』. 교보문고, 1992.

Giroux, Henry A. Theory and Resistance in Education. 최명선 옮김. 『교육이론과 저항』. 성원사, 1990.

Habermas, Jürgen. Theorie und Praxis. 『이론과 실천』. 종로서적, 1982.

Hauser, A. Sozialgeschichte der Kunst und Literatur. 백낙청 · 염무웅 공역. 『文學과 藝術의 社會史－現代篇』. 창작과비평사, 1974.

Heidegger, Martin. Sein und Zeit. 이기상 옮김. 『존재와 시간』. 까치, 1998.

Heinich, Robert 외. Instructional Media and Technologies for Learning. Von Hoffmann Press. Inc., 1996.

Hessen, J. Wertlehre. 진교훈 역. 『가치론』. 서광사, 1992.

Lanser, Susan Snider. The Narrative Act: Point of View in Prose Fiction, Princeton university Press, 1981.

Lukács, Georg. Die Theorie des Romans. 반성완 역. 『소설의 이론』. 심설당, 1985.

Marcuse, H. One－Demensional Man. 박병진 옮김. 『일차원적 인간』. 한마음사, 1986.

Mayne, Judith. Private Novels, Public Films. 강수영·류제홍 옮김. 『사적 소설/공적 영화』, 시각과 언어, 1994.

McPeck, John E. Critical Thinking and Education. St Martin's Press,

Merleau-Ponty, Maurice. Phénoménologie de la Perception. 류의근 역. 『지각의 현상학』. 문학과지성사, 2002.

Peters, R. S. Ethics and Education. 이홍우 역. 『윤리학과 교육』. 교육과학사, 1980.

Prince, G. Narratology. 최상규 옮김. 『서사학』. 문학과지성사, 1988.

Scholes, Robert. & Kellogg, Robert. The Nature of Narrative. 임병권 역. 『서사의 본질』. 예림기획, 2001.

Schubert, William H. Curriculum. 연세대학교 교육학과 교육과정연구회 역. 『교육과정이론』. 양서원, 1992.

Snook, I. A. Indoctrination and Education. 윤팔중 역. 『교화와 교육』. 배영사, 1977.

Stanzel, F. K. Theorie des Erzählens. 김정신 옮김. 『소설의 이론』. 문학과비평사, 1990.

Todorov, Tzvetan. Qu'est-ce que le Structuralisme? 2 Poétique. 곽광수 역. 『구조시학』. 문학과지성사, 1977.

Warnke, G. Gadamer: Hermeneutics, Traditional and Reason. 이한우 옮김. 『가다머』. 민음사, 1999.

Williams, Raymond. Marxism and Literature. 이일환 역. 『이념과 문학』. 문학과지성사, 1982.

Young, Robert E. A critical Theory of Education. 이정화·이지헌 옮김. 『하버마스, 비판이론, 교육』. 교육과학사, 2003.

今村仁司. 近代性 の構造. 이수정 옮김. 『근대성의 구조』. 민음사, 1999.

기타 논문

곽병선. 교과의 논리와 가치에 대한 한 성찰. 교과교육연구 제1집. 이화여대교육대학원, 1992.

김경욱. 영화와 문학교육. 국어교육학연구 제 17호. 국어교육학회, 2003.

김공하. 비판적 사고의 교과적 접근,교육사상연구 제 8집. 한국교육사상연구회, 1999.

김대행. 사고력을 위한 문학교육의 설계. 국어교육연구 제 5집. 서울대 국어교육연구소, 1998.

김병욱. 텍스트의 상호성과 글쓰기. 불어불문학연구 30집. 한국불어불문학회, 1995.

김봉군. 문학교육과 윤리의 문제. 문학교육학. 문학교육학회, 1997.

김수이. 「권력의 운명과 우리 시대의 환멸」. 문학사연구회지음. 『소설구경 영화읽기』. 청동거울, 1998.

김인환. 독서의 가치. 『교양국어』. 고려대학교 교양국어편찬위원회 편. 고려대학교 출판부, 2001.

김인환. 쥴리아 크리스테바의 담론 연구. 불어불문학연구 30집, 1995.

김중신. 문학작품의 선정과 배열에 관한 고찰. 국어교육연구 창간호, 1994.

김 현. 「문학은 무엇을 할 수 있는가」. 『문학의 새로운 이해』(김인환 · 성민엽 · 정과리 엮음). 문학과지성사, 1996.

대통령자문 교육개혁위원회. 『세계화 · 정보화 시대를 주도하는 新교육체제 수립을 위한 교육개혁 방안－제 2차 대통령 보고서－』. 대통령 자문 교육개혁위원회, 1995.

도정일. 영상시대의 문학의 힘과 가능성. 현대문학, 1998년 1월호.

박영목. 사고 교육으로서의 국어 교육. 연구월보 235호. 전라북도 교육연구원, 1992.

박이문. 영상 매체 시대의 책. 『고등학교 국어 (하)』, 교육인적자원부.

박인기. 문학제재의 수용특성과 교수 · 학습의 조건. 선청어문 제14호,

1986.

박인기. 문학텍스트의 종합적 감상을 위한 교육TV 프로그램 설계방략. 국어교육 제65호. 한국국어교육연구회, 1989.

박인기. 문화적 문식성의 국어교육적 재개념화. 국어교육학연구 15호. 국어교육학회, 2002,

박종삼. 비판적 사고와 창의성의 함양을 위한 교육과정계획의 원리탐색. 학생생활연구. 제 15집. 충북대학교 학생생활연구소, 1991.

송대영. 비판적 사고의 본질에 관한 고찰. 한국방송통신대학 논문집 제 5집. 한국방송통신대학, 1986.

염창권. 열린 세계의 문학교육. 국어교육 제90호. 한국국어교육연구회, 1995.

오판진. 비판적 사고 교육을 위한 토론극 모형 연구. 국어교육 제 111 집. 한국국어교육연구학회, 2003.

오판진. 비판적 사고 교육의 내용 연구. 국어교육학연구 제 16집. 국어교육학회, 2003.

우한용. 소설의 영상 변용과 문학적 문화. 『소설교육론』. 평민사, 1993.

이용숙. 수준별 교육과정에 적합한 교과서 내용 구성. 교육학연구. 한국교육학회, 2001.

이종관. 몸의 현상학으로 본 영상 문화. 『몸의 현상학』(한국현상학회편)』. 철학과현실사, 2000.

임경순. 「서사교육의 의의, 범주, 기능」. 『서사교육론』(우한용 외 공저). 동아시아, 2001.

정병선. 비판적 사고의 교육. 교육개발 9. 한국교육개발원, 1980.

정재찬 외. 국어과 토의 토론 학습의 수업 모형 개발 연구(1). 선청어문 제 26집. 서울대학교 사범대학 국어교육학과, 1998.

정재찬. 제 7차 교육 과정 국어과 문학 영역의 비판적 상세화. 청주교육대학교 교육대학원 논문집 창간호. 청주교육대학교 대학원, 1999.

정혜승. 제 7차 국어과 교육과정의 비판적 검토. 교육과학연구 제 32집

1호. 이화여자대학교 교육과학연구소, 2001.

조하연. 문학의 속성을 활용한 창의적 사고의 교육 방안 연구. 국어교육학연구 제 16집. 국어교육학회, 2003.

조화태. 비판적 사고와 교육. 한국방송통신대학교 논문집 제 29집. 한국방송통신대학교, 2000.

최인자. 문학교육과 대중영상매체. 선청어문 제23집. 서울대학교 국어교육학과, 1995.

최재식. 익명성에 관한 철학적(현상학적) 고찰. 『예술과 현상학』(한국현상학회 편). 철학과현실사, 2001.

최향임. 국어교육에서의 비판적 사고 능력 신장에 관한 연구. 국어교육연구 46. 서울대학교사범대학국어교육연구회, 1992.

가치탐구로서의 소설 교육

1. 서　론

1) 연구 목적

문학교육에 대한 연구는 이상적인 원리와 목적 및 방향성을 모색하여 보다 나은 문학교육이 이루어지도록 하는 데에 그 목적이 있다. 그런데 문학교육에 대한 연구는 '문학'을 '교육'한다는 '문학'과 '교육'의 기계적 결합의 단순한 개념으로 볼 수 없다. 즉, 문학교육의 내적 변인(무엇을)과 외적 변인(어떻게)의 범주에 대한 학문적 성찰과 교육현장의 실천성이 상호 유기적으로 적용되고, 변혁되는 개념으로서의 인식이 필요하다.

이러한 관점은 문학교육을 '문학현상이 바람직하게 이루어지기 위한 의도적 과정 및 결과'[1]라고 정의한 데에서 비롯된다.

이 때, '문학현상'이란 문학 작품을 중심으로 작품의 생산, 작품 자체의 구조, 작품의 수용, 작품의 반영 등 작품과 관계된 일련의 작용과정을 말하며, 이는 문학교육의 내적 변인이 된다. 한편, '교육'이란 인간 행동의 변화를 의도하는 과정을 말한다. 이 때 '교육'의 의미는 문학 교육의 방법론을 포함하는 외적 변인이 된다. 그리고 '문학'과 '교육'은 '바람직하게 이루어지도록'이라는 요소 속에서 문학교육이라는 새로운 응용과학의 영역을 설정하게 되는데, 이는 양

1) 구인환・박대호・박인기・우한용・정병우 공저, 문학교육론, 삼지원, 1988, 35－44쪽 참조.

자 모두에게 공통적인 자질인 '인간다움의 가치지향'이라는 것이다.

그런데 이러한 '문학현상'의 범주의 설정은 '문학교육'과 '문학'의 학문적 범주의 차별성을 가지지 못한다는 한계를 드러낸다. 또한 교육의 실천성을 반영하지 못한 채 문학교육의 내적 변인을 교수방법 차원의 개념으로 축소시키는 결과를 가져오게 된다.

그러나 이러한 개념의 설정은 기존의 문학교육이 지식 위주의 교육임을 반성하고, 문학현상을 '문학과 맺고 있는 학습자와의 관계'적 측면으로 설정함으로써 문학교육의 하나의 가능성을 제시하였다. 문학교육의 대상을 관계 범주로 인식한다는 것은 문학현상의 다양한 이론적 규정을 교육적인 차원에서 한정시킬 수 있는 준거를 제공한다.

이는 문학교육의 장에서는 문학교육의 내용적 범주가 확정되어야 하며, 이를 통하여 학습자의 발달단계에 따라 문학연구의 결과들이 실천적 범주로 편성되는 과정이 전제되어야 한다는 것을 의미한다.

그렇다면 문학교육에 있어서의 내적 범주의 설정은 어떠한 측면에서 규정되어야 할까?

문학교육의 내적 범주는 문학이 가지는 교육성에 근거해야 한다. 즉, 문학을 통해서 무엇을 얻을 수 있는가에서 그 내적 변인을 찾아야 한다. 이는 문학이 추구하는 궁극적인 목적과도 부합하는 것이다. 따라서 문학의 본질적 측면을 살필 필요가 있다.

문학은 작가가 인간과 세계의 총체적 모습과 의미를 상상과 체험을 통하여 언어로 형상화한 사유체이다. 또한, 문학은 억압하는 모든 것이 인간에게 부정적으로 작용하는 것을 보여 주며, 인간은 문학을 통하여 억압하는 것과 억압당하는 것의 정체를 파악하고, 그 부정적인 힘을 인지한다. 그 부정적인 힘의 인식은 인간으로 하여금 세계를 개조하지 않으면 안 된다는 당위성을 느끼게 한다. 이러한 당위성은 인간이 세계를 직관적으로 파악하는 행위인 감동과 반성을 통해서

인간의 총체적 파악에 이르게 한다.[2)]

즉, 문학의 궁극적인 존재 이유는 독자로 하여금 세계를 체험하게 하고, 인식하게 한다는 것이다. 이러한 체험과 인식은 가치의 체험과 가치의 판단, 그리고 그에 따른 삶의 문제로 인식의 지평을 확대한다는 의미이다. 따라서 문학교육의 궁극적인 목표는 문학을 통해 인간과 세계를 총체적으로 파악함으로써, 삶의 가치를 탐구하여 올바른 가치를 지향하게 하는 실천적 사유를 의미한다.

따라서 본고에서는 소설교육을 '인간과 세계의 탐구'로서, 인문학의 한 분야로 규정한다. 그리고 세계와의 관계가 문학의 다른 갈래보다도 직접적인 소설교육에 있어서, 그 내적 범주를 가치탐구로서의 소설교육으로 설정하고, 제 6차 중학교 소설 교육과정 속에 이러한 내적 변인이 어떻게 적용 또는 반영되고 있는지 그리고 학습독자에게 어떠한 양상으로 내면화의 방향성이 제시되고 있는지를 분석하고 검토해 보고자 한다.

즉, 제 6차 중학교 소설 교육과정에 포함된 소설교육의 목표와 교육과정에 제시된 학습목표 및 내용과 텍스트의 분석을 통하여 소설교육의 방향성을 비판적 입장에서 살펴보도록 하겠다.

2) 선행연구 검토 및 연구 방법

문학 교육에 대한 연구는 그 필요성과 중요성에 대한 인식의 정

---

2) 김현, 「문학은 무엇을 할 수 있는가」, 문학의 새로운 이해, 김인환・성민엽・정 과리 엮음, 문학과지성사,1996 참조.

도에 비하여 비교적 최근에 이르러서야 체계적인 연구가 시도되고 있다고 할 수 있다. 이는 '국어' 교과를 학습자의 '언어 능력 신장'을 위한 교육 과정으로 인식해 왔던 학문적 풍토에 기인한다. 이러한 학문적 풍토 속에서 문학교육에 대한 본격적인 논의는, 문학교육을 언어 능력 신장의 하위 영역으로 설정해야 한다[3]는 논의에 대한 반박으로 국어 교육에 있어서의 문학교육의 필요성을 제기[4]하는 데에서 비롯된다고 할 수 있다. 그러나 이러한 문학교육과 연구의 필요에 대한 당위성을 규명하려는 노력에도 불구하고 문학교육의 학문적 체계 수립이 아직까지 이루어지지 못하고 있는 실정이다.

이러한 상황 속에서, 소설 교육에 대한 연구는 다른 어떤 장르보다 비교적 많은 성과가 이루어져 온 것이 사실이다. 소설 연구의 방향은 크게 두 갈래의 양상을 보인다. 즉, 현장성을 중시한 실증적 연구와 학문으로서의 문학교육론의 체계를 위한 이론적 연구 방향으로 구분할 수 있다.

우선 현장성을 중시한 실증적 연구는 사적 고찰[5]과 교과 내용의

3) 이용주는 "지금까지의 국어 교육이 국어사용 능력의 신장이라는 교육 목표의 달성에 실패한 원인으로서 국어 교육이 일종의 통합 교육의 형태로 운용해 온 탓이라고 전제하고, 문학 교육에서 작품 감상 이외에 문학 이론이나 기타 전문적인 지식의 전수가 본격적으로 행해질 필요가 있다면 국어 교육과 별도로 '예술로서의 문학' 교과를 설치하는 문제를 신중히 검토하는 것이 좋다."라고 국어 교육에 있어서의 '문학 교육'의 위치를 설정한 바 있다. <이용주, 「국어교육에 있어서의 문학의 위치」, 봉죽헌 박붕배교수회갑기념논 총, 1986, 333쪽.>

4) 김은전은 "문학 교육은 훌륭한 내용과 형식을 갖춘 문학 작품을 교재로 삼아 그 속에 함축되어 있는 교육적 성능을 아동 학생들의 인간 형성에 발휘케 하는 것"<김은전, 「국어교육과 문학 교육」, 사대논총 19호, 1979, p.15.>이며, "오늘날 의 교육은 지·정·의의 균형이 잡힌 전인 교육을 이상적인 것으로 내걸고 있는데 문학 교육은 이와 같은 요청에 부응할 수 있는 유일한 길"<김은전, 「초·중·고교에 서의 문학 교육」, 제 5차 국어과·한문과 교육과정 개정을 위한 세미나, 교육개발원, 1986.>이라고 주장한다.

분석[6]의 두 부분으로 나눌 수 있는데, 전자의 연구는 텍스트의 선정 문제를 중심으로 교과 과정의 사적 고찰을 통해 문학 교육이 하나의 학문적 토대를 형성하는 데에 기여했으나, 그 텍스트 분석에 있어서 인상주의적 분석에 치우친 면이 많아 텍스트 선정 문제에 객관성을 얻기 어렵다고 볼 수 있다.

후자의 연구들 역시 현장의 중요성을 제기한 점에서 소설교육의 실천적 측면에서의 의의를 지닐 수 있으나, 작품 분석에 머무르고 있다는 한계를 가진다. 한편, 문학 교육 연구회의 <삶을 위한 문학교육>, 민족 문학 교육회의 <문학교육의 방법>은 이데올로기적 차원에서 소설 텍스트의 선정 문제를 비판적 입장에서 다루었는데, '무엇을' 가르칠 것인가에 대한 논의에 그치고 있어 어떻게 가르칠 것인가의 교육적 대안을 제시하지 못했다는 한계를 드러낸다.

이론적 연구는 문학 교육의 체계화를 위한 연구[7]와 올바른 감상을 위한 독법의 원리를 탐구하는 연구로 다시 나눌 수 있다.

---

5) 최현섭, 「소설 교육의 사적 고찰」, 성균관대 박사 학위 논문, 1988.
6) 김은수, 「중등학교, 교과서의 소설 교육 연구」, 전남대 석사 학위 논문, 1977.
김유옥, 「교과서 작품 분석을 통한 소설 교육 연구」, 전북대 석사 학위 논문, 1983.
고이석, 「중학교 교과서의 소설 분석」, 전북대 석사 학위 논문, 1993
문학 교육 연구회, 삶을 위한 문학 교육, 연구사, 1987.
민족 문학 교육회 편, 문학 교육의 방법, 한길사, 1991.
7) 김인환, 문학교육론, 평민서당, 1979.
최순열, 「문학교육론」, 동국대 박사 학위 논문, 1987.
구인환 외, 문학교육론, 삼지원, 1988.
박인기, 「문학 교육 목표설정에 관한 연구」, 서울대 석사 학위 논문, 1986.
서미선, 「소설 교육의 구조적 방략 연구」, 서울대 석사 학위 논문, 1991.
정선주, 「소설 교육 평가 방법 연구-정의적 특성을 중심으로」, 서울대 석사 학위 논문, 1993.
이대규, 「교과로서의 문학 교육」, 서울대 박사 학위 논문, 1988.
김동환, 「소설의 내적 형식과 문학 교육의 한 가능성」, 국어교육 83·84호, 1994.

전자의 경우는 문학 교육에 대한 학문적 체계를 수립하는 데에 중점을 두고 있는 경우이다. 문학교육 과정의 근본적인 체계 수립에 중점을 두어, 문학교육의 목적의 설정과 문학교육의 내용의 선정 및 조직의 원리를 탐구한 연구, 실제 수업과 교육 정책의 지침이 될 이념층의 전제를 통해, 계획, 텍스트, 지식, 문학 수업이 인식-작용-결과, 텍스트의 경험 공간, 재개념화된 지식, 문학적 소통 공간으로 상호 중첩되어야 한다는 연구, 또한 그 하나의 방법으로 소설의 내적 형식을 탐구한 연구 등이 주를 이룬다. 그런데 이러한 연구들은 근본적으로 문학과 교육의 기계적 절충이라는 한계를 벗어나지 못하고 있다.

한편, 후자의 경우는 수용 이론[8]이나 반응 중심주의의 이론[9] 등을 적용하여 학습자 중심의 독법을 제시한 연구들에 의해서 촉진된다. 이러한 연구들은 기존의 지식 위주의 소설교육을 비판하고, 소설교육 연구에 새로운 관점을 제시하게 된다. 그러나 이러한 이론들이 제시하는 독자의 개념은 교육의 대상으로서의 학습자와 차별성을 갖지 못하고, 학습자의 주관적이고 자의적인 작품 해석에 대해 방관할 수밖에 없다는 점으로 인해 비판의 대상이 된다.

이러한 비판의 영향은 문학 이론을 통한 비평적 독법의 연구 양상[10]으로 나타난다. 현실과 세계의 관계를 통해 세계관을 이해시키

---

8) 이향숙, 「소설 교육의 방법 연구-수용이론의 적용 방법을 중심으로」, 서울대 석사 학위 논문, 1988.
9) 경규진, 「반응 중심의 문학 교육 방법 연구」, 서울대 박사 학위 논문, 1993.
10) 박대호, 「소설의 세계관 이해와 그 문학 교육적 적용 연구」, 서울대 박사 학위 논문, 1987.
손예운, 「화자 서술의 특성을 통한 소설 교육 연구」, 서울대 석사 학위 논문, 1993.
진중섭, 「인물의 성장 과정을 통한 장편소설 교육 연구」, 서울대 석사 학위 논문, 1992.
김상욱, 「현실주의론의 소설 교육적 적용 연구」, 서울대 석사 학위 논

는 독법을 시도하는 연구, 소설은 '화자가 서술하는 이야기'라는 데에 초점을 맞추고, 화자의 서술이 지니는 특성을 연역적으로 유형화하여 작품을 분석하려는 연구, 작중 인물의 성장 과정이 가지는 교육적 가치를 중시하는 성장 소설에 대한 올바른 이해와 감상에 대한 연구, '전형'을 찾아내는 절차를 통해 소설의 인식의 경로를 밝히려는 연구, 텍스트의 수용의 원리를 '심미적 주체인 독자의 가치의 평형성'으로 상정함으로써, 독법의 일반적 원리를 규명하려는 시도 등을 그 예로 들 수 있다.

그러나 대부분의 연구들이 실제의 교육 현장에 적용될 수 있는 보편적 원리를 규명하지 못하고, 문학 이론의 교육적 성과라는 한계를 벗어나지 못하고 있다. 즉, 소설 교육의 원리 규명에 대한 나름의 성과에도 불구하고, 여전히 '문학'과 '교육'의 도식적 절충의 한계를 벗어나지 못하고 있다는 데에 문제를 드러내고 있다.

또한 소설 교육의 연구가 현장의 소설 교실에서 실천적으로 적용될 수 있는 원리와 방법을 탐구해야 한다는 궁극적인 과제를 안고 있음에도 불구하고, 현실은 이러한 연구들이 학문적 성과에 머무르고 있다는 점에서 그 비판을 면하기 어려운 실정이다.

따라서 본고에서는 현행 제 6차 중학교 교육 과정을 통하여, 소설 교육의 실태와 문제점을 비판적으로 살펴보고, 그 실천적 대안을 모

문, 1992.
「소설 담론의 이데올로기 분석 방법 연구」, 서울대 박사 학위 논문, 1995.
최인자, 「작중 인물의 의미화를 통한 소설 교육 연구」. 서울대 석사 학위 논문. 1993.
임경순, 「인물 형상화 양상을 통한 소설 교육 연구」, 서울대 석사 학위 논문, 1995.
김중신, 소설 감상법 연구, 서울대 출판부, 1995.
박흥채, 「전형성 이해를 통한 소설 교육 방법 연구」, 고려대학교 석사 학위 논문, 1996.

색해 보고자 한다. 그리고 이러한 논의는 소설 교육이 궁극적으로 지향해야 할 바가 '학습자의 가치 체험과 탐구를 통한 인식 지평의 확대'라는 내면화에 있다는 관점에서 출발한다.

우선 2장에서는 소설 교육의 주체이자 대상인 학습자에 대한 설정과 소설 교육의 구체적인 목표로서의 가치 탐구와 그 내면화의 방향에 대한 가능성을 살펴보도록 하겠다. 또한, 현행 6차 교과 과정에 나타난 소설 교육의 목표와 텍스트의 분석을 통한 텍스트의 올바른 해석과 감상의 측면, 그리고 그 선정의 문제에 대해서 살펴보도록 하겠다. 특히, 텍스트의 의미화의 과정에 있어서 가치 대립을 형성하는 '인물'과 '화자'의 세계와의 대립 양상을 중심으로, '동화'와 '거리두기'에 의한 가치 대립의 양상의 원리를 통해 텍스트를 분석해 보도록 하겠다.

한편 3장에서는 2장의 분석 내용을 토대로 <교육과정>에 구체적으로 제시된 학습 계획과 교과서에 나타난 학습 내용의 타당성 여부와 내면화의 방향성에 대해 비판적으로 살펴보도록 하겠다. 또한 이러한 비판적 검토를 바탕으로, 소설 교실에 있어서의 <교사>의 위치와 역할[11] 설정을 통해, 올바른 소설 교육의 방향성에 대해서 살펴보도록 하겠다.

11) 이 때의 <교사>는 개별적 교사의 역할이 아닌 학습독자의 문학적 능력을 증진시키기 위한 제반의 교육적 노력을 상징하는 개념으로서의 교사를 의미한다. 따라서 소설 교실에서 이루어지는 제반의 교육 과정을 포괄하는 의미로서의 교사이다.

2. 교과과정의 실태 및 문제점

현재 우리나라의 중학생들을 대상으로 하는 문학 교육은, 학교라는 제도 교육 아래에서 국가에서 정한 국어 교과서를 중심으로 이루어지고 있다. 국어 교과서가 이처럼 국정 교과서로 단일화되어 있다는 것은 교과과정의 정책적 성격이 반영되고 있음을 의미한다. 따라서 현행 교과 과정의 성격이나 방향성은 실제의 교육 현장에 지대한 영향력을 발휘한다고 할 수 있다. 따라서 현행 교과과정의 방향성과 제반의 교육 현상을 살펴보는 일은, 교육이 현장의 실천성을 전제로 한다는 점에서 보다 올바르고 나은 방향성과 체계를 세우는 데 근거가 될 것이다.

본장에서는 소설 교육의 주체로서의 학습독자인 중학생의 특성과, 현행 제 6차 교육과정의 소설교육의 목표[12], 소설 텍스트 분석을 통한 소설 텍스트의 올바른 해석과 감상의 측면과 그 선정의 문제에 대해서 살펴보도록 하겠다.

---

12) 제 6차 중학교 교육 과정에서는 문학 교육의 영역의 내용을 다음과 같이 나누어 놓고 있다.
1. 작품과의 친화 2. 작품 구성 요소의 변경 3. 작품의 미적 구조 4. 작품 세계의 내면화 5. 인간과 세계의 이해 <박영목, 국어과 연수 교재, 서울대 국어교육과, 1992. 123쪽 참조.>

1) 소설교육의 목표

(1) 학습독자로서의 중학생과 인지적·정의적 발달단계

우선 교과과정으로서의 소설교육의 목표를 살펴보기 전에 소설 교육의 주체인 학습독자에 대한 규정과 학습독자인 중학생의 발달 단계에 대한 탐구가 필요하다. 그것은 교육의 문제에 있어서 가장 중요한 문제 중의 하나가 학습 주체인 학습자의 문제이기 때문이다.

이는 교육을 정의하는 문제와 밀접한 관계가 있다. 일반적으로 교육을 '바람직한 인간 형성을 위한 일련의 계획적·의도적 과정'이라고 정의한다. 그런데 이러한 정의는 학습자의 능동성과 창의성보다는 교수의 입장을 중시하는 태도를 보여주고 있다. 그러나 교육의 목적은 학습자의 입장에서 학습자의 자기 실현을 위한 것으로 설정되어야 한다. 즉, 교육에 있어서의 의도성과 가치 지향은 교육의 개념 속에 포함되어야 하며, 교육의 궁극적인 목적은 학습자가 지니는 성장 가능성과 성장력 혹은 생래적인 학습 의욕을 토대로 한 학습자의 최대한의 자기 실현을 위해 설정되어야 한다는 것이다.

① 소설교육의 주체로서의 중학생

학생들이 수동적인 수용자로서의 역할에 머무는 것이 아니라 능동적인 독자가 될 수 있도록 소양을 쌓는 곳[13]이 소설 교실이다. 그런데, 이때의 독자는 수용 이론이나 반응중심적 문학 이론에서 설정하는 독자와는 차이가 있다. 수용 이론이나 반응중심적 문학 이론에서 설정하는 독자의 개념, 즉 '수용자'나 '이상 독자'의 개념은 '텍스트'

13) 염창권, 「열린 세계의 문학 교육」, 국어 교육 90호, 1995, 38쪽.

를 스스로 의미화 하여 작품(Werk)으로 수용할 수 있는 독자[14)]를 의미한다. 그러나 본고에서 설정하는 학습독자[15)]는 이와는 상대적으로 '미숙한 독자'로서의 개념이다. 즉, 교육적 대상이자 주체로서의 독자를 의미한다.

따라서 이러한 학습독자의 교육 목표의 설정은 학습독자의 인지적·정의적 발달 단계에 따라 설정되어야 하며, 이를 통해서 교육의 목표 및 방법·평가 등의 제반 교육 사항의 방향성이 수립되어야 한다. 특히 소설 교육의 가능성과 내용 범주를 설정하는 데에 있어서 학습자의 발달 단계를 파악하는 일은 필수적인 과정이라 할 수 있다.

② 인지적 발달단계

학습 대상으로서의 중학생(13－15세)은 Piaget의 인지 발달 이론에 의하면 형식적 조작기에 해당한다. 보통 11세에서 15세 사이에 시작하는 이 단계의 사고의 특성은 가상적인 것에 대해 논리적으로 사고할 수 있으며, 여러 가설을 생성하고, 모든 가능성을 체계적으로 검

---

14) 독자 반응 비평에서는 독자를 '유식한 독자(informed reader)'라고 설정하는데, '유식한 독자'가 갖추어야 할 자질을 다음과 같이 규정하고 있다.
① 텍스트에 쓰여진 언어를 유창하게 구사할 수 있는 사람
② 텍스트 이해에 필요한 언어학적 지식의 소유자, 즉, 관용어, 숙어, 전문 용어, 방언 등에 관한 지식(저술가와 비평가로서의 경험)의 소유자
③ 문학적 소양이 있는 자
<스탠리 피쉬, 소설의 죽음과 포스트모더니즘(김성곤 편역), 도서출판 글, 1992, 245－250쪽 참조.>

15) 여기서 '학습 독자'라는 용어는 일반 독자와는 달리 <교육의 대상>이 되는 <독자>로서의 성격에 근거한다. 한편 수용 미학적 입장에서의 '수용자' 즉, 작품을 받아들이는 행위자로 '작품을 읽거나 평하거나 이에 관여하는 사람으로, 예컨대 독자·비평가·문학 이론가·문학 교수 등을 총망라한 수용 행위자<차봉희 편저, 수용 미학, 문학과 지성사, 1985. 29－30쪽 참조.>'와 구분된다.

증할 수 있는 조합적인 분석이 가능하며, 또 가설 연역적으로 사고할 수 있게 된다.

이 시기의 청소년이 가지는 사고의 질적 특성은 다음과 같다.

㉠ 현실 지향에서 가능성 지향 사고: 이 시기의 청소년은 실제 사건이나 상상의 사건을 가능한 모든 전체 중의 일부로 다룰 수 있게 되며, 여러 가능성들을 생성할 수 있고, 이러한 가능성을 증명함으로써 실세계를 이해하게 된다. 또 그들은 여러 다양한 방법으로 이 가능성들을 체계적으로 변환시킬 수도 있는데, 대상뿐만 아니라 실제의 역사적인 사건이나 또는 상상의 사건에 대해 그 원인이나 결과를 변환시켜 생각할 수 있다.

㉡ 부분적 분석에서 조합적 분석: 가능성이 많을수록 가설을 검증하는 데 시행착오보다는 체계적으로 면밀하게 모든 요소들의 조합을 계산할 수 있는 능력이 요구된다. 이러한 조합적 능력(combinational ability)이 형식적 조작 사고의 주요 특징 중의 하나이다.

㉢ 경험 귀납적 문제 해결에서 가설 연역적 문제 해결: 경험적인 세계에만 제한되어 있는 것이 아니라, 구체적인 측면과 간접적으로 관련된 추상적인 사건에 대해서도 가설을 생성해 낼 수 있다.

㉣ 2차적 추상화 수준에서 3차적 추상화 수준: 3차적 추상화 수준이란 응집성(coherence)과 일관성(consistency)이 있는 규칙 체계를 습득하게 되는 수준을 말하며, 이는 논리적이고와 체계적인 사고를 가능하게 한다.[16)]

이러한 관점에서 볼 때, 중학생들의 인지적 발달 단계는, Bloom의 교육 목표 분류학에 의거하여 소설 교육의 목표를 설정·분류한 박

16) 한국 청소년 개발원 편, 청소년 심리학, 1993, 41-46쪽 참조.

인기[17)]에 의하면, 인지 단계의 최상의 단계인 종합력과 평가력을 목표로 설정할 수 있는 발달 단계라 할 수 있다. 즉, 인지적 발달 단계로서의 이 시기는, 소설 교육에 있어서 지식, 이해, 분석을 토대로 작품의 주제를 발견해 내고 그 주제를 학습자의 언어로 종합하여 표현할 수 있는 능력과 소설의 문학사적 의의를 말할 수 있는 수준을 목표로 설정할 수 있는 단계라고 할 수 있다.

③ 정의적 발달단계

한편 Erikson의 8단계설에 의하면 12세 이후의 사춘기를 지나 청년기에 이르는 시기(5단계)에 해당하는 단계로 자아 정체감의 문제가 가장 두드러지는 시기이다. 이 시기의 청소년들은 '내가 누구인가?'라는 단순한 물음에서 더 나아가 '나는 어떤 존재로 존재해야 하는가?' 하는 물음으로 바뀌게 된다. 이러한 물음은 자신의 능력 및 성취나 여건 또는 자신의 가치관이나 인생관, 이념 등과 연관된다. 이러한 의미에서 이 시기는 자아 정체감 정립의 결정적 시기라고 할 수 있다. 이러한 자아 정체감이 생기는 원인은 우선 생득적으로 주어진 신체적 특성이 정체감 형성의 바탕을 형성한다는 데에 있다. 신체적 강약, 외모, 감각적 특이성 등은 자기를 다른 사람과 구별 짓는 일차적인 준거를 제공해 주기 때문이다. 또한 사회적인 측

17) 박인기는 Bloom의 인지적·정의적 목표 분류 체계가 소설 교육의 목표 분류 체계를 설정·분류하는 데 어떻게 대응, 원용될 수 있는가를 검토하면서, 인지적 교육 목표를 ① 지식, ② 이해력, ③ 적용력, ④ 분석력, ⑤ 종합력 ⑥ 평가력 등으로, 정의적 교육 목표를 ① 감수, ② 반응, ③ 가치화, ④ 조직화, ⑤ 가치 복합에 의한 조직화 등으로 나누고, 소설의 수용과 내면화라는 일련의 과정이 인지적·정의적 요소의 상호작용에 의한 하나의 살아 움직이는 과정이라고 보고 있다. <박인기, 「문학 교육의 목표 설정에 관한 연구－고등학교 과정 소설 제재를 중심으로－」, 서울대 석사 학위 논문, 1985.>

면으로는 보다 넓은 사회에서의 자신의 미래 위치에 관여하여 걱정하기 시작한다. 급속하게 성장하는 정신 능력을 갖춘 청소년들은 자신의 앞에 펼쳐져 있는 무수한 선택의 가능성에 압도되어 버린다.[18)]

즉 정서적으로 불안기를 거치는 이 시기의 학습자들에게 정의적 학습은 매우 중요한 의미를 갖는다. 세계에 대한 불안과 자신의 존재에 대한 막연함으로 인한 불안감은, 문학이 가지고 있는 미적・정서적 체험과 가치화・인격화의 정의적 학습을 통한 교육의 방향성을 제시하기 때문이다. 즉 총체적 삶의 모습과 새로운 인간의 가치를 구현하는 것이 소설[19)]이기 때문에 학습자의 능동적인 참여를 통한 세계 인식과 자기 정체성 인식으로의 교육의 가능성을 제시하는 시기라고 할 것이다. 따라서 이 시기는 '조직화'[20)]의 목표가 설정될 수 있는 시기이다. 즉, 둘 이상의 가치가 관련되는 사태에 당면하여 ① 여러 개의 가치를 일정한 체계로 조직하고, ② 그들 간의 상호 관계를 결정하며 ③ 지배적인 가치와, 모든 경우에 통용되는 가치를 설정하는 조직화의 단계로서, '인간의 의미', '삶의 질', '가치 있는 인간성' 등에 대한 통합적인 가치 체계를 학습자가 갖도록 도와주어야 하는 단계라고 할 수 있다.

결론적으로 학습 주체로서의 중학생은 인지적으로는 종합적・체계적・분석적 능력의 발달 과정에 있으며, 정의적으로는 자아의 정체성과 세계에 대한 불안감 속에서 자기 정체성과 세계에 대한 인식을 추구하는 시기라고 할 수 있다. 따라서 이러한 학습자의 발달 단계에 따라 소설 교육의 방향성과 교수・평가 등의 제반 교육 과정이 설정되어야 할 것이다.

---

18) 한국 청소년 개발원 편, 앞의 책, 57－71쪽 참조.
19) 박인기, 앞의 논문, 35쪽.
20) 박인기, 앞의 논문, .57쪽.

(2) 교과과정에 나타난 소설교육의 목표

다음으로는 현행 교과 과정에 나타난 소설 교육의 목표에 대해서 살펴보도록 하겠다. 교과 과정 상에 나타난 문학교육의 목표를 살펴보면 다음과 같다.

> 국어 생활을 바르게 하고, 국어와 민족의 언어 문화에 대한 이해와 관심을 가지게 한다.
>
> 가. 말과 글을 통하여 생각과 느낌을 정확하게 표현하고 이해하게 한다.
>
> 나. 국어에 관한 기초적인 지식을 익히고, 국어를 바르게 사용한다.
>
> 다. 문학에 관한 기초적인 지식을 갖추고, 작품 감상력과 상상력을 기르게 한다. (강조: 인용자)[21]

이러한 목표는 국어과를, '언어'를 교육의 본체로 하고 학생들의 국어사용 능력을 신장시키기 위하여, 주로 학생들의 능동적이고 창의적인 언어 사용 활동을 존중하면서 가르치고 배우는 교과라는 측면과 학생들이 바르게 생각하고 느낄 수 있는 '전인의 특성을 갖춘 인간'으로 성장하도록, 인지적 학습 내용과 정의적 학습 내용이 균형 있게 설정되도록 한다는 측면에서 설정한 것이다.[22] 이 중에서 문학교육의 목표에 해당하는 것은 '다'항에 나타나 있다.

이러한 문학교육에 대한 목표는 교과 과정에서 보다 구체적으로 다음과 같이 제시하고 있다.

> 문학 영역에서는 문학 작품을 통하여 즐거움을 느끼고, 삶의 다

21) 교육부, 중학교 국어과 교육 과정 해설, 1994, 44쪽.
22) 교육부, 앞의 책, 43쪽 참조.

> 양한 모습에 관심을 가지고 이해하게 하며, 풍부한 상상력을 길러 주고자 하였다. 또 문학에 대한 체계적 지식을 바탕으로 하여 문학 작품을 이해할 수 있는 고등적 지적 능력을 발달(인지적 능력－인용자)시키고, 아울러 예술로서의 문학이 지닌 심미적 가치를 올바르게 인식(정의적 영역－인용자)할 수 있도록 하는 데 주안점을 두었다. 즉, 문학 작품 감상에 기초가 되는 문학에 관한 지식을 학습시켜 문학 작품을 바르게 이해하고 감상할 수 있는 능력을 길러 주고자 하는 것이다.[23](강조: 인용자)

이상의 목표와 성격을 살펴 볼 때, 중학교 교과 과정상에 나타난 소설 교육의 목표는 소설에 관한 제반의 지식을 학습시키고, 소설 작품을 바르게 이해하고 감상할 수 있는 능력을 길러 주는 것이라 볼 수 있다.

이 때 '감상(감상, appreciation)'이라는 용어는 소설 교육의 궁극적인 목표를 드러내기도 한다. '감상'의 사전적인 의미는 <작품을 음미하고 이해하여 즐기는 행위>이다. 학습독자가 작품을 이해하는 행위를 '해석'[24]이라고 한다면, 감상은 해석의 결과를 판단하고 이를 내면화하는 단계를 말한다.[25] 따라서 해석은 감상의 전 단계이며, 감상은 해석의 결과에 의해서 야기되는 학습독자의 내면화의 양상을 의미한다.

이러한 감상의 의미를 볼 때, 소설 교육의 목표는 단순한 소설 텍스트의 해석 차원에서 벗어나, 소설 감상－비평적 독법[26]－를 통한

---

23) 교육부, 앞의 책, 41쪽.

24) '해석'이란 상상적인 것과 사실적인 것 간의 간격을 지양하는 것이다. 다시 말해 <상상적인 것의 형태: 픽션>를 의미론적인 차원으로 옮겨 놓는 번역이다. 따라서 해석의 목적은 텍스트의 의미 구성에 있다. <차봉희, 앞의 책, 89－90쪽 참조.>

25) 김중신, 소설 감상 방법론 연구, 서울대 출판부, 1995. 8쪽.

26) 최인자, 「작중 인물의 의미화를 통한 소설 교육 연구」, 서울대 석사 학

체험을 삶의 가치문제로 전이시키는 지평의 전환을 지향한다고 할 수 있는 것이다.

이는 문학이 가지는 기능적인 측면에서 소설 교육의 가능성을 제시하기도 한다. 즉, 소설은 인생을 정면으로 문제 삼으며, 삶의 정체성을 벗어나 부단한 자기 물음을 지속시켜 준다는 점이다. 문학은 현실적인 삶을 지향하는 실용성을 뛰어 넘어 인간의 꿈의 세계를 다룬다. 그리고 그 방식이 추상적 논리화의 영역이 아니라 구체적인 삶의 모습을 문제 삼는 것이 특징이다. 또한 인간 외부에서 압력을 가하는 방식이 아니라 내부에서, 즉 삶의 주체가 되어 자신이 누리는 삶을 비판해 보고 새로운 세계에의 꿈을 모색해 보는 그러한 삶을 다루는 것이 문학이다. 따라서 인간 보편의 상상 세계에 주체적으로 참여하여 자아 현(self-actualization)을 체험함으로써 자기 확인의 기회를 갖는 것이 문학[27]이라면, 소설은 다른 문학 갈래보다 더욱 직접적으로 세계를 체험할 수 있다는 점, 즉 소설이 보여주는 세계는 특정한 문화 맥락 속에서 살아가는 인간들의 현실적인 삶이란 점과 인물과 인물이 어울려 사회 내에서 살아가는 모습을 구체적으로 서술하고 있다는 점[28]에서 내면화를 통한 삶의 문제로의 지평의 전환은, 소설 교육이 가질 수 있는 궁극적인 목표가 될 수 있을 것이다. 이 때 삶의 문제로의 지평의 전환이란 궁극적으로 세계와 인간에 대한 인식의 지평을 넓히고 올바른 가치관을 정립을 의미한다. 따라서 궁극적인 소설 교육의 목표는 소설 작품의 올바른 이해와 감

위 논문, 1993. 4쪽.

27) 구인환 외, 앞의 책, 삼지원, 1988. 59-60쪽참조.

28) 조동일은 문학의 갈래를 서정·교술·희곡·서사로 구분하면서, 서사를 작품 외적 자아(서술자)의 개입이 있는 자아와 세계의 대결이라고 설명한다. 특히 소설은 자아와 세계의 상호 우위로 이루어지는 대결이며, 자아와 세계를 함께 아우르는 진실성이 추구되는 갈래로 설명하고 있다. <조동일, 문학 연구 방법, 지식 산업사, 1980. 172-173쪽 참조.>

상을 통한 체험을 삶의 가치문제로 전이시키는 지평의 전환이라고 할 수 있다.

2) 텍스트의 분석

소설은 인간과 세계와의 갈등[29]을 형상화한 양식이라고 할 때, 소설에 내재된 갈등은 인간이 삶의 과정에서 부딪치는 갈등과 유사한 것으로서, '삶이란 무엇인가'라는 존재론의 문제와 '어떻게 살아야 하는가'라는 가치론적 문제가 동시에 내재된 것이라 할 수 있다.[30] 학습독자는 텍스트의 의미화를 통해 삶을 대리 체험하게 된다. 이 때 삶을 대리 체험한다는 것은 현실 세계에서 부딪치는 갈등을 작품 세계에서도 발견하고 이를 현실적으로 전이시킨다는 것을 뜻한다.

갈등은 텍스트 속에 구현된 세계와 인물 또는 화자가 취하는 태도와의 대립으로 나타난다. 소설은 인물이나 화자가 대립하는 세계에 대해서 갖는 갈등과 대립을 정서적 차원의 모티브와 함께 수반됨으로써 구체적 삶의 리얼리티를 확보한다. 따라서 학습독자는 텍스트 속에 나타난 갈등의 양상, 즉 세계와 인물 혹은 화자의 대립 양상을 체험하게 된다.

학습독자가 텍스트를 의미화 하는 원리는 텍스트의 서술 양상에 따라, 인물을 통한 '동화'와 화자의 태도에 의한 '거리두기'이다[31].

---

29) 조남현은 소설의 이야기 구조를 '한 마디로 <갈등의 성립 과정과 해결 과정>을 뜻하는 것'이라고 설명한다. <조남현, 소설원론, 고려원, 1982, 191쪽.>

30) 김중신, 앞의 책, 30쪽.

‘동화’는 독자가 텍스트의 세계와 자신 사이의 거리를 없애는 심리적 태도를 말한다. ‘동화’는 궁극적으로 학습독자가 인물에 대한 ‘감정이입(empathy)[32]’을 통해서 일어난다. 반면 ‘거리두기’는 작품 속의 세계에 대해 독자 자신을 동화시키는 것을 중지하고 작품과 자신 사이에 일정한 심정적 거리를 유지시키려는 심적 태도이다.[33]

한편 학습독자는 ‘동화’와 ‘거리두기’를 통해 텍스트에 구현된 가치 판단의 문제와 직면하게 된다.[34] 즉, 인물이나 화자가 추구하는

---

31) 최인자는 작중 인물의 삶에 대한 대리 체험의 두 방향으로 ‘동화’와 ‘거리두기’를 제시하고, 채만식의 ‘탁류’를 ‘거리두기’의 독법으로 의미화하고 있다. 그런데, ‘거리두기’의 경우는 작중 인물의 행위에서 비롯된다기보다는 화자의 태도에 의해 비롯된다고 할 수 있다. 화자의 서술적 특성에 대해서는 손예운, 「화자 서술의 특성을 통한 소설 교육 연구」, 서울대 석사 학위 논문, 1993. 우한용, 「채만식 소설의 담론 특성에 관한 연구」, 서울대 박사 학위 논문, 1991. 김상욱, 「소설 담론의 이데올로기 분석 방법 연구」, 서울대 박사 학위 논문, 1995. 참조.

32) 감정이입이란 관조 대상의 감각적 현상에 표출된 내용을 직접 감정적으로 파악할 경우 미적 주체가 실상 그것과 유비적인 미적 주체의 감정을 미적 주체의 내부로부터 대상에 투사하고, 더구나 이것을 대상에 속하는 것으로 체험하는 일이다. 이러한 직관과 감정의 직접적 통일, 주관과 객관의 합일을 가져온다는 점에서 감정이입은 미적 향수의 특징을 이루는 하나의 중요한 작용 계기가 된다. <김문환 편, 미학의 이해, 문예출판사, 1989, 131쪽 참조.>

33) 김중신, 앞의 책, 51쪽 참조.

34) 까간은 예술 작품을 예술적 인식과 가치 평가의 대상으로 파악한다. ‘예술적 인식의 대상이 인간에 대한 관계 속에서의 세계라고 할 때, 이는 예술의 대상 자체 속에서 이미 어떤 가치론적·가치 규정적 ‘맹아’가 내포되어 있으며, 이 맹아로부터 예술적 대상의 가치적 측면이 아주 자연스럽게 성장해 나온다는 것을 의미한다. (중략) 예술의 대상은 마찬가지로 예술적 인식의 대상이자 동시에 예술적 가치 평가의 대상이라는 것을 의미한다.’ <M.S.까간, 미학강의 1, 진중권 역, 새길, 1988, p.296.> 한편, 포스터 역시 소설의 궁극적인 의미를 가치에 두고 있다. ‘소설가는 우리의 지성과 상상력에 호소하게 되지, 호기심에만 호소하지 않을 것이다. 그의 목소리에는 새로운 강조, 가치에 대한 강조가 들어선다.’ <E.M.포스터, 소설의 이해, 이성호 역, 문예출판사, 1975, 49쪽.>

가치와 이를 억압하거나 또는 대립되는 세계의 가치의 갈등을 체험하면서 학습독자는 이러한 갈등의 양상에 대한 가치 판단을 하게 되는 것이다.

그렇다면 가치 판단의 문제가 보편성을 가질 수 있는가의 문제가 대두된다. 가치란 항상 어떤 사람에게 있어서의 가치이다. 가치는 서로의 관계이지 실체가 아니기 때문이다.[35]따라서 가치란 가치를 느끼고 있는 주관과 관계되는 사물의 특성이다. 그러나 이러한 주관과의 관계가 바로 주관성을 의미하지는 않는다.[36] 즉, '가치 있다'라는 말의 의미는 자기에게만이 아니라 타인에게도 가치가 있다고 시인되어야 하는 상호적 공동성을 가져야 한다.[37] 이는 즉 판단의 보편타당성이 요구된다는 것이다. 이 때의 주관은 판단을 하고 있는 하나하나의 주관이 아니라 오직 보편적인 주관 일반으로서, 인간이라는 유개념이다.[38]

그런데 소설에서 다루는 가치는 성취로서의 가치가 아니라 추구로서의 가치이다[39]. 가치 실현의 아주 높은 단계로 말미암은 깊은 불만의 상태는 인간으로 하여금 완성의 가파른 궤도를 쉬지 않고 계속 달리게 한다.[40]

그러므로 학습독자는 텍스트의 갈등 구조 속에 나타나는 강한 가

---

35) 에릭 D. 허쉬, 문학의 해석론(김화자 역), 이화여자대학교출판부, 1988, 209쪽.
36) J.헤센, 가치론(진교훈 역), 서광사, 1992, 39－40쪽 참조.
37) 백기수, 미의 사색, 서울대 출판부, 1981, 190쪽.
38) J.헤센, 앞의 책, 40쪽.
39) 이러한 추구를 '에로스'라고 한다. J. 헤센, 같은 책, 154쪽.
40) J. 헤센, 같은 책, 157쪽. 한편, 김인환은 욕망에 대해 다음과 같이 설명하고 있다. "욕망은 있음이 아니라 넘어서서 있음이다. (중략) 욕망은 모든 한계를 꿰뚫고 분열과 모순을 자체 내에 보존하는 끝없는 의욕이며, 깊은 정열에 의하여 특별하게 충격된 심적 운동의 끝없는 항상성이다." <김인환, 상상력과 원근법, 문학과 지성사, 1993, 252쪽.>

치 추구의 욕망을 가치 판단의 대상으로 삼아야 하며, 그러한 가치 판단이 보편성을 얻어야 한다. 이러한 가치 판단은 학습독자로 하여금 작품을 해석하고, 삶의 문제로 가치의 지평 전환의 계기가 되는 것이다.

따라서 교과서에 나타난 소설 텍스트의 갈등 양상을 통해서 어떠한 가치의 문제가 발생하며, 어떠한 방향으로 텍스트를 의미화해야 하는지에 대한 탐구는, 학습독자의 가치 지평 전환에 중요한 요인이 된다. 본 절에서는 이러한 교과서에 나타난 텍스트의 갈등 양상을 인물과 화자의 입장에서 나타나는 것으로 구분해 보고, 그 갈등의 양상이 추구하는 가치문제에 대해서 살펴보도록 하겠다. 또한 이를 통해서 텍스트 선정의 타당성에 대해서 살펴보도록 하겠다.

(1) 인물과 세계의 대립양상

소설은 인물들의 이야기이다. 따라서 텍스트 속에 나타나는 인물은 텍스트의 의미 형성의 핵심에 놓인다. "어떤 사람의 성격과 태도 행동(praxis)을 자세히 살펴보고 느껴 보면서 그 사람이 살고 있는 세상을 또한 여러 각도에서 바라보고 따져 보는 것 이외에는 소설을 읽는 다른 방법이 없다."[41]는 말의 의미는 그만큼 텍스트의 의미화에 있어서 인물의 중요성을 강조하는 말이라고 할 수 있다. 이 때 그 의미 형성의 핵심은 세계[42]와 대립하는 인물을 통해서 형성된다. 개인과 세계 사이의 갈등 관계는 여러 가지 형태로 구체화된다. 그

41) 김인환, 문학교육론, 평민사, 1979, 96－97쪽.

42) 이때의 세계란 인물을 둘러싼 시간적·공간적 배경을 비롯한 사회적 배경을 포함한 총체적 의미이다.

중 세계와의 갈등을 안고 있는 흔히 문제적 개인 또는 문제적 주인공이라고 불리는 주인공이 지향하는 가치 행위는 텍스트 해석의 중요한 단초가 된다. 즉, 학습독자는 인물과의 '동화'를 통하여 세계를 체험하게 되고 또한 가치의 문제를 경험하게 된다는 것이다.

여기서는 주인공이 추구하는 욕망과 세계와의 관계를 통하여 그 가치 추구 양상[43]을 살펴보고, 텍스트 선정의 타당성 여부와 가치 내면화의 방향성에 대해서 보도록 하겠다.

---

43) 일반적으로 가치론에서는 가치를 객관화시키는 입장에서, 가치의 서열을 규정하고 있다. 그러나 문학에 있어서는 가치 지향적 행위 자체를 문학성의 척도로 삼을 수 없다. 즉, 가치 지향적 갈등과 행위가 문학 내적 인과성과 개연성을 통해서 형상화된 진정성을 획득해야 하기 때문이다. 따라서 소설에서는 가치론자들이 말하는 서열에 따라서 행위의 우위를 나눌 수는 없다. 대부분의 가치론자들은 가치를 정신적 가치와 감각적 가치로 구분하고, 정신적 가치가 감각적 가치보다 우위를 점한다고 설정한다. J. 헤센은 감각적 가치를 쾌락 가치 · 생명 가치 · 유용 가치로 구분하고, 정신적 가치를 논리적 가치 · 윤리적 가치 · 종교적 가치로 구분하여 서열화 시키고 있다. <J.헤센, 앞의 책, 83－89쪽 참조.> 한편, M.셸러는 가치 인격 전형 즉, 인격 모범(Vorbild)의 위계 질서에 대응하는 사회형태의 위계 질서를 구체화하여 다음과 같이 그 서열을 나타내고 있다.

가치들	가치인격유형	사회형태
신성한 가치	성 인	사랑의 공동체/보편적 교회
정신적 가치	천 재	법적 문화적 공동체
생명가치	문명의 지도자/영웅	삶의 유기체적 공동체
쾌락가치	향락가 혹은 도락가	원자적사회

<이인재, 「쉘러(M.Scheler) 인격주의 가치윤리학의 도덕교육적 함의에 관한 연구」, 서울대 박사 학위 논문, 1995. 71－72쪽 참조.>

① 정신적 가치[44] 지향(지향)

교과서에 포함된 텍스트 중에서 정신적 가치를 지향하는 작품에는 황순원의 <소나기>와 호손의 <큰 바위 얼굴>, 주요섭의 <사랑 손님과 어머니>가 있다. 주로 '사랑'과 '형이상학적인 인간상'에 대한 가치 지향을 나타내는데, 각각의 작품을 살펴보면 다음과 같다.

가. 〈소나기〉－황순원

<소나기>는 제 2차 교육 과정(1963년 공포)부터 현재 제 6차 교육 과정에 이르기까지 지속적으로 교과서에 실려 온 텍스트이다. 이 작품의 주요 갈등의 축은 '소년・소녀의 사랑'과 '운명'이라는 세계의 힘과의 대립이다. 즉, 소년은 정신적 가치인 '사랑'을 추구하지만, 인간으로서는 극복할 수 없는 절대적인 힘을 가진 운명은, 작품 세계 속에서의 '현실'에서 용납하지 않는다.

그러나 이 작품이 가치를 가질 수 있는 것은, 거역할 수 없는 세계와의 대립 속에서, '인간 의지를 보임으로써 인간 정신을 높이고 있다'[45]는 점이다. 즉, 죽음 앞에서도 순수한 사랑을 이루는 '비극적 승화'－즉, 소녀의 죽음으로 사랑이 비극적으로 끝을 맺는 것이 아니라, 소녀의 행위에 의해서 영원한 사랑으로 승화－로의 형상화는 정제된 사랑의 미적 가치를 드러내게 되는 것이다.

그리고 이향숙의 논문[46]에서 나타난 바와 같이 학습독자들에게 선호도가 높은 것으로 나타난 것으로 보아 이는 학습독자들의 정의적 발달 단계에 부합하는 작품이라고 할 수 있을 것이다. 이는 이 작품

44) 여기서 정신적 가치란 규범적인 사회적 가치와의 대별로 구분한 개념으로, 삶의 본질에 대한 가치 지향성을 말한다.

45) 이태동, 「실제적 현실과 미학적 현상」, 현대문학 11월호, 1980, 7－8쪽 참조.

46) 이향숙, 앞의 논문, 38쪽.

이 지니고 있는 서정성과 인간의 근원적 속성인 '사랑'이라는 가치를 순박한 소년의 행위로서 형상화되었다는 점에도 그 원인을 찾을 수 있을 것이다.

따라서 <소나기>는 텍스트 선정의 문제에 있어서 중학생들의 정의적 발달 단계에 부합하는 텍스트라고 할 수 있으며, 내면화의 방향성은 운명과 대립되는 인간 문제에 대한 다양한 관점에서의 방향이 설정될 수 있을 것이다.

나. 〈큰 바위 얼굴〉－호손

<큰 바위 얼굴>은 나다니엘 호손(Nathaniel Hawthorne)의 단편을 피천득이 번역한 것으로서, 제 1차 교육 과정(1955년 공포)부터 제 6차 교육 과정에 이르기까지 교과서에 줄곧 실려 온 텍스트이다.

이 작품의 주요 가치 대립은 주인공 '어니스트'와 '세속적인 삶'의 대립이라고 할 수 있다. 즉, 부로 상징되는 '개더골드'라는 인물과, 명예로 상징되는 '올드 블러드 앤드 선더'라는 인물과, 권력으로 상징되는 '올드 스토니 피즈'라는 인물들과의 대립을 통해서 '진정한 인간상'이란 무엇인가의 물음이라 할 수 있다. 작품에서는 궁극적으로 지향하는 인간상으로 '말과 사상과 생활이 일치'된 인간상을 추구하며, 더구나 '어니스트' 자신이 스스로 올바른 인간상이라는 것을 부정하면서, 올바른 인간의 모습은 존재하는 것이 아니라 과정의 모습이라는 것을 보여준다. 따라서 이 작품은 '세속적 가치에 휘둘리는 현대인, 특히, 자아를 형성해 나가고 있는 중학생들에게 읽힐 좋은 작품'[47]이라고 할 수 있다.

따라서 이 작품을 통한 학습독자의 가장 주된 내면화 방향은 '현실의 인간의 모습 탐구'와 '진정한 인간상의 탐구'라고 할 수 있을

47)>최현섭, 한국 소설 교육사 연구, 대한 교과서 주식회사, 1989, 121－122쪽.

것이다.

그런데, <큰 바위 얼굴>의 텍스트 선정에서 문제가 되는 것은, 번역 작품이라는 데에 있다. 교과 과정에 나타난 궁극적인 국어 교육의 목표에는 '국어 생활을 바르게 하고, 국어와 민족의 언어문화에 대한 이해와 관심을 가지게 한다.'라고 규정되어 있다. 따라서 이 텍스트는 교과 과정의 범주와 부합하지 않는다. 그러므로 국어에서 다룰 문학의 제재의 범위를 어떻게 결정하느냐의 문제와 번역 문학에 대한 보다 심도 있는 접근이 요구된다고 할 것이다. 이런 점에서 볼 때, 1－6차 교육 과정에 선정된 <큰 바위 얼굴>은 작품 내적인 문제가 아니라, 교육 과정에 규정된 범주의 문제를 제기하는 텍스트라고 할 것이다.

다. 〈사랑 손님과 어머니〉－주요섭

<사랑 손님과 어머니>는 제 5차 교육 과정부터 현행 6차 교육 과정까지 수록되어 있는 텍스트이다. 특히 '일인칭 관찰자 시점으로 근대 문학 사상 보기 드물게 여성의 섬세한 심리를 제시했다는 점에서 <시점> 교육의 전범으로 꼽히는 작품'[48]으로 평가받고 있는 텍스트이다.

<사랑손님과 어머니>는 순수한 동심을 지닌 어린 소녀를 화자로 내세움으로써 어른들의 세계를 독특하게 그려 나가고 있다. 그러나 화자인 '나'는 가치 지향적 인물이 아니라 어머니의 비극적 체험을 객관화시키는 관찰자의 입장에 서 있을 뿐이다.[49] 즉, 이 작품의 갈

48) 김중신, 앞의 책, 131쪽.

49) 김중신은 화자인 '나'의 역할을 다음과 같이 설명하고 있다.

"……어머니의 사랑 체험이 '옥희'라는 여섯 살 난 아이의 눈에 의해 비춰진다는 면에서 이 작품의 서사주체는 어머니가 아니라 '옥희'이다. 즉, 이러한 체험이 일인칭 관찰자적인 시점으로 제시되었다는 점에서

등은 '어머니'에 의해서 비롯된다고 볼 수 있다.

<사랑 손님과 어머니>에 나타나는 가치 대립의 핵심은 어머니의 사랑과 사회적인 인습의 대립이다. 즉, 남편을 사별한 '어머니'가 남편의 친구였던 사랑손님에게 느끼는 사랑과 봉건적 인습과의 가치 대립이라고 할 수 있다.

즉, 이 작품에서 일어나는 가장 커다란 갈등의 축을 이루는 부분은 어머니의 개인적 욕망, 즉 사랑의 욕망과 어머니의 내면을 억압하는 기존의 윤리의 대립이라고 할 수 있다. 그러나 이러한 갈등의 주체인 '어머니'의 가치 지향적 행위가 수동적이라는 데에 문제가 있다.

소설의 인물은, 현실의 세계에서 이루어질 수 없는 가치를 '진실하고 깊은 내면의 노력'[50]으로 지향한다는 데에서 삶의 진정성을 획득한다고 할 수 있다. 그러나 이 작품에서는 어머니의 갈등이 가치 지향적이지 않다는 데에 문제가 있다. 즉, '어머니'의 행위가 수동적이라는 것이다. 그것은 남동생의, "누님이 좀 상 들고 나가구려. 요새 세상에 내외합니까!"라는 말에도 드러나듯이 이는 사회적 인습에 의한 억압이라기보다는, 어머니 스스로 가지고 있는 콤플렉스에 가깝다고 볼 수 있다. 즉, '어머니'를 억압하는 기존의 윤리가 오늘날까지도 영향을 미치는 인습이라고 하더라도, '어머니'의 행위는 가치 지향적이라고 할 수 없을 뿐만 아니라, 주변에 수동적으로 대한 태도를 보여주고 있을 뿐이다. <춘향전>의 경우, 춘향의 사랑이 목숨을 걸 정도로 치열한 갈등과 행위를 통해 그 진정성을 획득했다는 측면과 비교해 본다면, '어머니'의 사랑은 진정성을 얻기 힘들다고

서사주체인 옥희에게는 일상적인 것이 된다. 어머니의 행위가 처음에는 비일상적이며 예외적인 것이었지만 곧 일상적인 수준으로 복원이 가능한 것도 서사주체인 옥희가 설정된 탓이다. 따라서 서사주체인 옥희는 가치 지향적 행위가 드러나지 않는 인물이다." <김중신, 앞의 책, 134－135쪽.>

50) 루카치, 소설의 이론, 반성완 역, 1985, 77쪽.

볼 수 있다.

따라서 이 텍스트가 지니는 심미적 형상화로서의 미적 가치를 인정할 수는 있지만, 학습독자들에게 가치 지향적 사고를 하는 데에 있어서 적합한 텍스트라고 할 수는 없다. 또한 단편임에도 불구하고 전편을 게재하지 않은 이유도 불분명한 점을 가지고 있다. 따라서 <사랑 손님과 어머니>는 텍스트 선정에 있어서, 재고가 필요하다고 할 수 있다.

② 사회적 가치[51] 지향

교과서에 포함된 텍스트 중에서 사회적 가치를 지향하는 작품에는, 이념적 가치를 지향하는 심훈의 <상록수>와 이범선의 <학마을 사람들>, 이념적 가치와 도덕적 가치가 복합적으로 나타나는 <토끼전>, 규범적 가치와 개인적 가치의 갈등 양상을 드러낸 <공양미 삼백 석>으로 구분할 수 있다. 각각의 작품을 살펴보면 다음과 같다.

가. 〈상록수〉－심훈: 이념적 가치 지향

<상록수>는 제 1－4차 교육 과정(3차까지는 '뽕나무와 아이들'이라는 제목으로)까지는 고등학교 교과서에, 5－6차까지는 중학교 교과서에 실려 있는 텍스트이다. 본래 장편인 이 <텍스트>를 교과서에는 '채영신'이 아이들을 가르치는 장면을 뽑아 싣고 있다.

교과서에 실린 부분의 가장 커다란 가치 대립은 영신의 '아이들을 가르치려는 욕망'－이는 계몽성이라는 이념적 입장을 가지로 있다－과 주재소로 상징되는 '일제의 탄압'이라고 할 수 있다. 즉, 이 작품은 특정한 시대적 양상을 배경으로 하고 있다. 따라서 이 텍스트를 의

51) 사회적 가치란, 규범적 가치로서 이데올로기성을 띤 사회적 가치를 말한다.

미화 하기 위해서는 당대의 시대적·사회적 배경에 대한 학습이 필요하다. 그러나 소설 텍스트의 해석은 역사를 알기 위한 작업이 아니다.[52)]

소설 탐구의 의미는 자아와 세계의 대립을 체험함으로써, 삶의 내면의 문제로 전화시켜 나간다는 점에 있다. 따라서 학습독자들이 세계와의 대립을 현실의 문제로 치환시킬 수 있도록 소설 수업은 유도되어야 한다.

이 작품 속에서 영신의 욕망－영신의 욕망은 개인적인 욕망이 아니라 대타적이며, 사회적이다－과 억압을 극복하려는 갈등은 학습독자로 하여금 진실성을 얻을 수 있다. 또한 예배당에서 쫓겨난 아이들이 담에 매달려 공부를 하고자 하는 행위는 극적으로 세계에 대한 억압을 해소시킨다고 할 수 있다. 따라서 학습독자는 영신의 행위를 통해서 세계와의 대립 갈등 양상의 진실성을 대리 체험하게 된다.

그런데, 문학 교실에 있어서 이 텍스트의 가치는, 텍스트의 의미화를 통해서 학습독자로 하여금 현실에서 자아를 억압하는 사회적 현상은 무엇이며, 이를 극복하기 위한 태도는 어떠한 것인가의 문제, 즉 사회와 인간의 대립과 극복에 대한 가치를 탐구의 유도가 가능하다는 데에 있다.

그러므로 이 텍스트는 단순히 역사적 사실을 파악하기 위한 것이 아니라, 소설 교육을 통한 새로운 사회 인식 문제를 상정할 때에, 교육적 의미를 지닐 수 있을 것이다.

---

52) 이 작품은 당대의 농촌 문제를 외면한 채 섣부른 계몽주의만을 형상화하고 있다는 등의 비평들이 제기되는 등 당대의 시대를 어떻게 바라보느냐에 따라, 이 작품에 대한 평가가 달라질 수 있다, 그러나 소설 교육에 있어서의 지향점은, 소설의 당대의 현실 구현성에 있는 것이 아니라는 점에 주목해야 할 것이다. <상록수>에 대한 긍정·부정적 비평에 대해서는 <최현섭, 앞의 책, 122－124쪽.>을 참고할 것.

나. 〈학마을 사람들〉 – 이범선: 이념적 가치 지향

<학마을 사람들>은 제 4차에서 현행 제 6차 교육 과정에 포함된 텍스트이다.

이 작품에 대립되는 두 가치의 대립은 '학'의 이념을 지향하는 인물들과 '학'의 이념에 대립되는 세계의 갈등으로 나타난다. 여기서 나타나는 '학'의 상징성은 공동체의 구현 원리로서의 세계상을 드러낸다.

> 신이 더불어 있었던 세계상인 것이다. 신이 더불어 있을 때, 다시 말해 하늘의 성좌가, 우리가 갈 수 있고, 또 가야만 하는 길의 지도 역할을 하는 그러한 시대이며, 따라서 아무도 철학자가 아니면서 동시에 모두 철학자인 그러한 세계일 것이다. 어느 곳을 가더라도 집 속에 있는 듯한 그러한 세계인 것이다. 그것이 학이 표상하는 의미 관련이다.53)

그런데, 학의 이념을 지향하는 공동체적 삶은, 이와 대립되는 세계, 즉 역사적 현실에 의해 끊임없이 파괴를 당한다. 이러한 측면은 우리의 근현대사의 맥락과 일치한다고 볼 수 있다. 즉, 일제 식민지 시대로부터 6·25 전쟁의 비극적인 역사적 현실과 그 역사적 수난 속에서 보여주는 민중들의 실존적 의지를 보여주는 것이기도 하다. 이는 작품의 마지막 부분에 잘 드러난다.

> 저녁때가 다 되어서야 그들은 산을 내려왔다. 이번엔 덕이가 맨 앞에 두 주의 위패를 모시고 걸었고, 그 바로 뒤를 봉네가 흰 보자기로 뿌리를 싼 조그마한 애송 나무를 하나 어린애를 안은 것처럼 안고 따르고 있었다.54)

---

53) 김윤식, 문학사와 비평, 일지사, 1975, 212-213쪽 참조.

54) 한국 교육 개발원, 중학교 국어 2-1, 대한 교과서 주식회사, 1996. 132쪽. (이하 교과서와 학년 학기, 쪽수만 표기)

그런데, 이 텍스트는 기존의 연구자들의 의미화의 양상에 따라 긍정과 부정의 입장으로 나뉜다. 최현섭은 '모든 것이 절망이요, 어찌해야 할지 알 수조차 없는 절박한 상황에서 그들은 학을 회복하기 위하여 결연히 마음을 다지고 있는 것이다. 엄숙미마저 감도는 이 결말이 가슴을 울린다'[55]라고 하면서 학습독자들에게 읽힐 만한 좋은 교재라는 입장을 보인다.

반면에 부정론을 펴는 논자들의 입장은 다음과 같다.

> <학마을 사람들>이 어느 정도 독자의 반응을 얻을 수 있다면, 그것은 학의 이야기가 가지는 사실성이나 진실성 때문이 아니라 이 소설의 서정적인 분위기와 문체에 힘입은 것이다. 이장 영감의 회상 형식으로 시작되는 3인칭 시점의 사건 전개가 엷게 칠해진 담채화처럼 담담하게 서술되어 서정적인 분위기를 자아내는 데다가 무속의 세계라고나 할 학의 이야기가 문체와 더불어 기이한 세계를 아무런 '갈등이 없이 바라본다'는 데서 출발한다. 구한말에서 6·25까지 이어지는 민족의 수난사를 어떻게 바라만 볼 수 있을까? 이는 작가가 대상을 왜곡시켜 모호한 형태로 제시하고 있기 때문이다.[56]

이러한 논의는 작품의 형상적 측면과 문학의 반영론적 입장에서의 분석에 의한 것이다. 즉, 인물들의 극복 의지에 대한 긍정성과 역사의 왜곡에 대한 부정성을 제시하고 있는 것이다.

그런데 가치 탐구의 입장에서 살펴보면, 작품 속에 나타나는 가치 대립의 양상이 문제가 된다. 이는 학습독자의 가치 내면화의 방향성을 생각할 때, 우선적으로 고려해야 할 사항이다.

---

55) 최현섭, 앞의 책, p.185.
56) 문학 교육 연구회, 앞의 책, 1987, p.117.

이 작품에서 학의 이념이 완전히 파괴되는 것은(표면상) 바우의 귀향으로 인해서 발생한다. 이 때, 바우는 학의 이념을 파괴하는 상징으로서의 인물이다. 즉, 학의 이념을 따르는 인물들은 선한 사람들이며, 학의 이념을 파괴하는 사람은 악한 인물로 형상화된다. 그런데 6·25라는 시대적 배경이 사건의 무대가 되는 상황에서, 민족의 수난사를 선과 악의 이분법적 대립으로 형상화한다는 것은 이데올로기 편향적 형상화라고 할 수 있다. 즉 '사실성이나 진실성'의 문제에 우선하여, 독자에게 이분법적 가치를 주입시킬 가능성이 크다는 점이다. 소설 교육의 목표가 역사 교육이 아닌 바에야, 삶의 모습에 대한 체험은 그러한 이분법적 고찰에서 벗어나야 할 것이다. 또한 가치 대립의 양상이 '바우'의 개인적인 원한 또는 시기(시기)에 그 원인을 두고 있는 세계관은, 6·25라는 전쟁의 문제를 개인적인 문제에 의한 감정적 문제로 왜곡하는 결과를 일으킬 수 있다.

따라서 이 텍스트는 학습독자의 가치 체험의 입장에 있어서 재고되어야 할 텍스트라고 볼 수 있다.

다. 〈토끼전〉－이념적 가치와 도덕적 가치 지향

<토끼전>은 제 1－3차 교육 과정에서 '용왕이 토끼를 잡아올 수 있는 신하를 정하는 대목에서 선발된 별주부가 땅으로 올라와 토끼와 대화를 나누는 대목'까지 <토끼 화상>이라는 제목으로 고등학교 과정에 수록되었다가, 제 4차부터 현행 6차까지는 토끼를 중심 인물로 한 '토끼가 용궁에서 탈출하는 대목'을 중심으로 중학교 교과 과정에 실려 있다.

이 텍스트는 의미 해석의 중점을 토끼와 자라 중 어떤 인물에 두느냐에 따라 텍스트의 의미화가 달라질 수 있다. 여기에서는 제목 자체가 드러내는 의미성을 고려하여, '토끼'를 중심으로 의미화 하도

록 하겠다.

교과서에 실린 부분에서 표면적으로 드러나는 갈등 형성의 두 축은 헛된 욕심을 가지고 있는 비도덕적 인물인 '토끼'와 용왕으로 대표되는 '국가 권력'의 대립으로 나타낼 수 있다. 여기에서 토끼는 자신의 기지로 용궁에서 탈출함으로써, 외적으로는 잘못된 국가 권력에 대한 승리를 이루며[57] 내적으로는 '헛된 욕심을 경계해야 한다'는 도덕적 교훈을 나타낸다. 그러나 이 작품의 마지막 부분에 나타나는 '화타'를 통하여 기존의 질서는 그대로 유지된 채 작품이 가지고 있는 그러한 문제의식은 오히려 약화된다. 이것은 고소설의 한 특징이라고 할 수 있지만, 화타의 등장은 모든 갈등이 하나의 해프닝으로 끝을 맺는 결과를 나타낸다. 따라서 화타의 등장 부분이 제외되어야 가치의 대립이 선명해진다고 볼 수 있다. 이는 텍스트 선정 문제에 있어서, 장편이면서 많은 판본[58]을 가지고 있는 판소리계 소설 판본 선정 문제와 발췌 부분 선정에 있어서의 교육적 검토가 필요함을 보여 준다.

또한 이 작품에서 염두에 두어야 할 것은 '주변 인물'에 대한 탐구의 부분이다. 이 작품에서 유일하게 문제의식을 지니고 있는 존재는 대사간 '자가사리'이다. 자가사리는 토끼의 꾀를 거짓으로 판단하는 유일한 인물이다. 그의 충언은 받아들여지지 않음으로 해서 지배층의 어리석음이 드러나며-토끼의 꾀에 속아 넘어갔다는 사실 하나만으로는 지배층의 어리석음을 나타냈다고는 할 수 없다.-'충'이라

57) 인권환은 <토끼전>을, 토끼로 대표되는 피지배층의 지배층의 그릇된 유교적 이념에 대한 비판적 태도와 지배층에 대한 승리를 드러내는 작품으로 평가하고 있다.<인권환, 「토끼전의 서민 의식과 풍자성」, 어문논집 14·15호, 1973.>

58) 교과서에는 판본이 명확히 기록되어 있지 않으며, 다만, 교과서 뒤의 '저자 및 출처'에 '중학 국어 2-1 <대한교과서(주), 1990>'으로 나타나 있다.

는 유교 이념의 실상이 밝혀지게 된다. 즉, 무엇이 진정한 '충'의 이념인지는 '자가사리'를 중심으로 알 수 있게 된다. 따라서 자가사리가 적극적으로 자신의 행위를 드러내지 않으며, 지속적인 갈등을 야기하지 않는다고 하더라도 이 작품에 중요한 주제 의식을 드러내는 인물이므로 교과 편성에서도 중요한 인물로 다루어져야 할 것이다.

결론적으로 이 작품은 장편 소설의 텍스트의 선정과, 고대 소설에 있어서의 소설 교육이 현재의 시점에서 어떻게 이루어져야 하는가의 문제를 제기해 준다고 할 것이다.

라. 공양미 삼백 석: 규범적 가치와 개인적 가치의 갈등

<공양미 삼백 석>은 제 1차에서 6차 교육 과정에 이르기까지 줄곧 중학교 교육과정에 수록된 텍스트이다.

우선 '심청전'의 서사 구조를 보면 다음과 같다.

가. 안맹한 부친이 어린 심청을 기른다.
나. 심청이는 자라면서 부친을 극진히 모신다.
다. 물에 빠졌다가 화주승의 구함을 받은 심봉사는 공양미 삼백 석을 시주하겠다고 약속한다.
라. 심청이는 공양미를 마련할 수 있게 해 달라고 천지신명께 밤낮으로 빈다.
마. 마침내 심청이는 선인들에게 몸을 팔아 공양미를 마련하여 시주한다.
바. 공양미의 대가로 심청이는 아버지와 마지막 이별을 한다.
사. 심청은 인당수에 몸을 던진다.
아. 심청은 룡왕의 도움을 받아 되살아나고 왕후가 된다
자. 왕후가 맹인 잔치를 벌여 아버지를 만나고, 심봉사는 눈을 뜬다.

이중 현행 6차 교육 과정에 실린 부분은 '마-바'의 두 대목이다.

그런데, 장편을 모두 게재하지 못한 원인으로 본래의 심청전과는 다르게 주제 의식이 나타난다. 즉 전편의 심청전이 '효'라는 도덕적인 덕목에 대한 주제 의식이 나타난다면, 현행 교과서에 게재된 부분에는 기존의 윤리 의식인 '효'와 심청의 실존 의지가 대립되는 갈등의 축을 형성한다고 볼 수 있기 때문이다.

즉, 현행 교과서의 내용을 살펴보면, 심청이 선인들에게 몸을 팔아, 몽은사로 공양미 삼백 석을 시주하고, 마지막 밤부터 이별하는 날 아침까지의 사건이 전개된다. 여기서 심청은 표면적으로는 '효'의 덕목에 충실하려고 하지만, 자신의 실존의 의지에 의해서 더 이상 자신의 행위를 숨기지 못하고 심봉사에게 고하게 된다. 이는 심청이 기존의 윤리인 '효'의 덕목보다 실존의 의지가 더 강하다는 것을 나타낸다. 이러한 부분은 다음과 같은 부분에서 드러난다.

> "소녀가 죽사오면, 이 문을 누가 여닫으며, 동지, 한식, 단오, 추석 사 명절(명절)이 온들, 주과포혜를 누가 다시 올리오며, 분향 재배 누가 할꼬? 조상의 복이 없어 이 지경이 되옵는지, 불쌍한 우리 부친 무강근지친족(無强近之親族)하고, 앞 보고 형세 없어, 믿을 곳이 없이 되니, 어찌 잊고 돌아갈까?"[59]
>
> "제가 불효(불효) 여식으로 아버지를 속였소. 공양미 삼백 석을 누가 저를 주오리까? 남경 장사 선인들게 삼백 석에 몸을 팔아, 인당수 제수로 가기로 하와, 오늘 행선 날이오니 저를 오늘 망종 보오."

이러한 심청의 토로는 개인적 가치, 즉 생명 가치가 규범적인 가치인 '효'에 의해 좌절되는 것을 보여 준다. 또한 게재된 부분의 마지막 장면은 심봉사가 이를 듣고 놀라서, 자신의 신세를 한탄하고

---

59) 이 부분은 표면상으로는 아버지 심봉사를 걱정하는 듯 하지만, 실은 심청의 심리적 내면 상태, 즉 생존의 의지를 보여주는 것이다.

상인들을 원망하는 것으로 끝을 맺는다. 이는 결국 규범적 가치인 '효'로 인한 개인적 실존의 비극성을 나타낸다고 할 수 있으며, 나아가 대립의 양상을 선인들과의 문제로 해석할 여지까지 발생하게 된다.

이는 텍스트 선정 시에 장편이라는 문제와 고소설이라는 점에서 보다 신중한 논의가 토대가 되어야 한다는 것을 보여 준다. 작품은 전체가 하나로 뭉쳐 있는 구조이므로 전체를 통해서만이 그 작품의 생명을 만날 수 있고 감동도 맛볼 수 있는 것이다.[60] 따라서, 이러한 경우처럼 장편 소설의 발췌나 개작 시에 본래의 텍스트가 가지고 있는 의미마저 왜곡시킬 우려가 있다는 사실을 간과해서는 안 될 것이다.

(2) 화자와 세계의 대립양상

소설 텍스트의 의미를 생성하는 주체에는 등장 인물과 화자가 있다. 그런데, 작품이 드러내는 갈등의 양상이, 등장 인물들을 통해서 나타나기보다는 화자와 세계와의 갈등에서 비롯되는 경우가 있다. 즉, 작품이 구현하는 궁극적인 의미가 서술자의 입장이나 태도에 의해 드러나게 되는 경우를 말한다. 여기에서는 등장 인물보다 화자의 입장에 의해 나타난다고 판단되는 텍스트만을 살펴보기로 하겠다.[61]

화자의 입장이나 태도에 의해서 일어나는 가치의 대립은 궁극적으

---

60) 최현섭, 앞의 책, 60쪽.

61) 한편, 지금까지의 교과 과정에서는 이를 시점의 입장에서 교육하려는 경향이 있으나, 이는 '시점'이라는 개념의 모호성 또는 협소하고 정태적인 형식 장치로서 설명하고 있다는 데에 문제성이 있다.<손예운, 앞의 논문, 67쪽 참조>

채트먼은 '시점'이라는 개념은 '축자적·비유적·이동적'의 세 가지 개념이 혼재되어 있기 때문에 그 의미가 모호하다고 지적하고 있다. <시모어 채트먼, 영화와 소설의 서사 구조, 민음사, 1990, 183－184쪽 참조>

로 스토리 내에 존재하는 것이 아니라, 화자와 현실의 세계가 대립하는 것이라 할 수 있다. 그리고 이러한 대립의 근원은 현실에 대한 비판에서 비롯된다. 따라서 학습독자는 스토리 자체에서 그 가치 대립을 찾는 것이 아니라, 일정한 '거리두기'를 통해서 현실과 세계의 가치 대립 문제로의 내면화에 이르게 되는 것이다.

현 교과에서 화자의 입장이나 태도가 강조되는 텍스트는 오영수의 <요람기>와 채만식의 <왕치와 소새와 개미와>라고 할 수 있다.

가. 〈요람기〉－오영수

<요람기>는 제 3차에서 현행 6차 교육 과정에 포함되어 있는 텍스트이다. 이 작품은 스토리 구성상 뚜렷한 갈등 구조나, 인과 관계에 의한 필연성이 나타나지 않는다. 다만, 계절의 흐름에 따른 어린 시절의 추억담이 서정적으로 묘사되고 있을 뿐이다. 최현섭은 이 텍스트를, '이 작품을 통해서 깨끗하고 소박한 우리 민족 본래의 토속적 인간상을 느낄 수 있게 지도하면 충분할 것이다.'라고 하고 있다.[62] 그러나 이는 가치 탐구의 입장에서 보았을 때, 화자의 입장을 충분히 고려하지 않은 지적이라고 할 것이다. 이 작품을 화자의 입장이나 태도에서 보면, 화자와 세계의 대립이라는 것을 파악할 수 있다. 즉, 현재 시점(작품내의 시간)의 화자는 과거의 아름답고 서정적인 정서를 지닌 세계에 대한 지향성을 가지고 있다. 이는 본질적으로 현재의 세계가 그렇지 못하다는 것을 내포하고 있다. 이러한 점은 다음에서 잘 드러나고 있다.

> 언제나 가 보고 싶으면서도 가 보지 못하는 산과 강과 마을, 어쩌면 무지개가 선다는 늪, 이빨 없는 호랑이가 담배를 피우고 산다

62) 최현섭, 앞의 책, 156쪽.

> 는 산 속, 집채보다도 더 큰 고래가 헤어 다닌다는 바다, 별똥이 떨어지는 어디쯤……. 소년은 멀리멀리 떠 가는 연에다 수많은 꿈과 소망을 띄워 보내면서, 어느 새 인생의 희비애환(희비애환)과 이비(리비)를 아는 나이를 먹어 버렸다.

따라서 이 작품은 화자에 의해서 가치 지향이 드러난다고 볼 수 있다. 즉, '소년'에 의해서 드러나는 욕망이 아니라, 화자의 의해서 드러나는 이상 세계로의 욕망이다. 그 욕망의 근원은 어릴 적의 아름답고 서정적인 정서가 메말라 버린 현실 세계에 대한 비판에서 비롯된다. 즉, 이 작품에서 보여주는 과거로의 지향은 오히려 현실의 비판으로 인해서 생겨나게 되는 것이다.

따라서 가치 탐구로서의 소설 교육의 장에서 볼 때, 이 작품의 학습 방향을 '과거의 아름다운 삶'에 대한 체험과 더불어 '화자'의 입장이나 태도에 의한 일정한 '거리두기'를 통한 현실 세계의 비판과 이상 세계에 대한 탐구에까지 내면화의 방향을 확대시켜 나아가야 할 것이다.

나. 〈왕치와 소새와 개미와〉 – 채만식

<왕치와 소새와 개미와>는 제 6차 교육 과정에 새롭게 포함된 텍스트이다. 이 작품은 표면적으로는 우화적이고 설화적 모티브–왕치, 소새, 개미의 생김새의 내력–를 통한 세태 풍자 소설이라고 할 수 있다. 따라서 이 작품 역시 화자와 세계와의 대립이 그 가치의 대립으로 나타난다고 볼 수 있다.

이러한 풍자 소설은 인물의 불합리나 우행, 악행을 폭로 비판하기 위해 많은 방법을 동원하여 인물을 격하시킨다. 그리고 화자는 인물의 격하를 통해 자신의 의도를 암시한다. 따라서 풍자 소설은 파괴인 동시에 재생이며, 독자들은 그것을 통해 작품의 의미를 파악하게 된다.[63]

<왕치와 소새와 개미와>에서는 '왕치'와 '소새'를 통한 이기주의

적인 세태에 대한 풍자를 나타낸다. 즉, 화자는 인물들의 모습이나 행위의 추(추)[64] 또는 희화를 통해서, 독자에게 암묵적으로 인물들의 행위에 대한 부도덕성을 드러낸다. 그것은 인물들의 행위의 정당성이 아니라 인물들의 부정적인 행위의 부정을 통한 가치 지향이라고 할 수 있다. 이는 화자의 입장, 즉, 독자들이 인물들의 행위가 부당하다는 것을 인식하고 있다는 전제하에서 이루어진다. 때문에 풍자소설은 인물과 사회의 문제를 아울러 문제시하기 때문에 그 사회적 의미가 고찰되어야 한다. 결국 화자가 드러내고자 하는 것은, 인물들의 부당성, 즉 이기주의적인 가치 지향을 통한 현실 세계의 세태를 비판하는 것이라고 할 수 있다.

그러므로 소설 교실에서는, 학습독자에게 현실 세태 속에 존재하는 부정적인 가치와 올바른 가치 지향은 어떠한 것인가에 대한 탐구로서 내면화의 가능성을 제시할 수 있을 것이다.

위에서 제 6차 교육 과정에 포함된 소설 텍스트 속에 나타난 가치 대립의 양상과 텍스트 선정에 있어서의 타당성에 대해서 살펴보았다. 이상의 분석 결과 가치 탐구로서의 소설 교실에 있어서, 소설 텍스트 선정[65]의 몇 가지의 문제점이 대두됨을 알 수 있다.

---

63) 임경순, 「인물 형상화 양상을 통한 소설 교육 연구－채만식 풍자 소설을 중심으로」, 서울대 석사 학위 논문, 1995, 12쪽.

64) 추(추)는 미의 대립 개념으로서 일반적으로 미적 범주에 반해, 미적 관조를 방해하는 것, 즉 반미적인 것을 나타낸다. 각종의 미적 유형은 많든 적든 추를 그 구성 요소로 포함하고 있는데, 그 경우 추는 미적 인상을 활기차게 하고, 전체의 생동감을 굳히는 자극제로서 힘을 갖는다.<김문환, 앞의 책, .203－205쪽 참조.>

65) 한주섭은 텍스트 선정의 기준을 언어 학습이라는 전제 아래서 다음과 같이 제시하고 있다. 그러나 그의 작품 선정 기준에 있어서도 가치의 문제가 가장 중요한 요소임을 보여준다.
① 인본주의의 입장에서 사물을 과학적, 역사·사회적으로 파악함으로

첫째, <학마을 사람들>과 <사랑 손님과 어머니>의 선정은 문제점을 가지고 있다.

이범선의 <학마을 사람들>은 학습독자들에게 이분법적인 가치 사고를 가지게 할 수 있다는 점이다. 이는 가치관을 형성할 시기의 중학생들에게는 오히려 가치 형성에 좋지 않은 영향을 줄 우려가 있다. 또한, 주요섭의 <사랑 손님과 어머니>는 주인공인 어머니의 가치 지향의 진정성 결여와 가치 하향적인 행위는 가치 교육의 입장에 있어서 수동적인 영향을 줄 수 있다는 점에서 텍스트 선정이 재고되어야 할 것이다.

둘째, 장편 소설에 있어서의 발췌 수록의 문제이다.

우선적으로 장편 소설은 텍스트 전체가 수록되지 못한다는 데에서 문제가 발생한다. 물론 이는 현실의 교육 현실과 교과 과정 상에 '문학교육'에 대한 분명한 입장이 확립되지 못한 점에서 비롯된 것이다. 그러한 상황을 감안하여, 발췌 수록의 불가피성을 인정한다 하더라도, 발췌 수록의 기준은 분명히 수립되어야 한다는 것이다. 특히 고소설인 <토끼전>과 <공양미 삼백 석>에서 드러나는 문제인데, <토끼전>에서는 마지막 부분에서 '화타'의 등장으로 인한 가치 대립의 약화로 야기되는 문제이다. 이는 고소설의 특징을 나타내는 대목이라고 하더라도, 소설 교육이 지식 교육이 아닌 바에야, 작품이 가지고 있는 특성을 고려하여 토끼를 통한 풍자나 지배층의 비판이 뚜렷이 드러날 수 있도록, '화타'의 등장 부분은 배제되어야 할 것이다.

써 현실을 정확하게 반영하고, 인간에 대하여 진실하게 나타낸 작품
② 논리적 사고 혹은 형상적 사유의 언어에 의하여 표현되고, 논리적·형상성에 있어서 뛰어난 작품
③ 선명한 문제의식이 뛰어난 발상을 유지함을 잘 나타낸 작품
④ 한국어를 바르고 아름답게 사용하는 방법을 전형적으로 나타낸 작품
<한주섭, 「국어과 교재론-새로운 시각의 모색을 위하여-」, 국어교육 79·80호, 1992, 341쪽.>

한편, <공양미 삼백 석>의 경우는 작품 자체가 가지고 있는 가치의 문제가 오히려 왜곡될 수 있다는 점이다. 즉, 심청의 실존적 문제와 도덕적 가치와의 대립이 그 가치 대립의 축을 형성하게 된다는 점이다. 따라서 <공양미 삼백 석>은 텍스트의 발췌 수록에 있어서 작품 자체가 지니는 가치문제를 훼손하지 않는 범위에서의 텍스트 선정이 요구되며, 판소리계 소설의 특성 상 판본의 명시 또한 간과해서는 안 될 것이다.

셋째는, 외국 문학인 <큰 바위 얼굴>의 문제이다.

이는 텍스트 자체가 지니는 문제라기보다는 교육 과정 상 규정된 국어 교육의 목표와 연관되는 부분이다. 즉, 교육 과정 상에 나타난 국어 교육의 목표는 '국어 생활을 바르게 하고, 국어와 민족의 언어 문화에 대한 이해와 관심을 가지게 한다.'임에도 불구하고 외국 문학이 텍스트로 선정됨으로 해서 야기되는 문학교육의 범주의 문제이다.

물론, 이는 외국 문학을 무조건 거부하는 것이 아니다. 다만, 교육 목표의 범주와 '번역' 문학에 대한 고려와 입장이 교육 과정 상에 설정되어야 할 것이다.

3. 교과 구성의 문제점과 비판적 검토

현행 제 6차 교육 과정상의 교과 구성은 교육 과정상에 나타난 '학년별 내용의 선정 및 조직'의 학습 계획에 따라 제시된 <단원의

길잡이>, <텍스트의 이해 및 분석>, 단위 수업의 내용 및 평가, 그리고 내면화의 방향성을 설정하고 있는 <학습 활동>과 <단원의 마무리>의 구성으로 짜여져 있다. 여기서는 앞에서 살펴본 가치 탐구의 목표와 텍스트 분석의 내용을 바탕으로, 교육 과정상에 나타난 학습 계획과 일련의 학습 절차들이 '소설 교육의 목표'에 알맞게 구성되어 있는지 살펴보고, 그 문제점을 분석해 보도록 하겠다.

1) 텍스트 해석의 문제

소설 교과 구성은 각 학년 학기별로 제시되고 있으며, 이는 단원의 제목으로 제시되고 있다. 이를 각 학년 학기 별로 살펴보면 다음과 같다.[66]

---

66) 제 6차 교과의 구성을 살펴보면 다음과 같다.

	단원의 제목	소설텍스트
1학년 1학기	소설의 세계	요람기 / 왕치와 소새와 개미와
1학년 2학기	소설의 인물	소나기 / 공양미 삼백 석
2학년 1학기	소설의 구성	학마을 사람들
2학년 2학기	소설의 배경	큰 바위 얼굴 / 토끼전
3학년 1학기	소설의 시점	사랑 손님과 어머니 / 상록수
3학년 2학기	소설의 주제(※)	(※)

※ 3학년 2학기는 아직 교과 과정이 확정되지 않았으므로, 그 내용을 알 수 없으나, 교육 과정 해설의 내용을 살펴보면, 소설의 주제에 대한 탐구가 주요 학습 내용으로 제시되고 있다.

(1) 소설의 세계

<교육 과정상에 나타난 학습 계획>

- 소설은 기본적으로 인간의 삶에 대한 허구적 이야기임을 이해하고, 소설에서 배경으로 형상화된 시간과 공간을 파악한다. [67]

이 단원의 목표는, 텍스트 <요람기>와 <왕치와 소새와 개미와>를 통해서 소설의 '허구성'과 소설의 구성의 요소인 '배경'에 대해 알아보는 데에 있다. 그리고 이러한 단원 목표는 <단원의 길잡이>와 <학습 활동>에 구체적으로 제시되고 있다.

<단원의 길잡이>

소설은, 작가의 의도에 따라, 의미가 있다고 생각되는 소재를 찾아 처음부터 끝까지 완전히 꾸며낸 이야기는 아니며, 작가가 실제로 겪은 일이 그 바탕이 되거나 일부분을 이룬다. 소설 속의 이야기는, 작가가 체험한 바를 그대로 살려 낸 것일 수도 있고, 남이 겪은 바를 작가가 보고 듣고서 그것을 바탕으로 상상력을 발휘하여 꾸며 낸 것일 수도 있다.

소설 속에서 이야기가 이루어지려면 인물과 사건, 배경이 갖추어져야 한다. 소설 속의 인물들은 살아 있는 인간처럼 행동하며, 그 행동에 따라 사건이 일어난다. 소설에서 인물이 생활하고 행동하는 시간과 장소를 배경이라고 한다.[68]

---

67) 교육부, 중학교 교육 과정 해설, 1994, 대한 교과서 주식회사, 79쪽.(이하 '교육 과정 해설' 쪽수만 표시.)

68) 1－1 교과서, p.87.

<학습 평가>

(1) 이 작품은 실제로 있었던 이야기인지, 작가가 상상해서 꾸민 이야기인지 말해 보자.

(2) 이 작품의 배경은 언제, 어느 때인지 말해 보자.

(3) 이 작품의 배경은 어느 곳인지 말해 보자.[69]

이상의 내용을 살펴보면, 소설의 '허구성'의 개념을 올바르게 전달하지 못하고 있음을 알 수 있다. 즉, 학습독자에게 소설의 허구성이 현실의 삶과 어떠한 차이가 있으며, 현실의 삶과 어떠한 연관성이 있는가에 대한 올바른 물음을 하지 못하고 있음을 알 수 있다. 이는 교육 과정 상에 나타난 허구성의 개념과도 다르다. 즉, 한 편의 소설에 담긴 이야기가 실제로 있었던 이야기를 그대로 기록한 것은 아니라는 점에서 꾸며낸 이야기지만, 소설의 작가가 드러내고자 하는 것은 인생과 사회의 진실한 모습이기 때문이다.[70]

따라서 허구성의 개념이 '실제로 있었던 이야기인지, 작가가 상상해서 꾸민 이야기인지'를 물어보는 것은 소설 교육에 있어서 중요한 문제가 아니다. 중요한 점은 그 허구성이 어떠한 삶의 모습을 담고 있느냐 하는 점이다. 즉 소설의 허구성이 오히려 '삶의 진실'을 나타내며, 또한 그 삶의 진실은 어떠한 것인지를 살펴보려는 태도가 중요한 것이다.

또한, 소설의 구성 요소인 '배경'에 대한 탐구도 '언제, 어느 때, 어느 곳'을 묻는 것에 그 의미가 있는 것이 아니라, '배경'이 텍스트의 해석 차원에서 어떠한 역할을 하며, 어떠한 의미를 지니는지에 대한 탐구가 궁극적인 방향이 되어야 할 것이다.

이러한 소설 교육의 방향성은 자칫, 문학 이론적 '지식'을 위해

---

69) 1－1 교과서, p.104. p.115.

70) 교육 과정 해설, p.79.

'소설'을 가르치는 결과를 가져올 수 있다.

(2) 소설의 인물

<교육 과정상에 나타난 학습 계획>

- 소설에 나오는 인물의 성격을 파악하고, 인물들이 보여 주는 인간의 다양한 삶의 모습을 이야기 한다. [71]

이 단원의 목표는, 텍스트 <소나기>와 <공양미 삼백 석>를 통해서 소설 속에 등장하는 다양한 인물들에 대한 체험과 이러한 인물들의 성격은 작가가 직접 해설하기도 하고, 인물의 말이나 행동 등을 통하여 간접적으로 드러나기도 함을 알게 한다는 것이다.

<단원의 길잡이>

소설은 인물들의 이야기다. 그런데 소설에 나오는 인물은 실제의 인물이 아니라 상상의 인물이다. 작가는 꾸며 낸 인물을 통하여, 우리가 경험하지 못한 세계를 알 수 있도록 하고, 우리들이 예사로 알고 지나치던 중요한 문제에 대하여 많은 물음을 던지도록 해 주기도 한다. (강조: 인용자)

소설의 인물에는 주요 인물과 주변 인물이 있으며, 이러한 인물들이 대결하고, 여러 가지 사건과 갈등이 해결되는 과정을 보여 줌으로써 인간의 다양한 삶의 모습을 드러낸다.

우리는 소설을 읽으면서 인물의 성격이나 특성을 살펴보고, 우리 주변의 인물과 맞대어 비교해 봄으로써, 우리의 생각과 느낌을 더욱 폭넓고 풍부하게 하도록 해야 한다.[72]

---

71) 교육 과정 해설, 79쪽.

<학습 활동>

(1) 이 작품에 나오는 인물은 누구누구인가? 주요 인물과 주변 인물로 구별하여 보자.

(2)-1 소년과 소녀의 성격이 잘 드러나는 행동을 각각 두 가지씩 고르고, 이를 근거로 하여 각 인물의 성격을 말해 보자. <소나기>

(2)-2 심청이와 심봉사의 성격이 잘 드러나는 말이나 행동을 고르고, 이를 근거로 하여 각 인물의 성격을 말해 보자. <공양미 삼백 석>[73)]

이상의 내용을 살펴보면, 소설에 등장하는 인물의 성격을 지식의 측면으로 파악하고 있음을 알 수 있다. 물론 인물의 성격을 파악하는 일은 텍스트의 의미를 파악하는 데에 가장 중요한 작업 중의 하나이다. 소설 교실에서 인물을 탐구하는 이유는, 인물의 성격의 파악을 통해서, 인물이 지향하는 가치와 그와 대립하는 가치 갈등 양상을 통하여 진정한 삶의 의미를 파악하는 데에 있다. 왜냐하면, 인물은 개체로서의 개성과 동시에 공동 생활에서의 단순한 구성 요소로서의 보편성을 갖춘 전형성을 띤 인물[74)]이기 때문이다. 따라서 인물의 종류나 성격을 파악하는 데에서 그쳐야 할 것이 아니라, 그러한 인물들의 행위나 갈등이 텍스트의 해석에 어떻게 적용되어야 하는가의 문제까지 나아가야 한다. 그런 과정을 통해서만이 텍스트의 의미화가 가능하며, 궁극적으로 '인물을 통하여, 우리가 경험하지 못한 세계를 알 수 있도록 하고, 우리들이 예사로 알고 지나치던 중요한 문제에 대하여 많은 물음을 던지도록 해 주기'도 하는 것이다.

---

72) 1-2 교과서, 62-63쪽 참조.

73) 1-2 교과서, 79쪽. 89쪽 참조.

74) 엄해영·채명식 공저, 소설 교육론, 느티나무, 1995, 16쪽.

한편, '인물들의 성격은 작가가 직접 해설하기도 하고, 인물의 말이나 행동 등을 통하여 간접적으로 드러나기도 함을 알게 한다.'는 단원의 목표가 학습 활동에 나타나 있지 않으며, 더구나 인물의 성격을 드러내는 주체를 작가로 설정하는 입장은, 앞장에서 살펴본 바에 의하면, '화자'의 입장으로 설명하는 것이 더욱 타당할 것이다.

결론적으로 '인물'에 대한 탐구 역시 지식 교육의 성격을 강하게 드러내고 있으며, '올바른 텍스트의 감상'이라는 소설 교육의 목표에 합당하지 않게 교과 구성이 짜여져 있음을 알 수 있다. 더구나, 교육 과정의 학습 목표와 교과서에 설정된 학습 목표가 일치되지 않음은, 교과의 구성이 교과 과정과 분리되어 있음을 보여주는 것으로, 교과 편성 담당자들의 신중하고 합목적적인 교과 편성의 노력이 요구됨을 보여준다고 하겠다.

(3) 소설의 구성

<교육 과정상에 나타난 학습 계획>

- 소설에서 사건이나 문제가 어떤 과정을 거쳐 해결되었는지를 토의한다.[75]

이 단원의 목표는, 텍스트 <학마을 사람들>을 통해서, 소설은 이야기들이 유기적인 인과 관계에 따라 짜임새 있게 구성된 것임을 인식시키도록 한다는 것이다.

---

75) 교육 과정 해설, 112쪽.

<단원의 길잡이>

소설은 이야기가 서로 긴밀한 관계를 이룰 수 있도록 작가가 짜임새 있게 얽어서 배열한 이야기인데, 이처럼 한 편의 이야기들이 짜인 방식을 구성이라고 한다. 소설의 구성은 독자로 하여금 소설의 진실성을 발견하게 하고, 소설을 단순한 이야기가 아닌 예술 작품으로 만들 수 있게 한다.

고전 소설의 구성은 대개 시간의 순서에 따라 이루어졌으나, 현대 소설의 구성은 시간의 순서보다 인과 관계에 중점을 두어 짜여지는 경향을 보인다. 곧, 설화나 고전 소설은 '이 다음에 어떤 사건이 일어나는가?'에 주안을 두었으나, 현대 소설은 '왜 그런 일이 일어났는가?'를 중시하고 있다.(강조: 인용자)

<학습 활동>

(1) 이 작품에서 전개된 사건들을 일어난 순서대로 말해 보자.
(2) 이 작품의 중심 사건은 무엇인가?
(3) 이 작품에 나타난 사건과 사건 사이의 인과 관계를 말해 보자.
(4) 이 작품의 사건 전개 과정을 구성 단계에 따라 나누어 보자.

구성(plot)은 스토리를 논리적이며 지적으로 재구성한 것으로, 사건 전개의 실마리를 지니면서 또한 예술성을 나타내는 것이다.[76] 소설이 허구의 세계를 다루는 것이라고 하지만 이런 점에서 지적이며, 과학적인 태도가 요구된다고 할 수 있다. 즉, 구성을 통한 인과율에 대한 분석은, 소설의 내적 논리성인 개연성에 대한 분석을 의미한다.

그런데, 이는 단순한 사건들의 선후 관계나, 인과 관계만을 따져야 되는 것이 아니라, 인물이나 배경 등의 소설의 구성 요소들의 유기적인 관계 속에서 분석되어야 하는 것이다. 즉, '왜 그런 일이 일어났는가?'의 문제는 플롯이 '어떤 갈등 혹은 문제를 지닌 동기화된

76) 엄해영 외, 앞의 책, 9쪽.

행위의 서술'이라고 했을 때, 형식적으로 4단계, 5단계의 구성 단계를 나누어 보는 데에서 나아가 가치 대립의 양상, 즉 인물들의 대립과 그로 인해 나타나는 사건들이 전체 작품에서 어떠한 역할을 하는가 하는 것이 학습 내용에 포함되어야 할 것이다.

그런데, 교과서에 실려 있는 학습 내용은 오로지 작품의 표면상으로 드러나는 사건만을 중심으로 플롯을 파악하고 있다. 따라서 사건의 인과 관계는 인물들의 행위와 주변의 환경[77]에 대한 문제까지 총체적인 학습 내용이 구성되어야 할 것이다.

또한, 교육 과정 상에 나타난 '토의'의 문제인데, 이는 추상적으로 '무엇을 말해 보자.'와 같은 식의 문제 제기보다, 인물들의 행위나 가치 대립의 양상, 또는 어떠한 특정한 사건, 또는 같은 맥락의 유형을 지닌 다른 텍스트와의 비교 등의 구체적 제시가 있어야 할 것이다.

(4) 소설의 배경

<교육 과정상에 나타난 학습 계획>

- 소설에 형상화된 시간이나 공간이 사건의 전개나 주제와 어떻게 연관되는지를 말한다.[78]

이 단원의 목표는, 텍스트 <큰 바위 얼굴>, <토끼전>을 통해서 소설의 배경은 사건의 전개나 주제와 상관성이 있음을 인식하는 데에 있다. 또한 학습독자들에게 한 편의 소설에서 공간적 배경과 시간적

77) 이 때, 환경이란 물리적인 시간·공간적 배경뿐만 아니라, 사회·역사적 배경까지 포함한 배경을 뜻한다.
78) 교육 과정 해설, 112쪽.

배경이 드러나는 부분을 찾아보고, 배경은 인물이 벌이는 사건과 어떤 관련이 있는지 알아보게 한다는 점이 중요하다.

<단원의 길잡이>

소설의 배경에는 시간적 배경·공간적 배경·사회적 배경이 있는데, 이는 이야기의 내용에 현실성을 부여해 준다.79)

<학습 활동>

(1) 이 작품의 시간적 배경과 공간적 배경을 말해 보자.
(2) 이 작품에서 사회적 배경을 알 수 있는 부분을 찾아보자.
(3) 시인이 어니스트에게서 예언자와 성자다운 모습을 발견했을 때의 배경은 어떠했는가? <큰 바위 얼굴>
(4) 어니스트가 큰 바위 얼굴을 닮게 된 까닭은 무엇일까? <큰 바위 얼굴>
(5) 이 작품의 주제와 배경과의 관계를 말해 보자.
(6) 이 작품에서는 배경이 바뀜에 따라 인물의 행동과 사건의 양상이 어떻게 달라지는지 알아보자. <토끼전>80)

배경은 소설 기술의 한 측면으로서, 작품 내의 행동과 행동의 주체에 시간적, 공간적 세계를 부여하는 요소이다. 즉 한 편의 소설에서 이야기의 성분을 구성하는 요소로서 시간적, 공간적 자질을 가리킨다. 따라서 배경은 인물과 플롯의 리얼리티를 부여함으로써 유기적 인과 관계를 형성한다. 인물이나 사건에 신빙성을 주어 작품의 리얼리티에 기여하고 작품이 의도하는 분위기를 미적 효과에 보탬을 주며, 작품의 주제를 구체화하는 데에 큰 몫을 담당한다.81)

---

79) 교육 과정 해설, 112쪽.
80) 2-2 교과서, p.92. 105쪽.
81) 엄해명 외, 앞의 책, 18쪽.

그런데, 이러한 배경은 그 자체로 작품의 사건 전개나 주제 의식에 영향을 주는 것이 아니다. 즉, 인물들의 성격이나 사건의 전개 양상이 유기적으로 결합하여야 한다. 이러한 측면에서, 본 단원의 학습 목표는 소설의 제요소들의 관계 양상을 고려한 것으로 판단된다. 특히, 사회적 배경을 설정한 것은 기존의 배경에 있어서의 물리적 시간・공간만을 설정했던 도식성에서 벗어난 것으로 볼 수 있다.

또한 (6)의 문제 설정은 학습독자로 하여금 소설의 문제를 다양한 측면으로 확대할 수 있는, 즉 내면화를 위한 한 방법으로 좋은 문제 제기가 될 것이다.

다만, 이 단원 역시, '배경'이라는 한 소설의 요소를 설명하기 위해 소설을 하나의 자료로 이용하고 있다는 점, 즉 '소설'을 교육시키는 것이 아니라, '지식'을 교육시킨다는 관점에서 벗어나지 못하고 있다는 한계를 가지고 있다.

(5) 소설의 시점

<교육 과정상에 나타난 학습 계획>

- 소설 속의 인물의 성격이나 행동 등이 누구의 눈을 통하여 이야기되고 있는지 말하여 보고, 작품의 구성에 미치는 효과를 파악한다.[82)]

이 단원의 목표는 텍스트 <사랑 손님과 어머니>, <상록수>를 통하여, 소설 속의 인물의 성격이나 행위 등이 누구의 눈을 통하여 서

82) 교육 과정 해설, 114쪽.

술되고 있는지를 알고, 소설의 시점이 작품 구성에 미치는 효과를 인식하는 데에 중점을 두고 있다.

> <단원의 길잡이>
> 소설에서 인물의 성격이나 행위, 사건 등을 누구의 눈으로, 어떠한 관점에서 바라보고 이야기 하는가를 소설의 시점(시점)이라 한다. 소설의 시점은 서술자가 소설 속에 있는가, 소설 밖에 있는가에 따라 1인칭과 3인칭으로 나뉜다. 같은 이야기라도 그것을 말하는 시점에 따라 대상에 대한 이해나 판단의 내용이 달라진다. 소설을 바르게 이해하고 감상하기 위해서는 시점을 제대로 파악하는 것이 매우 중요하다.[83]
>
> <학습 활동>
> (1) 이 소설에서 이야기를 진행해 나가는 사람은 소설 속의 인물인가, 소설 밖의 인물인가?
> (2) 이 소설에서는 주인공의 성격이나 행동 등을 누가 어떤 관점에서 말하고 있는가? 그리고 그 효과에 대하여 말해 보자.
> <사랑 손님과 어머니>
> (3) 이 소설에서 인물의 성격이나 행동 등을 누가 어떤 관점에서 말하고 있는가? 그리고 그 효과에 대해 말해 보자.

'시점' 교육은 앞의 절 '텍스트의 분석'에서 지적했던 것처럼, 인칭의 개념에서 벗어날 필요가 있다. 현 교과에서 이루어지고 있는 시점 교육은 위에서와 같이 '인칭'이나 '소설과의 거리'에 따른 개념에 의해서 이루어지고 있다. 이러한 측면에서 이루어지는 '거리감'이나 인물의 형상화는 텍스트의 의미화의 일부분에 불과할 뿐이다.

소설을 의도적으로 조직된 담론의 체계[84]라고 할 때, 담론의 주체

---

83) 3－1 교과서, 58쪽 참조.

로서의 화자는 소설의 형식과 내용을 결정하는 주체가 된다. 따라서 그 화자의 태도나 입장에 따라서 그 텍스트의 의미화의 양상이 결정된다는 것이다. 그러나 교과 과정 상에 나타나 있는 시점의 개념은 소설의 하나의 구성 요소로 그 역할을 축소시키고 있다. 그런데 화자의 서술 특성을 파악하고 그에 따라 작품을 읽는다면 학습자는 화자의 언어에 일차적으로 관심을 가지게 되면서 화자의 언어에 일차적으로 관심을 가지게 되면서 화자와 자신을 동일시하게 된다.[85] 따라서, 표면상에 드러난 형상적 측면이 아니라 소설 내적 논리로서의 화자의 입장이나 태도는 텍스트의 의미화에 있어서 결정적인 요소라 할 수 있다.

그러므로 기존의 '인칭'의 개념에서 벗어나 '화자'의 입장이나 태도에 따라 드러나는 텍스트의 의미화의 관점을 '시점' 교육 과정에 반영하여야 할 것이다.

(6) 소설의 주제

<교육 과정상에 나타난 학습 계획>

- 여러 소설에 나오는 인물들의 성격에 대하여 이야기해 보고, 인물들과 주제의 영향 관계를 파악한다.[86]

---

84) 우한용, 「문학교육과 장르론」, 선청어문 16 · 17호, 1988, 106쪽.
85) 김동환, 「소설의 다성성(polyphony)과 그 문학교육적 의미」, 한국 국어교육 연구회 논문집, 1991. 82쪽.
86) 교육 과정 해설, 145쪽.

<학습 목표>

이 단원에서의 지도 방침은, 인물과 주제의 영향 관계에 역점을 둔다. 학생들에게 한 편의 소설을 읽힌 후, 작가가 전달·표출하고자 한 주제를 알아보고, 주제가 표현되는 방법을 살펴보게 한다. 주제는 작가가 직접 제시하는 경우와 작가를 대리한 인물을 통해 말하는 경우, 또는 인물이나 배경, 분위기, 갈등과 그 해소의 단계를 통하여 암시적으로 제시하는 방법이 있음을 알게 한다. 특히, 이 인물의 성격과 행동을 통하여 주제를 파악할 수 있음을 인식하게 한다.[87)]

이 단원의 학습 목표는, 텍스트의 의미화에서 가장 중심이 되는 인물을 통한 주제의 파악이다. 이러한 학습 목표를 다른 소설들과의 비교를 통해서 살펴본다는 것이다. 그런데, 뚜렷한 기준이 없이 다른 소설과의 무조건적 비교는 텍스트의 의미화를 통한 가치 탐구로서의 소설 교실에서는 특별한 성과를 얻기 힘들 것이다. 따라서 가치 대립의 유형이 비슷하거나, 또는 갈등의 원인이 되는, 가치 지향 관계에서 유사성 등을 충분히 고려한 작품군의 선정이 선행되어야 할 것이다.

2) 내면화의 문제

소설 교육에 있어서 '내면화'란 작품의 올바른 이해와 감상을 통한 학습독자의 문학적 실천을 의미한다. 이를 가치 탐구의 맥락에서 살펴보면 다음과 같은 과정으로 나타난다.

87) 교육 과정 해설, 145쪽.

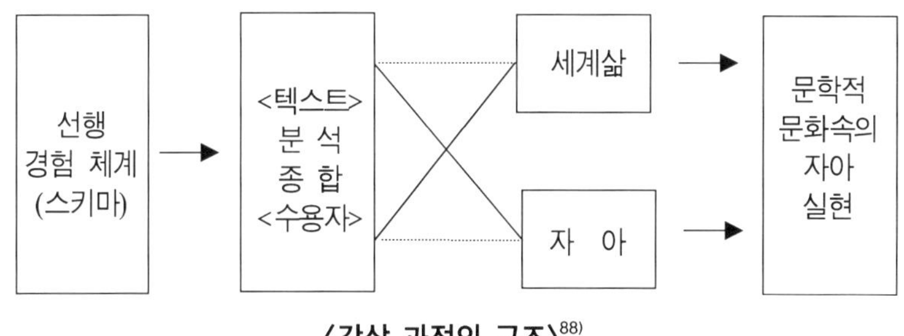

〈감상 과정의 구조〉[88]

위와 같은 감상의 과정을 살펴 볼 때, 내면화의 단계는 소설 교실에서 지향하는 학습독자의 실천적 단계라고 할 수 있다. 즉, 위의 도표 내용과 같이 <문학적 문화 속의 자아실현>의 단계를 의미한다.

이러한 문학적 실천은 크게 세 가지의 방향성을 가진다. 그것은, 텍스트의 상호성 즉, 비평적 독법의 원리를 체득하여 다른 텍스트에 적용시킬 수 있는 능력을 기르는 것과, 삶의 가치문제로의 전이, 그리고 창작의 유형이라고 할 수 있겠다.

이 가운데, 기존의 소설 교육에서 일차적으로 지향하는 것은 텍스트의 상호성에 대한 능력의 증진이라고 할 수 있다. 한편, 삶의 가치문제로의 가치 전이와 창작은 단기간에 이룰 수 있는 교육 내용이

88) 박인기는 문학 작품의 감상 과정을 '감상 과정의 개념은 먼저 수용자와 텍스트의 만남에서 비롯된다. 수용자는 텍스트를 분석 종합하는 인지적·정의적 상호 작용을 통해서 감상의 과정에 들어간다. 이 때 수용자에게는 자신의 선행 경험 체계(스키마)가 조응 작동되어 감상의 인지적 과정을 역동적으로 강화한다. 이를 토대로 수용자는 실존적 주체인 자아와 텍스트가 표상하는 세계 사이에서 다양한 수준의 상상력을 발휘한다. 텍스트와 수용자의 대응 관계는 결국 세계와 자아의 대응으로 전이되고 이 과정의 확산을 통해 수용자는 문학을 통한 문화적 코드의 발견과 확장을 계속한다. 이러한 감상 과정이 성숙된 수준에서 결실되는 최종의 단계를 문학적 문화 속의 자아실현'이라고 보고 있다. <박인기, 「문학 텍스트의 종합적 감상을 위한 교육 TV 프로그램 설계 방략」, 국어교육 65·66호, 한국국어교육연구회, 1989.>

아니라는 점과, 평가의 어려움으로 인해서 교과 과정에서는 피상적으로 다루어져 왔을 뿐이다. 그것은 현행의 교과 과정에서도 마찬가지의 문제로 드러난다.

교과 과정상에는 내면화의 방향성을 다음과 같이 제시하고 있다.

- 문학 작품 속에 나타난 다양한 삶의 모습에 대하여 이야기를 해 보고 이를 창조적으로 수용한다.

구체적 내용을 살펴보면, 다음과 같다.[89)]

> 문학은 문학 작품 속에 나타난 인간의 다양한 삶의 모습을 창조적으로 수용하여, 삶을 풍요롭게 하도록 하는 데 초점이 있다. 문학은 허구적인 상상력을 통하여 현실을 재구성하고 구체적으로 그려낸다. 그렇기 때문에 문학을 통하여 현실의 모습을 읽을 수도 있으며, 현실을 비판할 수 있고, 이상적으로 바라는 세계의 모습을 작가와 더불어 모색할 수도 있다.
>
> 학생들에게 최근에 읽은 문학 작품 중에서 가장 바람직한 인간의 삶의 모습을 이야기하도록 하고, 토론을 통하여 이상적인 삶을 구상화하도록 한다. 학생들이 스스로 통찰하고 판단하게 함으로써, 삶의 다양한 모습을 창조적으로 수용하도록 한다.[90)]

그러나 이러한 이론적 교육 과정상의 목표는 실제로 교과 내용에 체계적으로 수용되지 못하고 있다. 특히 내면화의 내용과 방향성이 중점적으로 제시되어 있는 <학습 활동>이나 <단원의 마무리>를 살펴보면, 소설 교육의 목표가 구체적으로 반영되지 못하고 있음을 알 수 있다. 하나의 예를 들어보면 다음과 같다.

---

89) 교육 과정 해설, 146쪽.
90) 교육 과정 해설, 146-147쪽.

<단원의 마무리>91)

1. '요람기'와 '왕치와 소새와 개미와'의 이야기를 비교해 보고, 어떤 점에서 서로 다른지 말해 보자.
2. '요람기'와 '왕치와 소새와 개미와'에 나오는 인물의 성격을 말해 보자.
3. 감명 깊게 읽은 소설에는 어떤 것이 있는가? 어떤 점에서 감명을 받았는지 그 이유도 말해 보자.
4. 내가 겪은 일 중에서, 소설로 꾸며 보고 싶은 이야기를 생각해 보자. 그리고 그 줄거리를 말해 보자.

이상의 내용을 살펴보면 현 교과 과정에 나타나는 내면화의 설정의 방향은, 텍스트 상호성과, 창작의 방향성을 제시하고 있다. 그런데, 텍스트의 상호성에 있어서 뚜렷한 기준의 제시없이, 이야기와 인물의 단순 비교를 제시하고 있다. 이는 현상만을 제시하는 것으로, 비평적 독법으로의 올바른 감상을 제시하는 것이 아니다. 텍스트의 상호성의 능력을 길러주기 위해서는 뚜렷한 기준이 없이 설정된 텍스트의 단순 비교가 아니라, 작품의 주제 의식과 그 형상화 양상, 또는 대립 양상 등의 비교 기준이 구체적으로 제시되어야 할 것이다.

이를 위한 하나의 방법으로서, 전형의 확대를 통한 작품군의 제시가 있을 수 있다.

기존의 전형의 개념이 소설 형상화의 한 방법으로서, '인물'의 성격을 나타내는 하나의 개념이다. 이를 '인물'의 성격을 드러내는 협의의 개념이 아니라, '상황' 또는 '가치 대립'의 전형 등으로 확대시킬 필요가 있다. 즉, 작품 속에 드러나는 가치 지향성의 맥락이라든지, 또는 같은 사건의 유형 등을 전형의 맥락을 통해, 작품군을 형성하는 것도 하나의 방법이 될 수 있을 것이다. 이러한 방법은 교과서의 내용에

91) 1－1 교과서, 116쪽.

제시된 '시간적·공간적' 배경의 차원을 달리한 텍스트의 상호성에 대한 범주의 문제를 해결할 수 있는 하나의 방도가 될 것이다.

한편, 창작으로서의 내면화 과정에 있어서, 위의 4의 내용은 '생활서사'의 한 방법으로의 긍정적인 평가를 얻을 수는 있으나, 막연히 '내가 겪은 일'이라는 제재는 텍스트의 감상과의 유기적 연관성이 없다고 볼 수 있다. 따라서 텍스트가 드러내는 가치 지향성이나 가치 대립의 양상을 학습독자 주변의 현실로 전화시킬 수 있는 구체적 제재를 제시해야 한다는 것이다.

이상의 내용을 살펴보았을 때, 교과 과정과, 교과의 내용에 나타나는 문제점은 다음과 같다.

첫째, 소설을 위한 지식 교육이 아니라, 지식을 위한 소설 교육의 구성으로 되어 있다. 이는 소설의 본질적 특성을 통한 인간과 인생의 탐구 교육이 아닌, 문학 이론을 위한 지식 교육을 강조하고 있음을 보여 준다. 물론, 소설 작품을 이해하고 감상하기 위해서는, 소설 제반의 지식의 교육은 필수적이다. 하지만, 이러한 신비평적 지식을 중시하는 소설 교육 과정은 소설 교육의 본질적 측면을 담고 있는 교육 과정 상의 목표에도 위배된다고 볼 수 있다.

둘째는 이러한 지식 위주의 교육이 총체적 관점에서 이루어지지 않고 있다는 점이다. 이는, 소설의 제요소인 '인물', '배경', '시점' 등을 유기적인 관계에서 하나의 텍스트를 분석한다는, 신비평적 입장의 교육도 제대로 이행되지 못하고 있음을 보여주고 있다.

셋째는, 소설 교육의 궁극적인 목적 중의 하나인 텍스트를 통한 가치 체험이라는 입장에서, 주제론적인 교육이 체계적으로 이루어지지 못하고 있다는 것이다. 단지, <학습 활동>에서, '이 소설의 주제는 무엇인가?'라는 물음으로 작품이 지니고 있는 주제 의식을 파악할 수는 없다. 또한 교사용 지도서에 나타나는 단 한 문장으로의 주제의 파악[92]은 텍스트의 의미화나 내면화로의 교육에 있어서 타당한 접근이라고 할 수 없다.

넷째, 학습독자의 '내면화'에 있어서도, 체계적이고 구체적인 방향성을 제시하지 못하고 있다.

다섯째, 교육 과정 상의 목표나 내용과, 실천적 교재인 교과서 상의 목표나 내용이 일치하고 있지 못하다는 것이다. 이는 소설 교육에 대한 제반 이론이 정책적인 교육 과정 상에는 반영되고 있으나, 실제의 현장 교육에는 제대로 반영되지 못하고 있음을 보여 준다. 소설 교육에 있어서의 교과서 편찬진 등의 제반 정책적 담당자들은 교육 과정 상의 내용이 현장의 소설 교육에 충실히 반영될 수 있도록 해야 할 것이다. 즉, 현장 교육이 충실히 이루어질 수 있도록, 제반 현장 교육의 반성과 바람직한 문학교육 이론의 진척이 상호 유기적인 입장에서 끊임없이 적용될 수 있도록 해야 할 것이다.

3) 가치탐구로서의 소설교육

앞에서 가치 탐구로서의 소설 교육의 목표의 가능성과 현행 제 6차 교육 과정에 포함되어 있는 텍스트와 교과 구성을 통해서 실태와

92) 교사용 지도서에 의하면, '토끼전'의 주제는 '분수에 넘치는 허욕을 버리고 어려움에 빠지더라도 지혜롭게 해결해야 한다.'이며, '사랑 손님과 어머니'의 주제는 인간과 인간(또는 남녀) 사이에 오고 가는 미묘한 애정과 관심'으로 되어 있다.<고이석, 「중학교 교과서의 소설 분석」, 전북대 석사 학위 논문, 1993, 45－46쪽 참조.>

그 문제점을 분석해 보았다. 여기에서는 그러한 문제점의 대안과 가치 탐구로서의 소설 교육적 방향성을 현장성에 입각해서 살펴보도록 하겠다.

신비평적 입장의 교육은, 1960년대 인상적인 문학교육의 폐해를 이론적 기반을 바탕으로 소설 교육에 있어서 객관성을 이룩했다는 성과를 이루었으나, 현실의 문학교육이 교사 중심의 주입식 교육과 입시 평가 위주의 교육으로 파행적으로 운용되어 왔다는 점, 그리고 가치중립성을 표방한 기존 이데올로기와의 야합, 교육의 주체인 수용자의 입장을 무시했다는 비판을 받게 된다.

이러한 비판의 영향으로 제기된, 작품의 소통 구조에 수용자의 능동적 참여를 강조하는 수용 이론의 영향을 받은 많은 문학교육 이론들은 교사를 소설 교육에 있어서 보조자로서의 역할로 축소시켜 왔다.

그러나 신비평의 입장이 이론의 문제라기보다는 그 운용에 있어서의 문제라는 입장이 대두되고[93], 수용 미학에서 설정한 이상독자로서의 독자와 미숙한 독자로서의 학습독자의 차별성이 제기되면서, 제이론들의 현실적 적용에 있어 새로운 조망이 요구되고 있다.

여기서는 가치 탐구로서의 소설 교실의 장을 '작가－텍스트－학습독자'의 소통 구조 속에서 교사와 학습독자간의 유기적 관계가 전제되는 것으로 보고, 학습독자의 올바른 작품의 이해와 감상과 가치 내면화를 위해서 교사의 역할을 중심으로 살펴보도록 하겠다.

이는 소설 교육에 있어서 현행 교과 과정이 어떠한 방향으로 설정되어야 하는가에 대한 대안적 성격을 의미하며, 개별 교사의 역할이 아니라 소설 교과 과정의 해석과 감상, 그리고 내면화의 방향성을 제시하는 교수 계획 및 방향 설정의 주체로서의 교사를 의미한

93) 최혜실, 「문학이론과 문학교육이론과의 관계 규정을 위한 시론」, 국어교육 85·86호, 1994.

다. 따라서 이는 앞장에서 살펴본 교과 과정 및 교과서의 구성 체계의 올바른 정립의 원리를 세우는 하나의 대안이라고 하겠다. 그러므로 이러한 교사의 역할이 교과 과정의 총체적 의미로 반영될 수 있는 교과 과정의 체계가 수립되어야 할 것이다.

(1) 교사의 위치

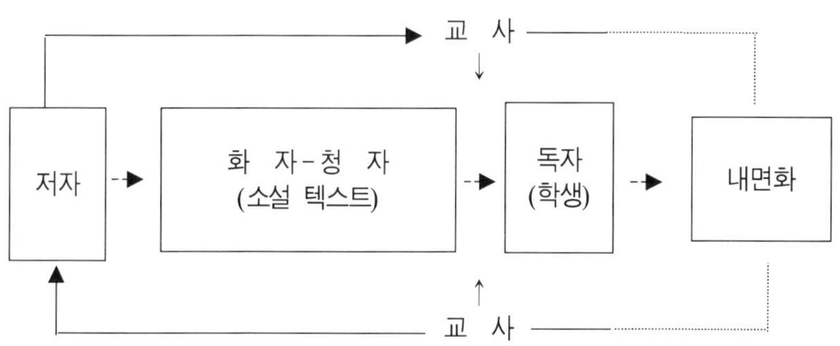

〈문학 교실의 소통 모형〉

소설 교실에서, 교사는 문학적 소통의 적극적 촉진자의 위치에 있다. 즉, 학습독자들의 경험을 가능케 하는 상황을 조성하고, 학생들이 능동적으로 텍스트를 의미화할 수 있도록 도움을 주어야 한다. 또한 작품(Werk) 산출자로서 학생들의 다양한 반응들을 유도하고 감식하고 평가하는 역할을 하여야 한다. 그리고 환송(feed-back)의 과정을 활성화시킴으로써 학생들의 문학적 수용 능력을 점진적으로 향상시켜 나가야 한다. 때에 따라서 텍스트를 학생들의 경험 수준에 맞게 재구조화 하는 등 제 2의 저자 역할도 수행하여야 한다.[94] 또

94) 염창권, 「열린 세계의 문학 교육」, 국어교육 90호, 1995, 41쪽.

한 소설 교육을 통한 가치 체험을 현실의 인식의 문제로 내면화를 유도해야 한다.

이때의 교사는 개체로서의 교사가 아니라 교육 과정상의 이론과 실제가 의도되고 계획된 총체적 입장의 교육적 역할을 수행하는 존재를 의미한다. 따라서 교사의 역할은 일련의 교육 과정 과정을 전체적으로 상징하는 개념으로서의 역할을 규정받게 된다. 즉, 교사는 소설 교실에 있어서 전체 교수·학습 과정의 계획과 적용 그리고 평가의 주체로서의 위치에 있다고 할 수 있다. 따라서 제반의 교육 과정의 목표와 내용은 교사를 통해서 실천되는 것이라고 할 수 있다. 그러므로 교사의 위치는 학습독자의 문학적 능력을 증진시키기 위한 제반의 교육적 노력을 상징하는 개념으로 파악해야 할 것이다.

이러한 교사의 역할은 일반적으로 다음과 같은 절차에 의해서 수행된다.

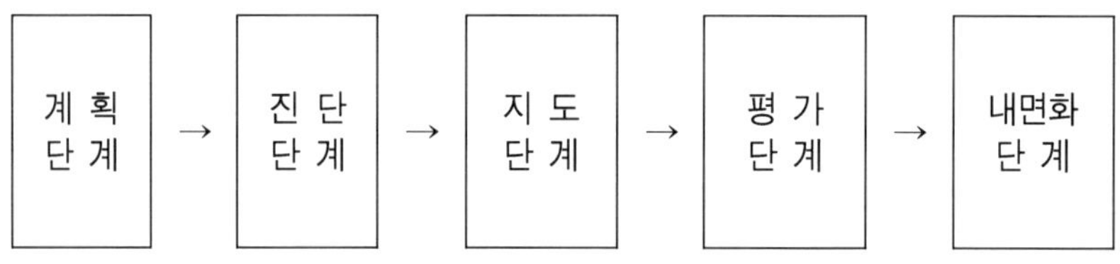

〈소설 수업의 절차 모형〉[95)]

이러한 역할들은 텍스트의 올바른 해석과 감상을 위해 설정되어야 하며, 나아가 학습독자의 올바른 가치 탐구를 위한 내면화의 방향을 유도하기 위해 수립되어야 한다. 따라서 교사의 역할은 텍스트의 해석과 내면화의 그 초점을 맞추어 설정되어야 할 것이다.

---

95) 구인환 외, 앞의 책, 267－268쪽 참조.

(2) 교사의 역할

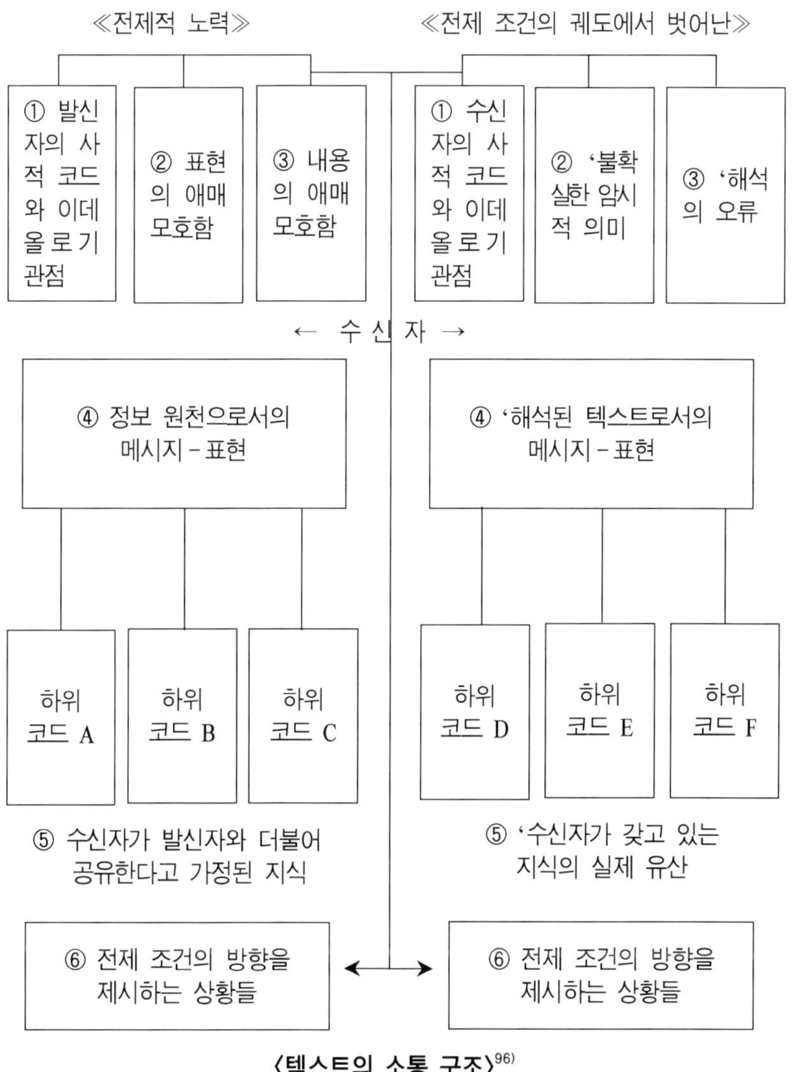

〈텍스트의 소통 구조〉[96)]

96) 움베르토 에코, 『글쓰기와 글읽기』, 김성도 역, 문학의 새로운 이해, 김

위는 에코가 '화용론'을 원용하여, 작가와 독자와의 관계에 있어서 텍스트의 소통 구조를 도표화 한 것이다. 위의 도표를 소설 교육의 소통 구조로 옮겨올 왔을 때의 교사의 역할을 살펴보면 다음과 같다.

① 텍스트 해석 과정에 있어서의 교사: 〈사전〉으로서의 교사

텍스트의 의미화의 과정은 텍스트의 '해석'의 과정에서부터 비롯된다. 텍스트의 이해란 학습독자의 일차적 독서, 즉 텍스트의 의미를 내면화하기 전의 표층적 독서라고 할 수 있다. 이때의 텍스트는 작가가 전략적으로 구축해 놓은 객관적 형상물을 의미한다. 그러므로 일차적 독서의 의미는 객관적 형상물의 표층적 의미를 통해서 작가의 의도를 최대한 파악하는 것을 말한다.

그러나 작가는 텍스트를 생산할 당시 '내포 독자'[97]를 상정한다. 내포 독자란 서사물 자체에 의해 예정된[98] 독자를 말한다. 즉, 그가 대하는 각각의 낱말에 대해 사전에서 찾아보고, 문장의 문맥 속에서 구성 항목들의 상호 기능을 인지하기 위해 이미 존재하고 있는 일련의 통사적 규칙들을 참조할 수 있는 능력을 갖춘 조작자이다. 작가는 그가 준거하는 능력들의 총합이 그의 독자가 준거하는 그것과 동일하다고 상정한다.[99] 따라서 텍스트는 일차적 독서의 가능성을 전제한 작가의 의도적 형상물이라고 할 수 있다.

그러나 소설 교실에서의 학습독자는, 작가가 예상하는 독자로서의

인환 외 편, 1996, 79쪽.

97) '내포독자'란 경험적인 간섭은 하지 않고 문학작품이 그 영향을 끼치기 위하여 필요한 모든 바탕을 구현하고 있는 독자, 혹은 텍스트의 잠재적 의미의 선구조 과정과 독서 과정을 통해 독자가 이 잠재성을 현실화하는 것을 합한 용어이다. <최혜실, 「문학교육에 있어서 배경 지식의 문제」, 국어교육 79·80호, 1992, 303－304쪽.>

98) 시모어 채트먼, 앞의 책, 181쪽.

99) 움베르토 에코, 앞의 논문, 74－81쪽 참조.

능력을 가지지 못할 뿐만 아니라 언어를 비롯한 소설 제반의 지식을 이해하는 데에도 미숙한 독자이다. 이는 일반적인 독자로서의 미숙한 독자와도 구별되는 독자로 파악해야 한다. 따라서 텍스트의 일차적 독서에서부터 소통의 장애가 발생한다. 그러므로 텍스트의 이해의 과정 즉, 일차적 독서를 위한 교사와 학습독자 사이의 관계가 설정되어야 한다.

위의 도표에서 보여주는 발신자의 <전제적 조건>과 수신자의 <전제적 조건의 궤도에서 벗어난> 해석의 관계는 언제나 완전하게 일치할 수는 없다. 그러나 언어로 표현된 소설이 하나의 소통 구조를 지닐 때, 표층적 독서, 즉 텍스트에 나타난 객관적인 의미에 대한 이해의 단계는 소설의 해석을 위한 전단계로서 필수적인 과정이다.

이러한 표층적 독서의 과정에 있어서, 위의 도표에 나타난 ②-②′, ③-③′, ⑤-⑤′의 불일치를 해소시켜 주는 입장에서의 교사의 역할을 <사전>으로서의 교사의 역할이라고 부를 수 있을 것이다. 즉, 미숙한 학습독자가 텍스트의 표층 구조에 드러나는 장애를 인지적 측면에서 객관적 지식을 교육하는 교사의 역할을 의미한다. 여기에서 객관적 지식이란, ②-②′, ③-③′의 불일치로 나타나는 언어적 측면과 ⑤-⑤′의 불일치로 인해서 나타나는 소설의 이론적 측면이나 인지적 측면의 배경 지식 등을 의미한다.

언어적 측면에 있어서의 역할은, 텍스트에 나타나는 어휘·통사 구조 또는 의미론적 영역이 될 것이다. 즉, 객관적 텍스트를 해석하기 위한 언어적 장애를 해소하기 위한 <사전>으로서의 역할을 의미한다.

또한, 텍스트 분석을 위한 제반 소설 이론의 교수자로서의 교사의 역할은, 기존의 신비평적 입장으로서의 교사를 의미한다. 날아가는 새의 생태를 알려면, 나무 위에 앉아 있는 새의 형상이나, 생태를 알아야 하듯이, 하나의 텍스트를 분석하려면 소설의 제요소 즉, 문학 원론의 지식, 작가의 전기적 사실, 시대적 배경, 문학사적 지식 등을 알아야 한다. 따라서 이러한 배경 지식의 촉진자로서의 교사의 역할을 의미한다.

이러한 <사전>으로의 교사의 역할은 학습독자로 하여금 일차적 독서를 통해서 객관적으로 구현한 텍스트의 의미를 파악할 수 있도록 해주는 일이다. 이러한 인지적 교수(교수)의 단계는 텍스트의 올바른 감상, 즉 텍스트 해석의 결과를 판단하고 내면화하는 단계로의 이행을 위한 사전 단계로서의 의미를 가진다.

② 문학적 실천에 있어서의 보조자로서의 교사

소설 감상의 궁극적인 목적이 소설을 통하여 삶을 체험하고, 그 체험을 통하여 삶의 문제에 대한 인식의 지평의 확대라고 했을 때, 소설 교실에서는 이를 '내면화'의 단계로 설정할 수 있다. '내면화'란 학습독자로 하여금 소설 감상을 통한 문학적 실천을 유도하는 것으로, 텍스트의 상호성 증진과 창작, 그리고 현실 세계에 대한 사유 체계의 확장을 들 수 있다.

이는 기존의 교과 과정에서 가장 소홀하게 다루어진 부분이라고 할 수 있다. 언어 교육을 위한 도구적 교과로 바라보는 시각과 문학적 지식 교육을 위한 현행의 소설 교육은 극복되어야 할 것이다. 따라서 교사는 삶의 가치 탐구라는 소설 본질적 측면을 중심으로 하는 교수 방법을 강구해야 할 것이다. 그러한 교수 방법의 하나의 원리는 학습독자의 '내면화'를 궁극적인 목적으로 설정되어야 한다. 이는 학습독자가 소설 감상을 통하여 가치를 체험하고, 그 가치 지향성에 대한 능동적인 가치 판단과 이를 통한 문학적 실천으로의 방향성을 의미한다.

가. 〈작품군〉 제시에 의한 가치 지평 확대를 유도하는 교사

이는 지식을 위한 소설 교육을 지양하고, 소설을 통한 소설 교육을 위한 교사의 역할을 의미한다. 이는 텍스트 상호성의 증진을 위한 하나의 방안이다. 즉, 기존의 개별 작품이나 뚜렷한 기준이 없는 작품간의 단순 비교에서 벗어나, <작품군> 제시를 통하여 개별 작품에 드러난 가치 지향성과 대립의 양상을 다른 작품에서 그 공통점과 차이점을 비교해 보게 한다는 것이다. 이는 다양한 가치 지향과 대립의 양상을 비교해 봄으로써 가치 체험의 지평을 확장시키고, 나아가 이러한 가치 체험과 판단을 삶의 인식의 문제로 전화시키는 역할을 의미한다.

이 때 <작품군>의 유형화가 필요하다. 현행의 교과 과정에 나타난 것처럼, 한 단원 내에 있는 텍스트를 문학적 지식에 의한 단순 비교－가령, '배경 또는 인물'의 도식적 비교－는 가치 체험의 입장에 있어서는 의미가 없는 비교이다. 따라서 작품이 지향하는 가치 지향의 유형이나, 가치 대립의 유형에 의한 뚜렷한 기준이 필요하다. 또한 이는 기존의 인물을 중심으로 한 전형의 설정뿐만 아니라, 가치 대립이나 가치 지향의 대립과 같은 상황으로서의 전형의 개념 설정이 필요하다. 이러한 뚜렷한 기준이 없으면, '내적 타당성과 합리성을 자동적으로 확보'[100]하지 못한다.

예를 들어 '사랑'이라는 가치 지향성을 드러내는 작품들의 경우, 황순원의 <소나기>, 주요섭의 <사랑 손님과 어머니>, <춘향전> 등의 작품군을 제시할 수 있다. 이때에 교사는 구체적 관점과 총체적 관점을 가지고 비교의 기준을 제시해야 한다. 즉, 인물들의 '사랑'이라

---

100) 박인기는 교사가 '작품군을 충분히 알았을 때, 내적 타당성과 합리성을 확보한다.'고 하였으나, 그 작품군의 기준에 대해 명확하게 설정하지 못하고 있다. <박인기, 「중·고교 소설 지도 방법」, 국어교육 85·86호, 1994, 379쪽.>

는 가치 지향의 공통점과 차이점 또는 대립의 양상과 가치 지향의 진정성 등을 학습독자에게 문제 제기를 하고, 이를 총체적인 관점의 유도를 통한 가치 체험을 유도해야 할 것이다.

이와 같은 <작품군>의 제시는 가치의 체험 양상에 있어서, 가치 지향의 전형성을 유도할 수 있는 것으로서, 개별 텍스트가 지닌 역사적·사회적 가치 지향성의 범주를 넘어 현실의 삶의 문제로의 지평 전환을 유도할 수 있다[101]. 또한 장편 소설에 드러나는 같은 유형의 가치 대립적 사건을 비교 제시함으로써 부분적으로나마 단편 위주의 교과 과정의 문제를 해소할 수 있을 것이다.

또한, <작품군>의 제시는 학습독자의 토론을 통해서 보다 풍부한 가치 탐구의 장이 설정될 수 있을 것이다. 이때의 토론은 학습독자의 창의적 해석이 가능하도록, 교사의 입장은 단지 촉진자의 역할을 해야 할 것이다. 그러나 모든 해석의 타당성을 인정해서는 안 된다. 중요한 것은 학습독자의 해석을 개연성과 인과성에 의한 것으로 유도하기 위한 평가자의 역할을 수행해야 할 것이다. 즉, 이때에 중요한 것은 학습독자의 해석을 "왜"의 문제와 그 개연성이 토론의 과정에서 이루어질 수 있도록 해야 할 것이다.

또한 이상의 학습 내용에 대한 평가는 서술 또는 논술의 측면에

---

101) 이러한 관점에서 볼 때, <광장>에서의 '이명준'이 바다로 뛰어드는 행위를, 분단 상황이 해소 되었을 때에는 '이명준'의 문제성이 현재적이 될 수 없으므로, 현실 도피적이라고 평가할 수 있을 것이라는 김중신의 평가는 무의미하다. 즉, <광장>에서의 가치 대립이 개인적 실존과 사회적 이데올로기와의 대립이라면, 이명준'의 행위는 개인의 실존적 가치 지향을 허용하지 않는 이데올로기적인 세계에 대한 실존적 항거이다. 따라서 이러한 가치 대립과 가치 지향성은 전형의 확대를 통해서 본다면, 현재적 시점에서 개인적 실존을 억압하는 이데올로기의 실체는 무엇이며, 이를 통한 개인의 실존적 가치 지향은 어떻게 억압을 당하는가의 가치 전이의 문제로 파악해야 한다. <김중신, 앞의 책, 99쪽 참조.>

서 이루어져야 할 것이며, 이때에도 학습독자의 창의적 해석과 그 타당성을 근거로 하여 평가가 이루어져야 할 것이다. 이러한 측면이 반영되어야만, 현 교과 과정에서 지향하는 '서술형, 논문형 문항의 활용을 대폭 확대해야 한다.'[102]는 평가 목표가 구체적으로 확립될 수 있을 것이다.

나. 생활서사의 촉진자로서의 교사

소설 감상을 통한 또 하나의 문학적 실천의 형태가 '창작'이다. 그런데 이러한 창작은 또 다른 교과 과정이 필요하다는 문제로 인해서 소홀하게 다루어져 왔다. 현장에서 흔히 '백일장'이나 특별 활동 수업으로서의 '문예부' 활동으로 창작의 영역을 축소시키거나, 교과 과정에서 텍스트와 관계없이 제시하는 '주변의 일을 써 보자.'는 식의 창작으로서의 내면화는 지양되어야 할 것이다.

이러한 대안으로서 텍스트와의 관계를 고려한 '생활 서사'[103]의 개념이 필요하다. 그런데 생활 서사에 있어서의 중요한 점은 소설 작품을 창작한다는 개념이 아니라, 주변의 일을 서술한다는 관점에

102) 교육 과정 해설, 161쪽.

103) 김인환은 '생활 서사'를 통해서 학습 독자가 반복되는 생활을 돌이켜 보고 스스로 반성하여 좀더 흥미 있게 살 수 있게 하는 데 일면의 기여를 할 수 있다고 하면서 다음과 같은 구체적 방법론을 제시한다.
'소설은 서술과 묘사, 지문과 대화를 적당히 섞으며 진행되는데, 이러한 구분은 명확한 것이 아니고, 소설을 읽을 때에는 별 도움이 되니 않는 것이기는 하나, 이러한 구분이 분명히 나누어지는 것이 아님을 전제로 하고, 학습자에게 대강 가르쳐 준다. 그 다음에 어려서부터 지금까지 자신이 겪은 일 가운데 머리 에 남아 있는 것을 , 서술, 묘사, 지문과 대화의 혼합 형태로 적게 한다. 글의
길이는 200자 원고지 10장 정도로 하고 수업 시간 중에 짓게 하는데, 소설을 짓는다는 생각을 하면 절대로 안 되며, 겪은 일을 그대로 적되 글의 앞뒤를 맞추기 위하여 꼭 필요한 정도로만 허구를 인용한다.'
<김인환, 문학교육론, 평민서당, 1979, p.107.>

서 비롯되어야 한다. 이는 교육 과정에서도 제시하고 있는 바이다. 그러나 이러한 주변의 일은 텍스트의 감상과 연관된 관점에서 비롯된 제한적인 내용 제시가 반드시 주어져야 한다. 즉, 텍스트 감상에서 비롯된 내면화라는 관점이 없다면, 이는 소설 감상의 내면화와는 궤도를 달리 하는 창작 교육의 한 과정일 따름이다. 예를 들자면, <공양미 삼백 석>의 감상을 통해서 '효'에 대한 내용이나, 또는 '효'와 대립된 가치 선택의 순간에 대한 생활 서사로서의 구체적인 내용이 제시되어야 할 것이다.

4. 결 론

문학교육의 궁극적인 목표는 문학을 통해 인간과 세계를 총체적으로 파악함으로써, 삶의 가치를 탐구하여 올바른 가치를 지향하게 하는 실천적 사유에 있다고 할 수 있다. 특히 세계와의 관계가 다른 문학의 갈래에 비하여 직접적인 소설교육에 있어서 소설교육의 내적 범주는 가치 탐구와 체험을 통한 내면화라고 할 수 있다.

이러한 소설교육 범주의 설정은 현행 교육의 현장에서 구체적으로 적용되고 또한 실천적으로 이루어져야 한다. 그 이유는 소설교육에 대한 연구의 목적이 궁극적으로 현장 소설 교실에서 보다 나은 소설교육이 이루어지기 위함에 있기 때문이다.

그러나 현실은 이론과 소설 교실의 현장이 유기적인 관계를 맺지 못하고, 소설 교육의 궁극적인 교육의 의미를 상실한 채 파행적인 교육이 이루어지고 있다. 이는 입시 위주의 현실의 실정과 지식 위주의 교육과정의 영향이라고 할 수 있지만, 올바른 교육의 이념은 실천적으로 적용되어야 하며, 이는 끊임없는 반성에 의해 변혁되어야 할 것이다.

따라서 현장의 소설 교실에 대한 실태를 올바르게 분석하는 일은 보다 나은 소설교육을 위한 단초가 될 수 있을 것이다.

본고에서는 이러한 관점을 적용하여, 현행 제6차 중학교 교과과정에 나타난 소설교육의 문제점과 그 실천적 대안을 모색하는 데에 그 목적을 두었다.

우선 소설교육의 대상이자 주체인 중학생들의 인지적·정의적 특성을 통하여, 소설교육의 목표 설정의 방향성에 대해서 살펴보았다. Piaget와 Erikson의 단계설에 의하면, 학습 주체로서의 중학생은 인지적으로는 종합적·체계적·분석적 능력의 발달 과정에 있으며, 정의적으로는 자아와 세계에 대한 불안감 속에서 자기 정체성과 세계에 대한 인식을 추구하는 시기이다. 따라서 소설교육의 내적 범주로서 소설교육의 목적은, 소설의 가장 궁극적인 존재 이유인 삶의 문제로서의 인식의 지평의 확대라는 점에서 찾을 수 있다.

이러한 소설교육의 목표가, 학습독자의 '작품에 대한 올바른 이해와 감상'이라는 교육과정의 목표에 어떻게 적용되어야 하는지를 분석해 보았다. 특히, 교육과정 상에 나타난 구체적 목표와 교과서에 나타난 <단원의 길잡이>, <학습 활동>, <단원의 마무리>를 통해서 텍스트의 해석의 문제와 테스트 선정의 타당성, 그리고 내면화의 방향성에 대해서 살펴보았다. 특히 텍스트의 분석의 원리를 '인물'과 '화자의 입장과 태도'에 의해서 나타나는 가치 대립의 양상을 중심으로 설정하고, 학습독자의 가치 체험과 탐구의 문제를 어떠한 방향으로 내면화를 유도해야 하는지 살펴보았다.

이러한 분석에 대한 실천적 대안으로, 소설교육에서 <교사>의 위치와 역할을 텍스트 해석의 단계에서 '<사전>으로서의 교사', 감상과 내면화 단계에서 '문학적 실천에 있어서 보조자로서의 교사'로 설정하여 교과과정의 방향성을 제시하고자 하였다. 이때의 교사는 개체로서의 교사가 아니라 교육과정 상의 이론과 실제가 의도되고 계획된 총체적 입장의 교육적 역할을 수행하는 존재를 의미한다.

'<사전>으로서의 교사'에서는 신비평적 입장이 텍스트의 해석에 있어서 어떻게 적용되어야 할 것인지에 대한 것으로, 신비평적 입장의 올바른 적용을 검토하였다. '문학적 실천에 있어서 보조자로서의 교사'에서는 학습독자의 내면화 양상을 '텍스트의 상호성의 증진'과 '창작'의 영역으로 설정하고, '<작품군> 제시에 의한 가치 지평의 확대'를 유도할 수 있는 방안을 제시하고자 하였다. 특히, '전형'의 문제를 인물 중심의 규정에서 벗어나 가치 대립의 양상을 통한 <작품군>으로 확대 제시하는 것은, 다양한 가치 체험과 탐구에 있어서 소설을 지식을 위해 가르치는 것이 아니라 소설을 소설로 가르칠 수 있는 단초가 될 수 있을 것이다. 이러한 <작품군>의 비교는, 평가의 문제에 있어서도 토론이나 서술 또는 논술형의 평가가 가능하다는 장점을 얻을 수 있을 것이다. 따라서 정전(canon)의 정립과 더불어 <작품군>의 정립 역시 시급히 해결되어야 할 과제가 될 것이다.

또한 내면화의 한 방향으로서 '창작'에 대한 방안의 모색은, 구체적인 제시를 통한 '생활 서사'로의 접근을 제시하였다. 이는 '창작'을 '작가의 생산'이라는 측면이 아닌, 학습독자의 일상적인 체험을 텍스트와의 관계에서 접근할 수 있는 내면화의 한 방향성의 측면이라고 할 수 있을 것이다.

본고에서의 연구의 한계는 소설의 심미적 측면에 대한 탐구를 소홀히 하여, 소설의 미적 측면의 교육적 가능성을 제시하지 못하고 있다는 데에 있다. 이러한 측면이 총체적으로 연구되어야 한다는 인식을 과제로 남기며, 교육 현장에 있어서 조금이라도 도움이 되었으면 하는 바람을 끝으로 졸고를 마칠까 한다.

참고 문헌

1차 자료

교육부, 중학교 국어과 교육 과정 해설, 1994.
한국 교육 개발원, 중학교 국어 1－1, 대한교과서 주식회사, 1995.
중학교 국어 1－2, 대한교과서 주식회사, 1995.
중학교 국어 2－1, 대한교과서 주식회사, 1996.
중학교 국어 2－2, 대한교과서 주식회사, 1996.
중학교 국어 3－1, 대한교과서 주식회사, 1997.

학위 론문

경규진, 반응 중심의 문학교육 방법 연구, 서울대 박사, 1993.
고이석, 중학교 교과서의 소설 분석, 전북대 석사, 1993.
김상욱, 소설 담론의 이데올로기 분석 방법 연구, 서울대 박사, 1995.
현실주의론의 소설 교육적 적용 연구, 서울대 석사, 1992.
김유옥, 교과서 작품 분석을 통한 소설 교육 연구, 전북대 석사, 1983.
김은수, 중등학교 교과서의 소설 교육 연구, 전남대 석사, 1977.

박대호, 소설의 세계관 이해와 그 문학 교육적 적용 연구, 서울대 박사, 1987.
박인기, 문학 교육 목표 설정에 관한 연구, 서울대 석사, 1985.
박흥채, 전형성 이해를 통한 소설 교육 방법 연구, 고려대 석사, 1996.
서미선, 소설 교육의 구조적 방략 연구, 서울대 석사, 1991.
손예운, 화자 서술의 특성을 통한 소설 교육 연구, 서울대 석사, 1993.
우한용, 채만식 소설의 담론 특성에 관한 연구, 서울대 박사, 1991.
이대규, 교과로서의 문학 교육, 서울대 석사, 1988.
이인재, 쉘러(M.Scheler) 인격주의 가치윤리학의 도덕교육적 함의에 관한 연구, 서울대 박사, 1995.
이향숙, 소설 교육의 방법 연구－수용 이론의 적용 방법을 중심으로, 서울대 석사, 1988.
임경순, 인물 형상와 양상을 통한 소설 교육 연구, 서울대 석사, 1995.
정선주, 소설 교육 평가 방법－정의적 특성을 중심으로, 서울대 석사, 1993.
진중섭, 인물의 성장 과정을 통한 장편소설 교육 연구, 서울대 석사, 1992.
최순열, 문학교육론, 동국대 박사, 1987.
최인자, 작중 인물의 의미화를 통한 소설 교육 연구, 서울대 석사, 1993.
최현섭, 소설 교육의 사적 고찰, 성균관대 박사, 1988.

단행본

구인환·박대호·박인기·우한용·장병우 공저, 문학교육론, 삼지원, 1988.
김문환, 미학의 이해, 문예출판사, 1989.
김윤식, 문학사와 비평, 일지사, 1975.
김인환, 문학교육론, 평민서당, 1979. 상상력과 원근법, 문학과지성사, 1993.
김인환·성민엽·정과리 엮음, 문학의 새로운 이해, 문학과지성사, 1996.
김종서·이영덕·정원식 공저, 교육학 개론, 교육과학사, 1984
김중신, 소설 감상법 연구, 서울대 출판부, 1995.

까 간, 미학강의 1(진중권 역), 새길, 1988.
루카치, 소설의 이론(반성완 역), 심설당, 1985.
문학연구회, 삶을 위한 문학 교육, 연구사, 1987.
민족문학연구회 편, 문학 교육의 방법, 한길사, 1991.
백기수, 미의 사색, 서울대 출판부, 1981.
스탠리 피쉬, 소설의 죽음과 포스트모더니즘(김성곤 편역), 도서출판 글, 1992.
시모어 채트먼, 영화와 소설의 서사 구조, 민음사, 1990.
엄해영·채명식 공저, 소설 교육론, 느티나무, 1995.
에릭 D. 허쉬, 문학의 해석론(김화자 역), 이화여대 출판부,1988.
조남현, 소설원론, 고려원, 1982.
조동일, 문학 연구 방법, 지식산업사, 1980.
차봉희 편저, 수용미학, 문학과지성사, 1985.
최현섭, 한국 소설 교육사 연구, 대한교과서 주식회사, 1989.
포스터, 소설의 이해(이성호 역), 문예출판사, 1975.
한국 청소년 개발원 편, 청소년 심리학, 1993.
헤 센, 가치론,(진교훈 역), 서관사, 1992.

기타 자료

김동환, 소설의 다성성(polyphony)과 그 문학교육적 의미, 한국국어교육연구회논문집, 1991.
김동환, 소설의 내적 형식과 문학 교육의 한 가능성, 국어교육 83·84, 1994.
김은전, 국어교육과 문학교육, 사대논총 19호, 1979.
김은전, 초·중·고교에서의 문학교육, 제 5차 국어과·한문과 교육과정 개정을 위한 세미나, 교육개발원, 1986.
박영목, 국어과 연수 교재, 서울대 국어교육과, 1992.
박인기, 문학 텍스트의 종합적 감상을 위한 교육 TV 프로그램 설계방략, 국어교육 65 · 66호, 1989.

박인기, 중 · 고교 소설 지도 방법, 국어교육 85 · 86호, 1994.

염창권, 열린 세계의 문학 교육, 국어교육 90호, 1984.

우한용, 문학교육과 장르론, 선청어문, 16 · 17호, 1988.

이용주, 국어교육에 있어서의 문학의 위치, 봉죽헌 박붕배교수회갑기념 논총, 붕죽헌 박붕배교수기념논총간행위, 1986.

이태동, 실제적 현실과 미학적 현상, 현대문학 11월호, 1980.

인권환, 토끼전의 서민 의식과 풍자성, 어문논집 14 · 15호, 1973.

최혜실, 문학교육에 있어서 배경 지식의 문제, 국어교육 79 · 80호, 1992.

최혜실, 문학이론과 문학교육이론과의 관계 규정을 위한 시론, 국어교육 85 · 86호, 1994.

한주섭, 국어과 교재론-새로운 시각을 위하여, 국어교육 79 · 80호, 1992.

필자 소개

신종곤

고려대학교 국어국문학과를 졸업하였고, 동 대학원 국문학과에서 박사학위를 받았다. KBS 신세대 보고『어른들은 몰라요』작가 활동을 하였으며, 희곡 창작으로 연극 활동을 하기도 하였다. 소설을 공부하면서 드라마를 창작한 경험 그리고 짧은 시간의 교직 생활은 이야기 문화의 확장과 창작 교육에 대한 관심을 갖게 해 주었다.

현재 대진대학교 문예창작학과(겸임교수)와 상명대학교 영화학과에서 시나리오 및 희곡 창작을 강의하면서 학생들과 함께 드라마의 이해와 창작에 대해서 고민하고 있다. 영화사「외유내강」에서 시나리오 닥터 역할을 맡아 활동 중이기도 하다.

저서로는 드라마 창작집『떨어진 꽃잎이 다시 돌아오는가, 나비여』(미다스북스), 논문집『드라마와 서사의 세계 인식』(미다스북스) 등이 있다.

영상드라마와 서사 교육 방법

• 초판 인쇄 2007년 12월 10일
• 초판 발행 2007년 12월 10일

• 지 은 이 신종곤
• 펴 낸 이 채종준
• 펴 낸 곳 한국학술정보㈜
경기도 파주시 교하읍 문발리 526-2
파주출판문화정보산업단지
전화 031) 908-3181(대표) · 팩스 031) 908-3189
홈페이지 http://www.kstudy.com
e-mail(출판사업부) publish@kstudy.com
• 등 록 제일산-115호(2000. 6. 19)
• 가 격 15,000원

ISBN 978-89-534-7817-6 93810 (Paper Book)
978-89-534-7818-3 98810 (e-Book)